WILSON TREVISAN

O CRIME DAS MUITAS CHARADAS

VERMELHO MARINHO

1ª edição - 2022

Editor-chefe: Tomaz Adour

Revisão: Equipe Vermelho Marinho

Capa: Thisupers.

Quarta capa: Lucas Trevisan.

Diagramação: Marcelo Amado

Texto revisado segundo o novo Acordo Ortográfico da Língua Portuguesa.

Dados Internacionais de Catalogação na Publicação (CIP)
Fabio Osmar de Oliveira Maciel – CRB-7 6284

Trevisan, Wilson
O Crime das Muitas Charadas/ Wilson Trevisan -- Rio de Janeiro: Vermelho Marinho, 2022.
240 p. 14 x 21cm
ISBN: 978-85-8265-256-5

1. Ficção Brasileira. I. Título

CDD B869.3

Índices para catálogo sistemático:
1. Ficção brasileira B869.3

VERMELHO MARINHO

EDITORA VERMELHO MARINHO USINA DE LETRAS LTDA
Rio de Janeiro – Departamento Editorial:
Avenida Gilka Machado, 315 – bloco 2 – casa 6
Recreio dos Bandeirantes – Rio de Janeiro – RJ
CEP: 22795-570
www.editoravermelhomarinho.com.br

SUMÁRIO

DEdICATÓRIa

Para minhas queridas mãe e madrinha, que tiveram o carinho de ler este texto primeiro.

Minha tia Marília, por me incentivar pelo caminho da leitura.

E meu pai, inspiração para este e todos os trabalhos da minha vida.

"Uma vez eliminado o impossível, o que resta, por mais improvável que seja, deve ser a verdade."

Sir Arthur Conan Doyle

Prólogo

Estava ainda mais escuro do que o de costume naquela noite, e as diversas lâmpadas queimadas nos postes da avenida principal prejudicavam bastante a visibilidade e elevavam perigosamente o risco de dirigir, principalmente para alguém apressado e sob forte pressão.

Para um cidadão de Jaraquá, cidade do interior de São Paulo, estes problemas já eram parte do cotidiano. Apesar de não ser abastada nas finanças públicas, a cidade tampouco podia orgulhar-se de possuir administradores que trabalhassem bem com pouco. Esta ineficiência de gestão, aliada ao crescente número de vereadores corruptos na câmara municipal, freou ainda mais o desenvolvimento da cidade, que havia literalmente parado no tempo. Não fosse o grande número de imigrantes poloneses, ucranianos e ingleses que se mantinham na região, certamente Jaraquá estaria falida há tempos.

Mas política e economia municipais eram a última coisa que estavam preocupando a cabeça daquele rapaz naquele momento. Seus olhos pareciam marejados, e ele balbuciava enquanto dirigia, sem prestar a atenção devida na estrada à sua frente. Para a sua sorte, numa cidade de interior as distâncias são irrelevantes e ele rapidamente chegou ao seu destino: uma clareira de onde se via perfeitamente a lua brilhando acima do Monte que tinha o nome da cidade.

Uma figura de preto aguardava o homem, e eles se cumprimentaram rapidamente.

– Demorou mais do que eu pensava. Achei que tivesse desistido.

O homem relutou. Não estava totalmente certo do que ia dizer.

– Foi a estrada. Você sabe...

– Você a trouxe? – disse o estranho com rispidez.

– Está aqui.

Os dois se olharam com apreensão. O homem entregou uma maleta, relutante. Seu comparsa percebeu.

– Eu sei que é difícil. Mas às vezes temos que tomar decisões que não são agradáveis para atingirmos objetivos maiores. Mesmo que magoemos pessoas muito próximas, amigos... família.

O homem estremeceu.

– Venha aqui, meu amigo. Esqueçamos estes contratempos. Me dê um abraço!

Ele caminhou devagar em direção à figura de capa, e de seus olhos caíam grossas lágrimas.

– Eu ainda preciso te dizer tantas coisas – ele vacilou, mas adiantou-se para o abraço, fraquejando.– Não estou certo de que um dia serei perdoado...

– Para onde você vai não precisará mais preocupar-se com este tipo de culpa.

O encapuzado retirou o revólver da capa de forma rápida e precisa. O tiro foi surdo e certeiro, acertando o rapaz em cheio no coração. Ele tombou, enquanto a figura à sua frente ajeitava o pequeno revólver e carregava a maleta para dentro do carro.

De forma fria, o estranho retornou ao corpo para certificar-se de que ele estava absolutamente sem vida. Um sorriso tenso preencheu seu rosto quando constatou que tivera êxito.

A porta do carro fechou-se com estrépito e o ruído estridente dos pneus rompendo o asfalto cortou o silêncio da noite. Em alguns segundos ele desapareceu na escuridão.

O que o assassino não sabia, entretanto, é que estivera sendo observado por alguém nas sombras.

intriga familiar

A rua principal da cidade de Jaraquá era um dos maiores orgulhos para os moradores. Chamava-se Rua das Flores, muito em parte por causa dos jardins floridos que enfeitavam as casas em sua extensão (a rua já tivera outro nome, do qual ninguém se lembrava). Ela concentrava a maior parte do comércio de toda a cidade, a câmara de vereadores, a Igreja e também a maior escola pública da região, a Escola Municipal.

Era um nome pouco criativo, é verdade, mas a escola era chamada desta forma desde que havia sido inaugurada e ninguém jamais pensara em mudá-lo; todos já estavam acostumados com ele. A Escola Municipal concentrava a maior parte dos estudantes da cidade e de algumas cidades vizinhas, e era muito bem conceituada pela população.

O sinal tocou anunciando o encerramento das aulas, como era costume todos os finais de manhã. Empertigado em frente à escola estava Tarso, um homem alto e encorpado, de cabelos loiros, olhos azuis e pele muito alva. Ele esperava pelo filho, e não se sentia à vontade parado em meio à confusão de alunos e pais que se amontoavam nas saídas. Diversos conhecidos passavam por ele e o cumprimentavam, o que não ajudava para que ele se sentisse melhor. Não demorou muito para que alguns entendessem o motivo do seu aparente mau humor: Ruth, a orientadora educacional da escola, caminhava em sua direção com cara de poucos amigos. Ela era uma mulher baixa e esguia, tinha os cabelos negros e lisos e olhos castanhos agourentos. Os dois não se encontravam havia algum tempo, pois Ruth sempre estava ocupada com os afazeres na Escola e Tarso tinha muitos compromissos, afinal, era o delegado da cidade.

Dona Ruth era odiada por quase todos os alunos da Escola Municipal. Era muito amiga da esposa do delegado, Dalva, e tão chegada à família que chegou a ser convidada para ser a madrinha de Vítor, filho único do casal. O menino, é claro, recusou-se veementemente a aceitá-la no "cargo". Não era surpresa para Tarso que a aproximação de Ruth significava alguma novidade desagradável sobre o filho e seus amigos, já que nos últimos tempos ela estava particularmente de má vontade com todos eles.

– Delegado! É um prazer revê-lo.

– Digo o mesmo, Ruth. Estou esperando meu filho. Ahn – ele relutou um pouco. – Como ele vai na escola?

– Seu filho é um ótimo aluno, Delegado. Mas ele ainda continua andando com as pessoas erradas, sabe...

– A senhora se refere à turminha dele? Clóvis e os outros?

A turminha de Vítor era formada por Clóvis, Rebeca, Marie e o baixinho Boca, todos alunos da sétima série da Escola Municipal. Eles se conheciam desde pequenos e eram muito amigos. Sentavam-se nas últimas cadeiras da classe, mas eram todos ótimos alunos, e nem de longe os mais bagunceiros. Todos na escola gostavam deles, menos a professora de música, Florência (uma senhora idosa de aparência medonha) e, é claro, dona Ruth. Eles ignoravam o motivo pelo qual eram tão detestados por elas, mas imaginavam que poderia ser por qualquer besteira mesmo, já que na opinião deles e de muitos outros alunos, as duas eram totalmente malucas. Vítor era chamado pelos amigos de Ponche, e o apelido surgira desde que em uma travessura ele derrubara uma vasilha da bebida numa festa e ficara totalmente encharcado.

– Não entendo. Eu pedi a meu filho para se afastar um pouco deles, ou pelo menos... do garoto dos Medeiros.

– Mas parece que ele desobedeceu – disse Ruth maldosamente, enquanto observava uma turminha de alunos que fazia um alvoroço nos corredores.

– Não se preocupe, Ruth. Vou ter uma conversa séria com ele.

Ponche estava escondido atrás de uma pilastra junto com seus amigos e eles ouviram toda a conversa. Era um garoto magro e muito parecido com o pai, tinha olhos e cabelos castanhos ondulados e também tinha a pele muito alva.

– O que ela está querendo, afinal? – Ponche falou irritado, derrubando parte do material no chão.

– Não se preocupe, Ponche. Ela faz isso só porque tem raiva da gente.

– Eu sei, Clóvis. Só que não aguento mais os sermões do meu pai. Não passa um dia sem que ele me diga para me separar de vocês. Essa mulher vai continuar colocando minhocas na cabeça dele?

– Nós ainda vamos aprontar uma para ela – disse Rebeca, furiosa.

– É melhor eu ir. Meu pai já deve estar irritado com a demora. Vai que a megera diz para ele que estávamos discutindo aquele nosso plano de incendiar a escola...

– É, somos mesmo terríveis! – disse Marie, acompanhada dos risos de todos.

Ponche caminhou devagar em direção ao pai, tendo o cuidado de parecer ter vindo de outra direção. Seus amigos observavam tudo, de longe. Ele o cumprimentou rapidamente e entrou no carro sem dizer mais nenhuma palavra. Dona Ruth permanecia no portão da escola e não disfarçava sua satisfação.

– Olha lá a cara da bruxa. Ela deve mesmo ter dito um monte de mentiras ao Delegado.

– Não se preocupe, Marie. Um dia ela vai pagar por ser tão má e implicante – disse Boca.

– Resta saber que dia isso vai acontecer – retrucou Rebeca.

– Pois este dia está perto, gente. Eu estou quase bolando algo pra gente aprontar com ela...

– Que ideia é essa, Clóvis? – disse Boca, apreensivo.

– Se preocupa não, meu. Na hora certa, eu digo o que a gente tem que fazer.

O carro de Tarso encostou devagar em frente ao número cinquenta da Rua das flores, onde era a residência dos Peña. Era uma linda casa, em estilo colonial, herança dos imigrantes poloneses que inauguraram a cidade. Um lindo jardim cheio de roseiras enfeitava toda a parte da frente, enquanto nos fundos duas laranjeiras deixavam cair já as primeiras folhas por causa do outono que se aproximava. Dentro da casa, a mãe de Ponche, Dalva, percebeu logo o mau humor do marido quando o viu entrando pela porta dos fundos. Dalva era uma mulher magra e elegante, tinha cabelos castanhos curtos e olhos negros. Quando era mais jovem, chegou a ser modelo fotográfico, e conheceu o marido em uma de suas apresentações na capital.

– Que houve, Tarso? Algum problema na escola?

– Não, imagine! – disse ele. – Mais uma queixa de Ruth, Dalva. Vítor parece não dar atenção às recomendações dela, nem aos meus pedidos. Ele continua na companhia daquele moleque, o Clóvis.

– Isso é verdade, meu filho? – disse Dalva, gentilmente. – Seu pai não havia lhe pedido... depois de tudo que a Ruth nos falou...

– Talvez eu não deva apenas pedir – disse Tarso, encarando o filho. – Talvez seja necessário obrigá-lo. Afinal de contas, nós...

– Eles são meus amigos! – disse Ponche, interrompendo o pai. – Vocês não deviam acreditar em tudo que a Ruth diz...

– Cala a boca, moleque! Quem está falando agora sou eu – disse Tarso com severidade.

Ponche não falou mais. Encarava o pai, assustado.

– Ouça aqui! Se eu souber que você continua se envolvendo com aquela *turma*, eu lhe tiro daquela escola. Ouviu bem? Tiro você da escola!

Ponche foi para seu quarto, chorando.

– Por que Ruth não quer permitir que nosso filho tenha os amigos dele? – perguntou Dalva. – O que eles fizeram de tão ruim assim?

– A Ruth já nos disse muitas vezes que esses moleques são más companhias. Ela é amiga da família, certo? Temos que confiar nos conselhos dela...

– E por quê? Conheço as famílias deles. São ótimas pessoas. A Bruna, aquela minha amiga, é mãe de um deles...

– Ruth é sua amiga também, Dalva. E é uma pessoa de confiança. Ela deve ter os motivos dela, afinal de contas, ela é a orientadora da escola.

– Você sabe como ela é severa, Tarso. Pode estar exagerando.

– Nem mais uma palavra, Dalva. Já tomei minha decisão. E veja se não vai ao quarto falar com o guri. Ele vai ficar lá até aprender a não contar mentiras ao pai dele. Ele tinha me dito que ia se afastar daqueles moleques!

– Tudo bem, Tarso – disse Dalva calmamente, olhando para a porta fechada do quarto do filho.

Aquela situação estava deixando Ponche com cada vez mais raiva de Ruth. Ele amava o pai demais para continuar a desobedecê-lo. Mas não conseguia entender o motivo de ele dar tanta atenção ao que Ruth dizia. Na sua cabeça, ele viu que só tinha uma escolha: separar-se de vez de Clóvis e dos outros. Mas era algo que ele jamais iria fazer, pois seus amigos eram muito importantes para ele. Já estava muito tarde, quase madrugada, e o menino ainda não sabia o que iria fazer. Cansado, deixou para pensar nisso de manhã.

:: ::

Logo no início da manhã, as ruas da cidade eram tomadas pelos estudantes que se arrumavam para mais um dia de aula. Apenas um menino em toda a cidade não frequentava a Escola Municipal. O nome dele era Juca. Ele era um menino alto, tinha cabelos e olhos castanhos, e duas orelhas de abano (que ele detestava). Usava uma corrente pendurada no pescoço, que tinha desde que era um menino. Acordara cedo naquele sábado, pois era dia de ajudar Dona Lala nos afazeres domésticos. Ela era uma amável e gentil viúva, gordinha e de cabelos encaracolados, que cuidara de Juca desde que ele era muito pequeno. Juca havia sido abandonado pelos pais. Lala já tinha oferecido à Juca custear seus estudos, mas o menino não queria lhe causar mais incômodos. Era demais para ele além de comer e se vestir às custas da velha senhora (embora fosse ela mesma que costurasse as roupas que ele usava) ainda fazer com que ela gastasse o pouco dinheiro da aposentadoria comprando livros e cadernos.

– Novamente olhando para a escola, Juca?

– É, Dona Lala. Quem sabe, um dia, eu possa começar a estudar lá.

– Já te disse que eu ajudo você. Mas você não quer...

– Não vamos discutir isso, Dona Lala. Vou apanhar os pães com Seu Miguel.

Todos na cidade frequentavam a padaria do Seu Miguel. Era a padaria mais popular e que vendia as melhores iguarias. Seu Miguel era um português gordo e tinha um espesso bigode que quase lhe cobria metade do rosto. Era pai de Marie, uma menina bonita, alta e com cabelos ruivos e compridos que quase chegavam aos seus joelhos, e lindos olhos verde esmeralda. Juca era um cliente assíduo da padaria, apesar de não gostar muito de saber que a essa hora do dia, a filha do padeiro provavelmente ainda estaria lá.

– Bom dia, Seu Miguel. Vim buscar os pães da Dona Lala.

– Tudo bem, Juca. Guria, separe os pães e dê para o Juca.

Marie e Juca já se conheciam há muito tempo, desde que Juca começou a fazer serviços para Dona Lala.

– Ora, ora. Você de novo?

– Vamos parar de papo, menina. Estou com pressa.

– Eu, hein! Que gênio. Não pode conversar um pouquinho?

– Talvez uma outra hora, tá?

Juca não gostava de falar com outros da sua idade. Para ele, todos só conversavam com ele por pena da sua situação. Mas aturar Marie, para ele, era um caso especial. Sempre que o via, a menina começava a fazer milhares de perguntas, e nunca tirava o sorriso maroto do rosto. Juca se sentia extremamente irritado cada vez que ela fazia isso.

– Estava chateando o garoto, Marie?

– Que é isso, papai. Só queria conversar com ele. Mas parece que ele não gosta de mim.

– Não é isso, filha! Esse guri sempre foi assim. Ele prefere ficar sozinho.

– É uma pena...

:: ::

Dalva quase não conseguiu dormir, pensando na discussão do dia anterior entre seu marido e o filho. O casal não estava tendo uma manhã agradável, pois Tarso resolvera ficar carrancudo, e pouco olhava para a esposa.

– Tarso, acho melhor você conversar com Vítor novamente – disse Dalva, em seu tom de voz mais cordial.

– Nada disso, Dalva. Já disse o que tinha de dizer.

– Mas por que você dá tanto valor ao que Ruth diz? Ela pode estar equivocada...

– Ruth é a coordenadora do nosso filho. Ela sabe muito bem o que diz.

– Reconsidere, Tarso. Você sabe que nosso filho é um ótimo menino. Ele saberia se os amigos não fossem... você sabe, eles são crianças...

– Não discuta – disse Tarso, num tom de voz que deixava claro que não queria mais discutir o assunto. – Vou chamar o garoto para tomar o café.

Tarso se levantou e foi até o quarto do filho. Bateu à porta várias vezes, sem resposta. Pela fechadura, viu que a cama estava vazia e arrumada como se não tivesse sido usada. Ponche não estava em casa.

Observando numa moita colada à janela do quarto, havia um menino alto e um pouco gordo, que tinha cabelos castanhos e olhos amêndoa. Clóvis tinha saído cedo naquela manhã para visitar o amigo. Entendeu logo o que estava se passando, e correu para avisar aos outros.

Tarso estava transtornado, sem saber o que fazer inicialmente, e ainda tinha que controlar a esposa, que estava visualmente mais abalada pelo repentino sumiço do filho. Ligou para seu fiel escudeiro, Barildo, um senhor já de idade (o que ficava claro quando se viam seus cabelos grisalhos e os pés de galinha que tinha nos olhos), mas um dos melhores policiais da cidade, na opinião de todos. Tarso nem desligou o telefone e já se arrumava para sair.

– Aonde você vai, Tarso? – disse Dalva, ainda com os olhos úmidos e preocupados.

– Vou até a casa dos Medeiros. Nosso filho deve ter ido atrás daquele menino, o Clóvis.

– Não vá ser injusto com aquela família. Eu já disse que são pessoas de bem.

Num primeiro momento, Clóvis ficou surpreso com a audácia do amigo. Mas logo a surpresa se transformou em preocupação. Onde Ponche poderia estar? Por que não contou a ninguém que ia fugir? Ele não podia ficar se indagando sobre isso agora. Precisava avisar os outros, pois talvez algum de seus amigos soubesse alguma coisa de um possível plano de fuga de Ponche e tivera esquecido de lhe contar.

Clóvis passou correndo e quase atropelou Dona Alsácia, uma senhora bem idosa já com os cabelos muito grisalhos. Nem pensou muito tempo sobre o que ela estaria fazendo ali ainda naquela hora da manhã. Alsácia há muito tempo já havia deixado de cuidar da própria vida e se achava no direito de preocupar-se com a dos outros. As novidades na cidade sempre acabavam de um jeito ou de outro chegando aos seus ouvidos, e ela não se fazia de rogada em passar nenhuma informação aos demais. Não se considerava uma fofoqueira, imagine! Apenas uma mulher bem informada. Logo que soube da notícia sobre o desaparecimento do filho do delegado, foi ficar de plantão em frente da casa para ver se escutava mais alguma coisa. Clóvis pediu desculpas e se afastou um pouco. Logo em seguida, viu que ela estava tomando um caminho um pouco diferente daquele que a levaria à sua casa. E imaginou que ela estava indo contar a novidade a mais alguma pessoa desocupada.

:: ::

Mesmo cansado, depois de ajudar Lala, Juca foi para o topo do Monte Jaraquá para ver o pôr do sol. Não passava um dia sem visitar seu quartel- general, onde guardava as poucas lembranças que tinha de sua família. Ninguém na cidade sabia onde Juca passava a maior parte do tempo, pois quase ninguém ia ao topo do Monte, apesar de ser muito fácil chegar lá em cima. Juca se sentia muito satisfeito com isso, pois ninguém atrapalhava sua tranquilidade, já que os poucos garotos que subiam o monte para matar aula na escola não iam tão alto, pois precisavam ver a movimentação lá embaixo para saber a hora de voltar. Lá Juca se sentia realmente em paz. No entanto, neste dia, Juca percebeu algo diferente. Suas roupas estavam mexidas e algumas coisas estavam fora de lugar. Alguém esteve lá, ou ainda estava.

– Oi, tem alguém aí? Pode responder? – perguntava Juca, movendo-se lentamente.

Juca viu que um arbusto mais abaixo começou a se mover um pouco, e logo depois saiu de trás dele um menino mais ou menos da sua idade.

– Quem é você?

– Sou Vítor Pena – disse o menino, tímido. – Meus amigos me chamam de Ponche.

– O filho do delegado? Que está fazendo aqui? Estão todos loucos atrás de você.

– Vim para cá por que sei que ninguém vêm até aqui, então não iriam me encontrar.

– Você fugiu? – perguntou Juca, com um leve olhar de incredulidade.

– Fugi – respondeu Ponche honestamente.

– Mas por quê? Você tem uma casa, família. Como pode querer fugir?

– Meu pai quer me separar dos meus amigos.

Ponche contou tudo para Juca; não entendia muito bem porque, mas achava que podia confiar nele. Juca, apesar de já ter ouvido pela boca de Lala o quanto Ruth era severa com os alunos, não pensava que ela não passava de uma megera implicante. O menino não gostava nem um pouco de pessoas assim (ele muitas vezes era perturbado por gente desse tipo) e nem pensou duas vezes em ajudar o garoto.

– Olha, vamos falar sobre isso depois. Primeiro você precisa sair daqui. Não é seguro ficar aqui em cima de noite, nem eu que conheço tudo muito bem me atrevo a isso.

– Será só até eu conseguir pensar em um jeito de desmascarar a Ruth. Não vai ser por muito tempo. Meus amigos devem vir me procurar.

– Nada disso. Eu lhe ajudo também, mas vou te levar para um outro lugar.

– E pra onde? – perguntou Ponche, curioso.

– Não se preocupe. Deixa comigo.

:: ::

Não demorou muito e Tarso já estava na casa de José e Laura Medeiros. Ele era um sujeito rústico, tinha a aparência típica de um gaúcho, pele clara, olhos levemente castanhos e cabelos claros. Ela, uma mulher alta, alguns quilos acima do peso, olhos amêndoa como os do filho e cabelos negros. Os pais de Clóvis tinham uma casa modesta, de madeira clara, e os jardins eram cheios de árvores com os mais diversos frutos. José não gostava muito do delegado, e ficou muito aborrecido ao ver que ele estava lá para fazer queixa de seu filho.

– Como pode dizer isso de nosso filho, delegado? Ele é um menino direito.

– Senhor Medeiros, foi a própria supervisora da escola quem me disse tudo isso.

– Mas aquela mulher tem raiva de nosso filho – disse José, amarrando a cara para Tarso. – Não pode acreditar nela.

– Ela não é a única que reclama do seu filho, senhor – Tarso reprimiu o olhar confrontador de José Medeiros. – Ele é um baderneiro.

– Não seja tolo, delegado – desdenhou o Sr. Medeiros –, meu filho me conta tudo que acontece na escola e sei que ele é muito querido por todos lá...

– Pois é óbvio que ele está mentindo – interrompeu Tarso.

– O que me parece cada vez mais óbvio é o que meu filho me disse sobre o senhor.

– Como assim? – Tarso pareceu preocupado com a afirmação.

– Ele me disse – José Medeiros se aproveitou da expressão de preocupação de Tarso – que a supervisora, a tal Ruth, sempre fala com o senhor sobre ele.

– E isso o que tem a ver?

– Tem a ver que o senhor se deixa levar demais por aquela mulher – disse ele, empertigando-se. – Ou será que o senhor tem medo dela, delegado?

– Como ousa – disse Tarso, os olhos ardendo de cólera.

– Foi o senhor quem veio aqui e desacatou o meu filho. E quer saber do que mais? No que depender de mim, aqueles dois continuam amigos, o senhor querendo ou não.

– É o que vamos ver! – disse Tarso, indo embora, furioso.

– Querido, será que você não exagerou? – perguntou Laura Medeiros, que manteve-se distante da discussão entre os dois homens.

– Não se preocupe, Laura – disse José. – Ele não fará nada contra nós. A atitude dele é mesmo estranha. Ele dá crédito demais ao que essa mulher diz.

– Será que nosso filho está certo?

– Não sei, querida! Não sei.

ArquiTetandO planos

Juca avisou por telefone a Clóvis e aos outros que escondeu Ponche na garagem da casa de Dona Lala. E pediu que eles fossem para lá. Todos, principalmente Marie, acharam a chamada um pouco estranha. "Quem é esse garoto? Não me lembro da voz dele". Mas nem pararam para pensar muito tempo nisso, pois estavam com muita vontade de ver Ponche e de saber como ele estava, e onde estava. É claro que a casa de Dona Lala, uma viúva com quem todos falavam muito pouco, era o último lugar em que iam pensar que Ponche estivesse.

Clóvis realmente não havia se enganado: Alsácia fora para a casa de Ruth contar-lhe as novidades sobre Ponche. Como era amiga da família, Ruth achou por bem fazer uma visita para saber como os pais do menino estavam se sentindo com essa atitude impensada do filho. Logo que ia se aproximando dos jardins em frente à bela casa dos Penã, Ruth viu que Dalva já estava na porta, como se soubesse que ela viria.

– Dalva, querida! Acabei de saber do ocorrido. Vim saber se vocês estão precisando de alguma coisa. Estou muito preocupada com o menino...

– Foi bom você ter vindo, Ruth. Precisamos ter uma conversa.

Dalva estava preparando um café. Enquanto esperava, Ruth folheava algumas revistas. As duas eram amigas há muito tempo e Dalva tinha medo de chatear ou ofender Ruth durante a conversa que teria com ela sobre Clóvis. Mas ela precisava saber o motivo de tanta repulsa da parte dela para com o amigo do filho.

– Como pode ser possível este menino ter saído assim de casa, no escuro... e nem dar satisfação a vocês...

– É verdade, Ruth. Nós não entendemos porque Vítor fez algo assim.

– Deve ter sido conselho daqueles marginais com os quais ele insiste em conviver.

Ruth havia chegado no ponto em que Dalva queria, e ela não pôde deixar de notar que Ruth pareceu extremamente satisfeita em dizer aquilo, dada a forma como contorceu os lábios, quase que deixando transparecer uma expressão de extrema satisfação.

– Por que fala assim deles, Ruth. O que fizeram de tão grave assim?

– Ora, Dalva. Eu sou a responsável pela disciplina naquela escola. Sei muito bem o que fazem todos os meninos e meninas que estudam lá.

– Não foi isso que perguntei, Ruth. Por que detesta tanto o filho dos Medeiros?

– Como assim? – Ruth pareceu aturdida; não esperava aquela pergunta da amiga, muito menos no tom em que ela havia feito.

– Não disfarce – Dalva falava mais severamente agora. – Eu sei o que você anda dizendo sobre esse menino ao meu marido. Eu tenho certeza que foi por causa disso que meu filho fugiu.

– Está louca, Dalva? Não disse ao Tarso nada mais do que a verdade.

– Verdade? Você chama de verdade ter dito que um garoto de treze anos não passa de um marginal, um bandido?

Ruth levantou-se, fazendo uma expressão extremamente séria.

– Pois ele é mesmo! E você já deveria saber disso. Tarso entende meu ponto de vista.

– Será mesmo? Ou é porque você fica enchendo a cabeça dele com mentiras?

Ruth pareceu ter sido esbofeteada pela amiga.

– Como pode falar assim comigo, Dalva? Somos amigas...

– Pois só continuaremos a ser amigas se você deixar meu filho e o amigo dele em paz.

– Você não pode estar falando sério!

– Nunca falei tão sério, Ruth. Ou para com essas acusações, ou não precisa mais por seus pés nesta casa.

– Não posso acreditar que você seja tão cega – disse Ruth, magoada.

– Nunca vi as coisas tão perfeitamente como agora – respondeu Dalva, energicamente.

– Esse menino está conseguindo o que quer, Dalva! Que nós briguemos.

– Será que ele é o grande vilão desta história, Ruth?

Ruth recolheu sua bolsa. Encarou Dalva com um olhar profundo, que parecia cortá-la como uma foice recém afiada. Tirou uma cartela da bolsa e tomou um dos seus comprimidos, que a acompanhavam onde quer que ela fosse, pois sua gastrite estava a incomodando como nunca naqueles dias. Arrumou as revistas que remexeu, tomando cuidado para que todas ficassem exatamente como estavam antes, e se dirigiu logo depois à porta da casa, seus olhos ainda fixos em Dalva, mirando-a intensamente, uma expressão de desalento no rosto cheio de rugas. Assim que saiu, mirou a Rua das Flores, dando as costas à Dalva. Andou mais um pouco, contornou uma pedrinha que estava um pouco desalinhada das outras no jardim, e tornou a olhar a amiga, desta vez parecendo mais perigosa e vingativa do que nunca.

– Você ainda vai me pedir desculpas, Dalva. Pode apostar nisso.

:: ::

Os policiais voltaram para a delegacia um pouco mais cedo do que Tarso esperava. Nenhum deles tinha conseguido qualquer pista do paradeiro de Ponche, e tinham procurado o menino por toda a cidade. Barildo ficou particularmente chateado, já que além de ser subordinado de Tarso, era também um grande amigo da família. Ele era um homem moreno, de média estatura e bastante gordo. Apesar de estar fora de forma, principalmente por causa da idade já avançada, estava sempre disposto a trabalhar, o que nem sempre acontecia, pois Jaraquá era uma cidade bem pacata.

– Não se preocupe, delegado. Vamos achar o garoto.

– Onde será que ele está, Barildo? Onde...

– Não pode estar longe. Se tivesse saído da cidade, algum dos guardas o teria visto.

– Tomara, Barildo!

– Amanhã ele estará em casa. Não poderá ficar sumido por muito tempo.

– Ele vai voltar. Tenho certeza.

– Ficaremos de olho. Mais cedo ou mais tarde, a gente encontra ele.

:: ::

A Padaria Magnólia ficava a poucos metros da delegacia, e estava mais agitada do que de costume naquela manhã. Era dia de promoção, e Seu Miguel aproveitava para esgotar o estoque dos produtos que já estavam há muito tempo nas prateleiras. Mas a agitação também se dava por outro motivo, este um pouco mais comum do que a liquidação. Rebeca, uma garota morena de olhos e cabelos castanhos e rosto de boneca, estava (como já era de costume) contando várias novidades a Marie, e esta a ouvia atentamente, sem nem perceber como a conversa alterava a rotina da padaria, já que Rebeca tinha uma voz bastante estridente e podia ser ouvida no outro quarteirão sem que fosse necessário muito esforço. Rebeca e Marie eram grandes amigas. Entre elas não havia segredo algum. As duas se conheciam desde pequenas, pois suas famílias eram muito amigas. Eram poucas as vezes que se podia ver as duas separadas. Estava quase na hora de encontrar Ponche na garagem da casa de Dona Lala, onde Juca o havia escondido, e Rebeca não parava de falar um só instante.

– Acho melhor falarmos sobre o Ponche quando estivermos longe daqui, Rebeca. Ou logo, logo a cidade toda vai ficar sabendo onde ele está – disse Marie, rindo.

– Ai, desculpa. Eu esqueci... puxa, quase fiz uma bobagem...

– Sem grilo... vamos logo, o Clóvis e o Boca já devem estar lá. Papai, eu já vou indo, tá?

– Onde é que as mocinhas vão? O papo pelo visto estava ótimo hoje.

– Ah, sei lá. Andar por aí. Botar o papo em dia – disse Rebeca, enquanto assaltava um pão de queijo de uma das bancadas de mármore.

– Botar o papo em dia, ora pois! E não era isso que já estavam a fazer? – disse Seu Miguel rindo da cara envergonhada de Rebeca, que escondia rapidamente o pão de queijo mordido.

– Ah, ainda temos muito o que conversar, papai, o senhor nem imagina...

– Espero que a conversa não tenha nada a ver com o sumiço do filho do delegado...

– Ora papai, e como não haveria de ser sobre o Ponche? – Marie não conseguiu esconder a cara de culpada.

– Um amigo nosso perdido e a gente ia simplesmente ignorar o fato? Acho que o senhor nos conhece muito pouco, Seu Miguel – Rebeca pousou o pequeno pedaço que sobrara de pão de queijo e saiu carregando Marie da padaria.

– Espero que ele não fique desconfiado.

– E como não ia ficar, depois da cara que você fez? Francamente, Marie. Eu esperava um pouco mais de você... mas deixa isso pra lá. Os meninos já devem estar nos esperando, é melhor a gente se apressar.

As duas saíram rápido, mas não puderam deixar de notar toda a agitação em frente à delegacia. Há muito tempo não presenciavam uma cena como essa, já que a delegacia quase sempre estava vazia. Enquanto Rebeca continuava observando o movimento incomum, Marie começou a pensar na voz do garoto que a chamou à casa de Dona Lala. "Não pode ser ele", ela pensou. Mas se lembrou da voz ao telefone e não teve mais dúvidas.

:: ::

Boca era um menino baixinho, franzino, loiro e com olhos verdes. Sempre se atrasava a todos os encontros com seus amigos, mas a preocupação com Ponche desta vez o faria chegar à reunião pontualmente. Como sempre, antes de sair de casa, Boca se servia de uma maçã, sua fruta favorita. Também não se esquecia de dar um beijo em sua mãe, Bruna, uma linda mulher muito alta, de olhos azuis e cabelos loiros, descendente direta dos fundadores da cidade.

– Estou indo encontrar com o pessoal, mamãe.

– Até logo, meu filho. Vejam se vocês descobrem algo sobre o filho do delegado.

Bruna tinha pelo filho total confiança. Depois da morte do marido, Boca sempre foi seu maior companheiro. Ele mal chegou a conhecer o pai, que morreu quando ele ainda era um bebê, assassinado nos arredores da cidade. Foi o último crime ocorrido em Jaraquá, e também o único sem solução. Bruna nunca soube quem havia matado seu marido. O delegado resolveu dar o caso por encerrado, a pedido da própria Bruna, que temia pela segurança do filho. Ela ainda guardava até hoje uma estranha carta que recebeu após o crime, da qual nunca falou para ninguém, nem mesmo para Boca. Mal tinha coragem de abri-la para saber o que estava escrito, com medo de que o pesadelo recomeçasse. Escondia a carta em seu armário, num lugar só conhecido por ela, onde nunca ninguém pudesse encontrá-la.

Boca chegou rapidamente na casa de Lala, em seu skate. O menino adorava deslizar pelas ruas da cidade, que eram muito bem acabadas e excelentes para a prática deste esporte.

– Quem é você? – disse Boca quando viu Juca se aproximando para recebê-lo.

– É uma história longa. Depois eu explico. O Ponche e o Clóvis já estão lá dentro.

Juca ainda não conhecia nenhum dos garotos, a não ser Marie. Ponche ainda também mal conhecia o novo amigo, já que quase não conversaram no topo do monte.

– Ponche! Eu estava preocupado.

– Oi, Boca. Eu tive que fugir, pois não aguentava mais a pressão do meu pai.

– Eu sei. Mas os nossos pais estão desconfiados.

– E isso é verdade mesmo, Ponche. A Marie me disse que a mãe dela tem feito muitas perguntas sobre o seu sumiço. Acho que ela desconfia que nós sabemos alguma coisa que o Delegado não sabe.

– Pois não se preocupe, Clóvis. Eu e o Juca já sabemos o que fazer.

Clóvis olhava estranhamente para Juca. De alguma forma, o garoto achava que, apesar de nunca ter visto Juca na cidade, ou achar nunca tê-lo visto, ele o conhecia de algum lugar. Só não sabia de onde. Isso não o impediu de fazer perguntas sobre ele.

– E quem é esse garoto, Ponche? Nunca o vi na escola. E que ligação ele tem com a Dona Lala? Ela é viúva, não teve filhos....

– Eu ainda não sei direito nada sobre ele, Clóvis. Conversamos pouco, ele não é muito de papo. Mas ele vai me ajudar com a Ruth.

– E será que podemos confiar nele?

– Podemos e vamos, Boca. Quanto mais ajuda, melhor.

Marie e Rebeca neste momento se aproximaram, e Juca não acreditou quando viu que a menina era uma das amigas de Ponche.

– Você? Mas que azar...

– Digo o mesmo. Nem sabia que você e Ponche se conheciam.

– É, nos conhecemos, mas há pouco tempo. Tá bom pra você?

– Grosseiro como sempre! – disse Marie, olhando fixamente para Juca. – Você parece ser muito mais educado quando está ao telefone...

Juca não suportava o ar de princesa de Marie, e ela detestava mais ainda o jeito grosseiro de Juca. Os dois se encaravam furiosamente naquele momento, ambos parecendo soltar faíscas pelos olhos.

– Você conhece esse garoto, amiga? – perguntou Rebeca, escondendo um sorriso nos lábios e parecendo entender o que estava acontecendo.

– De vista, infelizmente. Mas vamos, Rebeca. Ponche e os outros estão esperando.

Clóvis não via a hora de poder começar a tramar contra Ruth. O sentimento que Clóvis detinha contra ela e Dona Florência era uma profunda raiva, mas não uma raiva comum, como a de qualquer outra criança que era perturbada na escola por elas. Era como se ele soubesse de algo que Ponche e os outros não sabiam, ou que soubesse que as duas eram muito piores do que aparentavam ser.

– Obrigado por terem vindo, gente! E desculpem os problemas que estou causando.

– Não tem problema, Ponche. Nós sabemos que você fez a coisa certa.

– E será mesmo, Rebeca? Tenho medo da reação do meu pai e da minha mãe quando eu voltar para casa.

– E quando você vai voltar? – perguntou Boca.

– Isso vai depender do que ficar resolvido hoje. Juca, diga para eles nosso plano.

– O quê? Esse garoto bolou um plano? Não sabia que tinha cérebro pra isso – disse Marie.

– Olha aqui, menina. Não vou perder tempo com você – respondeu Juca, furioso.

– Eu tenho nome, ouviu?

– E quem disse que eu tenho que me lembrar do seu nome?

– Marie, pare com isso. Você veio aqui para me ajudar ou para arranjar problemas?

– Tudo bem, Ponche. Não está mais aqui quem falou.

Sempre que trocavam um olhar, Juca e Marie se encaravam com as caras mais feias que conseguissem fazer. Mas ela resolveu deixar Juca falar, pelo menos por enquanto.

– Nós temos que arranjar uma maneira de provar ao delegado que essa tal de Ruth não passa de uma encrenqueira – falou Juca, enquanto era observado por todos.

– Mas isso a gente já tinha decidido há muito tempo - retrucou Marie.

– Sei disso. O problema é que ela é a supervisora de vocês – completou Juca.

– E isso o que tem a ver? – perguntou Rebeca.

– Tem a ver que essa Ruth não me conhece, portanto ela não pode fazer nada contra mim.

– Mas é claro! Você não estuda na escola! – falou Boca.

– Eu não disse? Com a ajuda do Juca, nós vamos conseguir desmascarar aquela mulher para que ela deixe de encher a cabeça do meu pai contra vocês.

– Mas você já esqueceu o que eu te disse, Ponche? O que faz com que seu pai dê tanta importância ao que aquela mulher diz?

– Já te disse, Clóvis. Ela é amiga da família, conhece minha mãe desde pequena.

– Pois eu não acredito que seja apenas por isso.

– E o que você acha? Que o meu pai está enganando minha mãe?

– Não sei se está enganando, mas omitindo alguma coisa ele está, sim!

– Que tolice, Clóvis. Meu pai não seria capaz...

– Por favor, não vamos entrar numa discussão sem sentido – interrompeu Juca.

– Ele tem razão. O que nos interessa é o plano contra a Ruth – disse Rebeca.

– Vou explicar o que vamos fazer...

Juca contou a todos o seu plano. Clóvis ainda não aceitava que Ponche defendesse o pai, mesmo com tantas evidências da suposta relação entre ele e Ruth.

– Eu vou descobrir o que aqueles dois estão escondendo, mesmo que tenha que fazer isso sozinho...

:: ::

Tarso estava muito mais nervoso do que de costume, aquela noite. Ainda sem qualquer pista do paradeiro do filho, algo que o fazia se sentir muito pior. Barildo e os outros guardas ainda procuravam por Ponche incessantentemente. Como era de costume, Tarso acendeu um de seus charutos cubanos e se sentou na varanda, onde sempre ia quando precisava pensar. Dalva chegou à varanda de mansinho e se acomodou vagarosamente em um banco próximo a um canteiro de margaridas.

– E então, Tarso? Notícias do nosso filho?

– Não, Dalva. Nosso amigo Barildo ainda o está procurando.

– Confio nele. Sabe quem esteve aqui hoje?

– Curiosos, suponho... sempre estão espreitando a gente quando algo ruim acontece...

– Nada disso. Foi outra pessoa. Não consegue imaginar quem poderia ser?

– Como posso saber, Dalva? Por que não diz logo?

– A Ruth. Veio para saber como estávamos. Mas eu acho que perdeu a viagem...

– Ora, e por quê?

– Você não estava em casa...

– E daí? Ela é sua amiga, é normal que venha lhe visitar.

– Mas é óbvio que não era eu que ela queria ver...

– O que está insinuando, Dalva?

– Você sabe muito bem, Tarso. Há muito tempo que eu desconfio que você e a Ruth me escondem alguma coisa.

– Está louca? Minha relação com a Ruth é simplesmente de amizade!

– Então por que você leva tão a sério o que ela diz?

– Já chega, Dalva. Não vou discutir isso com você de novo. Já estou com um problema pra resolver, por favor não queira arranjar outro!

– Por que não, Tarso? Você sabe que eu estou certa, não é mesmo?

– Dalva, ponha uma coisa na sua cabeça: eu e a Ruth somos apenas amigos. Só isso.

– Isso foi o que eu sempre pensei... mas pode ser que eu esteja errada.

– E está. Tire essa bobagem da cabeça e se concentre na nossa situação. Nosso filho está perdido, Dalva. Pode estar em apuros, se você quer saber.

– Eu duvido muito. Vítor sempre soube se cuidar.

– Eu conto com isso, Dalva.

Por um momento, ao sentir toda a aflição pela qual o marido estava passando, Dalva tirou aqueles pensamentos da cabeça. Mas eles não tardaram a voltar, durante o jantar. Afinal de contas, ela não conseguia imaginar o motivo pelo qual Ruth tinha tanta influência sobre Tarso. Era algo que ela queria descobrir. Mas ia deixar de lado a desconfiança, pelo menos por enquanto.

a carta misteriosa

Boca e Clóvis voltaram juntos da casa de Dona Lala. Boca estranhou o mau humor de Clóvis, já que finalmente o plano contra Ruth estava em andamento, e ele sabia que o amigo devia sonhar com isso todas as noites. É claro que pela sua cabeça também se passava como seria bom voltar para a escola e descobrir que a bruxa havia se aposentado ou ido embora da cidade, mas bem no seu íntimo ele sabia que isso era realmente uma coisa impossível de acontecer.

– Poxa, Clóvis. Eu pensei que você iria ficar contente agora que vamos pegar a Ruth...

– Eu sei. O que me chateia foi a discussão com o Ponche.

– É... ele não acredita que o pai é capaz de enganar a Dona Dalva...

– Eu sei como ele se sente. Não deve ser legal desconfiar do próprio pai.

– E quando é que o Ponche vai voltar para casa?

– Não sei. Pelo menos por enquanto, não. Só quando tudo estiver preparado...

– A essa altura, a primeira parte do plano já foi executada...

Juca não sabia por quanto tempo ia conseguir manter Lala longe da garagem. Ele sempre a ajudava a limpar, mas ela estranhava que o garoto agora quisesse fazer tudo sozinho, pois havia muito serviço e Juca jamais havia se mostrado tão interessado. A quantidade de poeira cobrindo alguns móveis antigos e esculturas de Aleijadinho, que Lala guardava como se fossem raridades, era espantosa. "Um grande desleixo", Juca pensava, pois parecia que algumas peças já não viam um espanador há muitos anos.

– Por que não quer que eu te ajude na garagem, Juca?

– Não há necessidade, Dona Lala. É um serviço pesado. Eu faço sozinho.

– Mas eu sempre lhe ajudei, menino!

– Mas não precisa mais.

Juca ia levar o almoço para Ponche, com todo cuidado, para que Dona Lala não notasse. No prato, um pouco de sopa de ervilhas e duas batatas cozidas, acompanhadas por um saboroso suco de tangerina e uma maçã. Ponche nem acreditou ao sentir o cheiro das guloseimas.

– Tá aí, Ponche. Não é grande coisa, mais dá pra matar a fome...

– Valeu, Juca! A primeira parte do plano já foi executada?

– Pode ter certeza.

:: ::

Uma estranha correspondência foi deixada na porta da Delegacia, bem cedo naquele dia. Era uma envelope branco e sem remetente, apenas com uma frase na parte da frente: "A quem interessar". Prudência, a secretária da Delegacia, achou melhor guardar a carta e esperar por Tarso, para que ele próprio se encarregasse do envelope incomum.

Aquela manhã estava sendo especialmente diferente na delegacia e Tarso notou isso logo que pôs no recinto o primeiro pé. Falatórios e correria pelos corredores, olhares desconfiados em direção a ele, e telefones que não paravam de ser retirados e colocados nos ganchos. Por um momento, Tarso chegou a pensar que o caso havia sido solucionado.

– Alguma notícia do meu filho?

– Não, delegado. Mas acho que devia ler isso - disse Prudência, entregando-lhe a carta.

– O que é essa carta?

– Chegou agora há pouco, delegado. Tentamos avisá-lo, mas sua esposa disse que já estava a caminho.

– Tarso observou o envelope vagarosamente, não deixando escapar nenhum detalhe. Notou rapidamente as particularidades peculiares que ele apresentava, tateando-o para ver se dentro poderia haver algo suspeito.

– Que brincadeira é essa? - disse Tarso, ao ler a mensagem no envelope.

– Também achei estranho, delegado.

Tarso abriu o envelope. Dentro, um pedaço de papel preto com uma mensagem escrita com letras recortadas de jornais e revistas.

– Mas o que significa isso?

– O que diz, delegado? – perguntou Prudência.

– Não dá pra saber bem. Parece a continuação de uma outra mensagem...

– Como?

– Meu deus! – disse Tarso, desesperado.

– Que houve, delegado? O que está escrito nesse papel...

Tarso pegou a carta e saiu da delegacia, desorientado. Prudência comunicou a Barildo, que se apressou em segui-lo para saber o que ele havia lido naquele papel.

– O que será que estava escrito naquela carta que deixou o delegado tão nervoso? – disse Prudência, recuperando-se do choque.

– Será que é algo sobre o filho dele? - disse um dos guardas.

– Não sei. Mas coisa boa não é.

:: ::

Boca chegou em casa junto com Clóvis. Os dois iam esperar notícias de Marie e Rebeca, que tinham sido encarregadas de executar a primeira parte do plano de Juca. A casa de Boca era muito elegante, graças aos investimentos feitos pelo falecido pai do menino. O jardim era tão rico e bem cuidado que já havia recebido dois prêmios da prefeitura da cidade no concurso anual de embelezamento urbano, promovido pela prefeitura de Jaraquá.

– Olá, Dona Bruna.

– Oi, Clóvis! Há muito tempo não te via...

– Pois é. Estamos todos preocupados com o Ponche, que nem nos lembramos de visitar os amigos...

– O Clóvis pode jantar aqui, mãe?

– Claro!

– Vai ser joia. Assim esperamos juntos as notícias.

– Ah, sim, filho! Aproveita e pega dinheiro no meu armário pra comprar um refrigerante para vocês!

– Tudo bem, mãe.

Clóvis ficou na cozinha enquanto Boca foi até o quarto da mãe. Como não sabia onde ela havia guardado o dinheiro, Boca revirou o armário para encontrar. Quando mexia na gaveta de meias, ele viu abaixo de algumas caixas de sapato um envelope, que parecia ter caído de uma das caixas, onde Bruna devia arquivar alguns documentos antigos.

– Que houve, Boca? Por que está demorando?

– Olha só, Clóvis. Encontrei este envelope esquisito aqui.

– Um envelope?

– Nunca o havia visto. Por que será que minha mãe guarda isso?

– E o que está escrito aí?

– "A quem interessar". Que curioso.

Bruna estranhou a demora e foi ver o que estava acontecendo. Quando entrou no quarto, viu que o filho e Clóvis estavam parados em frente ao guarda roupa, segurando o envelope.

– Quem te deu permissão de mexer nas minhas coisas?

– Desculpa, mãe. Eu encontrei enquanto procurava o dinheiro.

– E por que não me chamou? Eu lhe dava o dinheiro.

– Nem pensei nisso. Mas... que carta é essa?

– Não é nada, filho. Anda, vai buscar o que eu mandei.

Boca e Clóvis saíram, sem entender muito bem o motivo de Bruna estar tão zangada. Bruna olhou o envelope para ver se o filho o abrira, e ficou aliviada ao saber que ainda estava fechado.

– Graças a Deus meu filho não abriu este maldito envelope...

:: ::

Tarso chegou em casa apavorado e foi falar com Dalva, mas não a encontrou. Ele pegou o telefone e ligou para todos os conhecidos do filho. Barildo já o havia alcançado, mas ainda não entendia o que estava acontecendo.

– Delegado, ainda bem que o encontrei!

– Ele não está em lugar nenhum, Barildo! Em lugar nenhum!

– Acalme-se, delegado...

– Meu filho! Meu Deus, meu filho...

– Mas nós o estamos procurando, delegado...

– Você não entende, Barildo? Alguém quer matar meu filho!

– Matar seu filho? Como isso é possível, Tarso?

– Dê uma olhada nisto, Barildo.

Barildo leu a mensagem e ficou um pouco perturbado, embora ainda não tivesse certeza de que exatamente se tratava. Mas a desconfiança de

Tarso não era mesmo tão infundada. Parecia realmente que aquilo era uma ameaça de morte.

:: ::

Mesmo tarde da noite, Clóvis foi até a garagem de Dona Lala falar com Ponche sobre as ligações que Tarso fizera para todos as pessoas que o conheciam e poderiam saber alguma coisa dele. Ele contou ao amigo com detalhes como o delegado estava nervoso e desorientado, de uma forma que ele nunca o havia visto antes. Ponche sentiu-se preocupado, pois o pai jamais agiria assim se não estivesse acontecendo algo muito grave.

– E agora? O que eu faço? – perguntou Ponche assustado ao amigo.

– Não se preocupe. Nós vamos tentar descobrir o que houve. Eu te mantenho informado.

Lala estranhou o barulho vindo da garagem, logo depois que Clóvis saiu. A porta rangeu e chocou-se vagarosamente contra o tanque de roupas, espalhando algumas peças que estavam apoiadas no varal do lado.

– Juca, o que está acontecendo lá fora?

– Hã... nada, Dona Lala. Acho que foi o vento...

– Deve ter sido... aliás, Juca, o que deu em você para querer dormir aqui em casa? Você nunca gostou... sempre insistia que eu deixasse você ficar lá na garagem mesmo, que lá você se sentia melhor... por que a mudança agora?

– Pois é, de tanto a senhora insistir, deu vontade – disse Juca, desconversando.

– Muito estranho, muito estranho.

Lala pegou sua agulha e seus apetrechos de tricô. Gostava de se sentar ao lado da janela, em sua cadeira de balanço, para tricotar. Olhava para as estrelas e apreciava a lua, que aquela noite estava muito cheia. Tão distraída estava que nem percebeu uma mulher que andava sozinha pela rua, pensativa. Era Dalva, que tinha passado a noite andando pela cidade. Era um costume dela caminhar à noite, quando estava disposta a pensar e não ser incomodada. Quando estava se aproximando de sua casa, estranhou ao ver que ela estava cercada de pessoas. Por um momento se lembrou de que Tarso já esperava que isso acontecesse, mas também passou pela sua cabeça que seu filho poderia estar de volta em casa, são e salvo. Ela correu o mais rápido que pôde até a pessoa mais próxima, que era Barildo.

– O que está havendo aqui? Encontraram o meu filho?

– Não sei nem como lhe dizer, Dona Dalva...

– Ainda bem que chegou, Dalva! – Tarso vinha ofegante para junto da esposa.

– Mas o que houve, por que você está tão nervoso, querido?

– É o nosso filho, Dalva. Ele está em perigo!

– O quê?

– Recebi essa carta estranha depois que voltei à delegacia. Alguém a deixou lá, durante a noite. Acho que isso tem alguma coisa a ver com o desaparecimento do nosso filho.

– Como assim? Que carta é essa?

– Infelizmente não é uma brincadeira, Dalva. Leia.

Dalva pegou o papel receosa. Em princípio, nada entende, pois a frase não era completa. No entanto, logo percebe o que a mensagem poderia querer dizer, e o motivo pelo qual Tarso estava tão preocupado.

– Deus do céu! Tarso, o que vamos fazer?

– Vou encontrar nosso filho, Dalva. E se alguém fizer algo com ele, vai pagar caro. Vai pagar muito caro.

Um estranho dia de aula

Mesmo com toda a agitação na cidade, por conta do sumiço de Ponche, as escolas iriam funcionar normalmente. Como em todas as manhãs, só se viam nas ruas dezenas de meninos e meninas indo em direção às escolas. E, na Escola Municipal, o começo do dia de aulas foi marcado pela ida do diretor às salas de aula.

Não era comum que Seu Froles, o diretor, logo tão cedo fosse às salas. Ele era um homem alto, muito moreno e de cabelos crespos e negros. Não costumava ir pessoalmente às salas de aula falar com os alunos, no entanto, quando soube do sumiço de Ponche no fim de semana, achou que esta seria a melhor coisa a ser feita, para que tumultos e arruaças fossem evitadas (a simples presença do diretor já era suficiente para acalmar os ânimos dos alunos).

– Sei que todos estão muito preocupados com o sumiço de seu colega, Vítor, no sábado. Mas quero adverti-los que não tolerarei qualquer tipo de bagunça. Em suma, aqueles que se aproveitarem da situação que estamos passando serão severamente castigados. Entendido?

Froles não obteve nenhuma resposta (naturalmente), pois poucos eram os alunos que haviam prestado atenção às suas palavras. Os que não estavam entretidos em conversas com os companheiros (como Rebeca e Marie), ou estavam admirando a paisagem na janela ou estavam admirando a professora. Rita dava aulas de todas as matérias a classe 701 (era a única professora da escola a acumular tantas funções), menos música. Ela era uma jovem bonita, tinha olhos azuis claros e os cabelos quase azulados de tão negros. Quase todos os meninos da classe eram loucos por ela, mas a respeitavam muito. Tanto que, ao pedir silêncio enquanto o diretor falava, foi logo prontamente atendida por todos.

Clóvis, Marie, Rebeca e Boca mal sabiam o que fazer. Estavam preocupados com Ponche, que estava apenas com Juca na casa de Dona Lala, e ao mesmo tempo preocupados com os pais dele, que estavam desesperados pelo sumiço.

– Se ao menos soubéssemos o motivo pelo qual o delegado ficou tão nervoso...

– Pois temos que descobrir, Clóvis. Depois da aula - disse Rebeca.

– Ele pode desconfiar. Acho que o certo é o Ponche voltar...

– E voltar como? Ainda mal começamos o nosso plano!

– E por falar nisso, Marie, tiveram algum problema?

– Nenhum. Logo saberemos se houve resultado.

Nesse momento, Ruth entrou na sala e pediu à Rita que mandasse Clóvis ir na direção falar com ela. Ruth parecia um pouco pálida, e entrou e saiu da sala rapidamente, como se não quisesse que aluno algum notasse como ela estava.

– É, pessoal. Parece que deu resultado – disse Clóvis, sem disfarçar o sorriso vitorioso que carregava no rosto.

:: ::

Dalva saiu de casa levando uma cesta com alguns pedaços de torta, para dar a Bruna. As duas se tornaram muito amigas na época em que Tarso estava investigando a morte do marido dela. Ela não aguentava mais o desespero com o sumiço do filho e precisava se abrir com alguém.

– Dalva, quanto tempo! Que faz aqui?

– Estou precisando falar com alguém. Olhe, eu mesma fiz, uma nova receita.

– Obrigada. O que houve? Teve notícias do seu filho?

– É sobre isso mesmo que eu quero lhe falar, amiga.

Bruna sentou-se com Dalva na varanda e ofereceu a ela um pouco de chá. Dalva estava completamente transtornada com os acontecimentos, tanto com Ponche quanto também pela possível traição do marido e de Ruth.

– Mas o que houve de tão sério, Dalva?

– É difícil dizer. Nem mesmo o Tarso sabe exatamente o que é.

– Mas... o que é afinal?

– Uma carta, Bruna. Uma carta estranha que o Tarso recebeu na delegacia.

– Que tipo de carta?

– Não sei bem. Tinha uma mensagem incompleta dentro, e uma frase escrita no envelope. Eu já nem consigo lembrar o que estava escrito...

Bruna ficou pálida, não conseguiu deixar de notar a semelhança entre a carta que Tarso recebeu e a que ela guardara até hoje e que havia recebido após a morte do marido, anos antes.

– O que houve, Bruna? De repente ficou branca...

– Eu não estou muito bem mesmo. E o que seu marido fez com a carta? – disse, tentando disfarçar a ansiedade.

– Está com ele. Ele saiu para procurar nosso filho e a levou.

– Você acha que ele destruiu a carta?

– Não, acho que não. Ele acha que a carta é um tipo de ameaça a alguém.

– Mas quem?

– Tarso acha que pode ser o nosso filho.

– E por que motivo ameaçariam desse jeito uma criança?

– É com isto que estou preocupada. Eu não acho que seja uma ameaça ao nosso filho, e sim a uma outra pessoa.

– Como pode ter certeza?

– Ponche fugiu de casa. Ninguém o levou. Além disso, pela maneira com que a carta foi escrita, parece que não é a primeira pessoa a ser ameaçada.

– Como assim?

– Deduzimos o que estava escrito. É um tipo de mensagem, como se fosse um aviso, mas é a continuação de um outro aviso que pode ter sido enviado a outra pessoa.

Bruna gelou, não acreditando no que ouvia. Seria possível que depois de dez anos a mesma carta que ela recebera estaria novamente sendo entregue a mais alguém? E desta vez, quem seria a nova vítima do assassino?

– Então mais alguém vai morrer, Dalva.

– O quê? – Dalva exclamou, assustada.

:: ::

Clóvis estava frente a frente com Ruth. E sabia o motivo pelo qual ela o havia chamado para conversar. A sala dos coordenadores era muito escura, e também pouco iluminada. Já era de Ruth há muitos anos, e mesmo assim continuava a mesma de sempre. Clóvis achava que Ruth não mudara nada porque gostava de viver em meio às trevas (ele sempre sorria quando pensava nisso). O que mais havia na sala eram arquivos de documentos, pelo menos uns sete. A mesa principal era grande e imponente, toda em jacarandá, muito fina. Atrás dela ficava o arquivo pessoal de Ruth, que talvez fosse o armário mais bem vigiado de toda a escola. Clóvis já tinha estado naquela sala muitas vezes, e em todas elas mantinha os olhos quase fixos no armário atrás da mesa, possivelmente imaginando o que Ruth guardava ali de tão importante.

– E então, menino? Como se sente com o sumiço do seu amiguinho?

– Talvez eu deva perguntar isso a senhora, não é mesmo?

– Que impertinência!

– Depois de dizer tantas mentiras ao pai dele, não era isso o que a senhora esperava que o Ponche fizesse?

– Está jogando a culpa do sumiço dele em mim?

– O que a senhora acha?

Ruth pegou um copo d'água e abriu sua gaveta, tirando os remédios que tomava regularmente todas as manhãs.

– Por sua culpa, eu e minha amiga Dalva acabamos tendo uma séria discussão.

– É mesmo? Será que a ingênua esposa do delegado se tocou e descobriu com quem ela estava lidando?

– Como se atreve a zombar de mim desta maneira?

– Não estou zombando da senhora. Sabe muito bem disso.

Ruth tomou seus remédios, um a um. Depois, jogou na lixeira a embalagem vazia.

– Você deve imaginar qual o motivo de eu lhe chamar aqui, não é?

– Sinceramente, desconheço. A senhora poderia me dizer?

– Não seja falso, menino. Confesse que foi você quem me mandou aquela carta.

– Carta?

Clóvis sabia que Marie e Rebeca já haviam executado a primeira parte do plano de Juca, mas fingiu que não sabia de nada.

– De que carta a senhora está falando?

– Não se faça de tonto, garoto. Você me mandou uma carta anônima.

– A senhora conhece minha letra muito bem. Que sentido teria eu lhe mandar uma carta anônima?

– A carta não foi escrita à mão. Foi com letras recortadas de alguma revista.

– E a senhora acha que eu tenho tempo para gastar cortando letrinhas para lhe mandar uma carta?

Ruth revirou os papéis em sua mesa, percebendo como Clóvis estava seguro ao afrontá-la. Mas não deixou de manter-se firme em nenhum momento.

– E quem mais além de você poderia querer me mandar uma ameaça anônima?

– A senhora que deveria saber. Quem a recebeu foi a senhora, não é mesmo?

– Não tenho inimigos, garoto.

– O que sua consciência lhe diz?

Ruth olhou para Clóvis com uma profunda raiva. Ela mandou o menino de volta para a sala de aula. Ficou um pouco transtornada, pois talvez não esperasse aquela reação do garoto.

Clóvis voltou para a sala com um enorme sorriso no rosto. Rita não entendeu o porquê da alegria do menino, já que sempre que ele era chamado para a coordenação voltava extremamente chateado. Ele se apressou em ir contar aos outros as novidades.

– A bruxa caiu, gente.

– Como estava o humor dela? – perguntou Rebeca, curiosíssima.

– O pior possível. Acho que ela vai sossegar por um tempo.

– Então o Ponche já pode voltar para casa?

– Acho que sim, Boca. Depois da aula, vamos falar com o Juca.

– Silêncio aí atrás, garotos - pediu a formosa Rita.

O reencontro inesperado

Bruna não parava de pensar um só minuto no que Dalva lhe havia dito. Depois de dez anos, novamente outra carta surgiu. Era do mesmo tipo que ela havia recebido depois da morte do marido. Então, significava que alguém havia morrido ou ainda ia morrer. Ela não sabia se dizia ao delegado que também havia recebido uma carta, anos antes. Mas, pelo menos por enquanto, ela continuaria mantendo a carta em segredo. Nesse momento, Tarso e Barildo continuavam a revirar toda a cidade à procura de Ponche.

– Parece que esse é o único lugar em que não viemos na cidade, delegado.

– Essa não é a casa da Sra. Lala?

– É. Ela vive sozinha. Não acredito que seu filho esteja aqui.

– Já procuramos em todos os lugares possíveis, Barildo. Estou com medo que tenha acontecido o pior...

– Ele deve estar se escondendo, delegado. Vamos encontrá-lo.

– Sim. Vamos fazer uma visita à Dona Lala.

Tarso e Barildo observaram a casa da viúva, realmente um lugar muito improvável para se procurar uma criança perdida. Eles bateram na porta várias vezes, e ninguém vinha recebê-los. Barildo achava melhor que eles voltassem em outra hora, por que provavelmente Lala havia saído. Mas Tarso ouviu um barulho estranho vindo da garagem, como se alguém estivesse lá.

– Barildo, você não me disse que essa senhora morava sozinha?

– Sim, ela é viúva. Por quê?

– Tem alguém na garagem, mas não parece ser uma senhora...

– É melhor verificarmos, delegado.

Tarso abriu a porta da garagem. No canto, abaixado, estava Ponche.

– Pai?

– Vítor... filho!

– Como você me achou?

– Não importa, filho. Você está bem?

– Estou sim, pai.

Clóvis e os outros viram a movimentação de longe, e perceberam que Ponche havia sido achado. Ao mesmo tempo, Lala e Juca chegavam do mercado. Juca se surpreendeu quando viu Ponche com o pai.

– O que está havendo aqui, Barildo?

– O filho do delegado estava escondido em sua garagem, Dona Lala.

– Escondido em minha garagem? Mas como?

– Ainda não sabemos. A senhora não tinha percebido nada?

– Não, eu... não tenho limpado a garagem...

Lala olhou para Juca, que havia insistido em limpar sozinho a garagem várias vezes. Ela sabia que ele devia ter algo a ver com o fato de Ponche ter se escondido em sua casa sem que ela sequer desconfiasse.

– Me desculpe, delegado. Sou tão distraída que nem notei a presença do seu filho.

– Não se preocupe, Dona Lala. Eu o achei, e é isso que importa.

Tarso e Ponche foram embora. Lala entrou com Juca, para eles terem uma conversa. Barildo notou que Clóvis e os outros estavam espiando tudo, de longe.

– Juca, espero que você saiba me explicar tudo direitinho...

– Explicar o quê, Dona Lala?

– Você sabe muito bem, Juca. O que você tem a ver com esse garoto?

– Desculpe, Dona Lala. Eu não queria lhe causar problemas.

– Então você abrigou esse menino fugitivo aqui em casa...

– Ele precisava de ajuda, Dona Lala. Eu nem o conhecia, mas não pude negar...

– Entendo sua atitude, Juca. Mas sua obrigação era devolvê-lo ao pai.

– Ele não podia voltar. Estava com problemas em casa.

– Mesmo assim. Você deixou os pais dele desesperados. Não tinha esse direito.

– Só quis ajudar.

– Desta vez passa, mas não vou tolerar uma próxima.

:: ::

Na manhã seguinte, a cidade voltou a sua tranquilidade natural. Tarso havia conversado muito com o filho durante a noite, querendo saber exatamente os motivos que o levaram a cometer tal leviandade (provavelmente lembrando-se da conversa que tivera com a esposa). Dalva, por sua vez, nem sequer fez perguntas, só mimou o filho fazendo-lhe carinhos e um belo jantar com tudo o que ele gostava de comer. No entanto, antes de arrumar o filho para ir à escola, ela queria ter uma pequena conversa com ele. Ainda estava preocupada, achando que Ponche ainda pensasse em fugir novamente.

– Vítor, eu não conversei com você ontem, mas quero lhe perguntar uma coisa.

– E o que é, mãe?

– Você desconfia dessa relação que seu pai tem com a Ruth?

– Mãe, não vou esconder que não gosto daquela mulher, mas eu não acho que o papai tenha nenhuma relação com ela que não seja amizade...

– Então por que razão você fugiu, filho?

– Eu fugi porque já não aguentava mais o papai enchendo a minha cabeça contra o Clóvis.

– Tem certeza que foi só por isso, filho?

– Claro, mãe.

Dalva encaminhou Ponche até a porta, e quando a abriu, reparou que havia um envelope no chão.

– Que envelope é esse, mãe?

– Nada, meu filho. Nada. Vá logo que você já está atrasado. – Dalva reparou no mesmo instante a semelhança entre o envelope na porta e o que Tarso havia recebido na delegacia. – Meu Deus! O que é isso, afinal? – pensou atônita, sem tirar os olhos da mensagem no envelope.

Dalva foi imediatamente para a delegacia. Logo que chegou lá, pediu a Prudência que chamasse Tarso urgente. Meio minuto depois, Tarso já estava diante dela, preocupado e quase tendo certeza de que Ponche havia aprontado novamente.

– O que houve, Dalva?

– A carta, Tarso. Chegou mais uma.

– Mais uma carta?

– Encontrei em frente à porta de casa.

– Não pode ser. O que essa pessoa quer, afinal?

– É melhor você ler, Tarso.

Tarso abriu o envelope. Dentro, o mesmo pedaço de papel preto, também com letras coladas formando uma mensagem.

– Por Deus, Tarso. O que está escrito?

– É a continuação, Dalva. A continuação da outra mensagem.

– Continuação? Você quer dizer o começo ou o fim da frase?

– Aqui ele termina a frase.

– Mas... então quem está com o começo? Quem mais recebeu esta carta?

– Eu não sei, Dalva. Mas nós vamos descobrir.

:: ::

Aquele dia de aula não poderia ter começado pior para os alunos da turma 701: aula de música. Não era fácil aturar a carrancuda Florência. Ela era o tipo de professora que todo aluno adoraria esganar. E para piorar a situação, ainda era a melhor amiga de Dona Ruth, o que fazia os alunos terem por ela ainda mais raiva.

– Bem, vejo que temos aqui na sala um sumido que resolveu aparecer – disse a professora, olhando para Ponche. – E então, Vítor? O que achou do seu fim de semana fora de casa?

Ponche não estava com paciência para suportar as provocações de Florência.

– Não foi tão ruim. Seria pior se a senhora estivesse comigo.

A gargalhada na sala de música foi geral. Florência espumava de tanta raiva, mas sabia que não podia repreender Ponche, já que sabia que tinha começado a provocá-lo.

– Vejo que aprimorou seu caderno de respostas, não é? Foi isso que aprendeu com seus simpáticos amiguinhos?

– Não, senhora. Isso eu aprendi com as professoras intrometidas.

Irritada, Florência pegou Ponche pelo braço e o levou para a sala de Ruth. Rebeca ficou preocupada, achando que Ruth poderia se aproveitar da rebeldia de Ponche para fazer ainda mais a cabeça de Tarso contra eles.

– Não se preocupe, Rebeca. Eu duvido que ela sequer volte a ver o delegado depois que executarmos a segunda parte do plano.

– Mesmo assim, acho que o Ponche está brincando com a sorte, Clóvis.

– Ele sabe o que faz. A essa altura, já deve estar dizendo umas poucas e boas pra Bruxa.

– Ou a bruxa pra ele...

:: ::

Juca estava preparado para cumprir a segunda parte do seu plano contra Ruth. Mal sabia ele dos maus bocados que Clóvis e os outros estavam passando na escola por conta da carta que ela recebeu. Ele sabia que estava acima de qualquer suspeita, pois ninguém imaginava que ele e Ponche haviam se conhecido. Ruth estava sendo muito severa com todos os alunos, a ponto de às vezes cortar até o recreio, tudo para descobrir qual havia sido o aluno que lhe tinha mandado a carta. Mas Juca sabia que isso ainda não era suficiente. Além de amedrontá-la, eles ainda tinham que conseguir afastá-la de Tarso, para que acabassem as acusações contra Clóvis.

– Dona Lala, será que já posso ir embora?

– Tão cedo, Juca? Ainda nem é hora do almoço...

– É que eu queria ver uma coisa na cidade...

– Que coisa?

– Nada, não. Posso ir então?

– Fazer o quê. Vá!

Juca, na verdade, iria até a casa de Ruth, para assim realizar o que havia combinado com todos. Ele tinha que ter certeza de que não haveria ninguém em casa, por isso iria pouco antes do almoço, hora em que a coordenadora ainda estava ocupada com seus afazeres na escola. Como todos os outros estavam tendo aulas naquele momento, nenhuma suspeita poderia cair sobre nenhum deles caso Ruth percebesse que sua casa tinha sido revistada. Juca não estudava na escola municipal, e para todos os efeitos era um total desconhecido de Ponche e dos amigos. Mas ele sabia que o que estava a ponto de fazer era muito arriscado.

Na escola, neste mesmo momento, Ruth estava recebendo Ponche em sua sala. Ele reparou que havia algo de diferente nela. Estava agitada e extremamente nervosa. Ela nem sequer havia feito sua vistoria diária nos corredores. E Ponche sabia o porquê desta aflição.

– Desacatando a professora... bonito, não?

– Faço o que posso.

– De onde tirou esta rebeldia? Seu pai pode não gostar...

– E a senhora vai fazer o quê? Correr daqui e fazer suas fofocas para ele?

– É bom me respeitar, Vítor.

– Respeitá-la por quê? A senhora não tem nenhum direito de se meter em minha vida.

– Sou sua coordenadora!

– Será que é somente isso?

Ruth estranhou o cinismo com que Ponche lhe dirigiu a pergunta, mesmo sabendo que ele se referia a ela e Tarso. Ela pegou um de seus remédios vagarosamente e o levou à boca, não parecendo se importar com o que Ponche dizia.

– Parece que andam botando minhocas nesta sua cabecinha, não é?

– Por que não abre o jogo? O que você e meu pai escondem?

– Está louco? O que eu e o delegado poderíamos esconder?

– Não é de hoje que desconfio disso. Que motivo haveria para o meu pai dar tanto ouvido ao que você diz?

– Como assim? Eu e seu pai somos amigos...

– Somente amigos, senhora coordenadora?

Ruth simulou um pequeno engasgo para assustar Ponche. Para ajudá-la, ele resolveu pegar um copo d'água que estava em cima da mesa. Abaixo do copo, ele viu um envelope estranho. Quando ia pegá-lo, foi impedido por Ruth.

– Pelo visto conhece as brincadeiras do seu amiguinho...

– Como assim?

– É claro que você sabe que foi aquele moleque quem me mandou essa ameaça.

– Mas... não. Ele não.

– Então quem mais? Quer saber, acho melhor você voltar pra sua sala.

Ponche saiu, assustado. Ruth ficou preocupada com o que Ponche dissera sobre ela e Tarso terem um suposto relacionamento. Ao mesmo tempo, pegou a carta,a colocou em sua gaveta e a trancou com chave.

Logo depois, retirou de dentro de seu armário uma maleta de couro, totalmente lacrada. Parou por um momento, e ficou olhando continuamente para a maleta, pensativa. Uma expressão de terror se espalhou pelo seu rosto, como se ela estivesse diante da própria morte, que estava ali na sua frente, esperando pelo seu julgamento. Uma solitária lágrima furtiva desceu pelo seu rosto, caindo sobre uma pilha de documentos de alunos do primeiro ano. Uma pequena frase saiu de sua boca, as palavras fraquejando. "Então, finalmente, ele sabe de tudo."

Ponche andava pelos corredores da escola desorientado. Ele sabia que o envelope que estava com Ruth não era o que Rebeca e Marie haviam feito. Estava assustado, pois aquilo queria dizer que ela realmente havia sido ameaçada, e que corria risco de vida. Ao entrar na sala de aula, viu que a aula de música já havia terminado. Ele pegou seu material e desceu para o recreio.

:: ::

Ruth estava assinando alguns papéis do interesse do diretor, Froles, quando a secretária da diretoria, a senhorita Norma Bay (uma jovem extremamente atraente, que tinha olhos verdes e cabelos muito ruivos), a interrompeu.

– O que você deseja, Norma?

– Há uma ligação para a senhora. É um homem, mas não quis se identificar.

– Como assim, não quis se identificar?

– Ele me pareceu um pouco nervoso. Acho melhor a senhora atender.

– Sim, obrigado. Eu... vou atender.

Ruth parou por um momento, demonstrando grande pavor de atender ao telefone. Ao ouvir a voz de quem ligava, entrou em certo desespero.

– O que você quer? Quem é você?

A voz ao telefone gritava. Ruth estava totalmente paralisada, envolvida pelo medo.

– Eu não tenho nada para falar com você!

Ela desligou o telefone apressadamente, quase deixando-o cair no chão.

Durante o temporal

Depois de despistar os inspetores do pátio, Ponche conseguiu sair da escola. O menino não conseguia pensar em mais nada, apenas na carta que havia visto. Decidido a falar com o pai, ele foi para a delegacia. Chegando lá, não encontrou ninguém, apenas Barildo, que estava fazendo a vigília.

– Seu Barildo, onde está o meu pai?

– O delegado foi à capital e só deve voltar no final da tarde.

– Mais o que ele foi fazer na capital?

– Se não me engano, foi a uma audiência com o governador.

– Que estranho. Ele não disse nada à mamãe...

– Precisa muito falar com ele?

– Pois é, acho que vou ter que esperar ele voltar. Obrigado, seu Barildo.

– De nada, filho. E é bom se apressar e ir logo pra casa, pois deu no rádio que vai cair uma tempestade daquelas.

Ponche, antes de pegar o caminho de casa, foi atrás de Juca.

:: ::

Espreitando a casa de Ruth, Juca percebeu que estava vazia, que nem ela e nem a sua empregada estavam. Era o momento mais que oportuno para que ele conseguisse entrar na casa sem que ninguém o visse. Viu que uma das janelas da sala estava um pouco aberta, e foi por ela mesma que entrou. A casa de Ruth era mais ou menos como ele havia imaginado, adequada para uma senhora de idade como ela. As paredes eram todas enfeitadas de quadros e adornos, e o chão era completamente coberto por tapetes importados. Juca não sabia por onde começar sua busca, já que quem conhecia a casa de Ruth era Ponche. Porém, decidiu começar a procurar pelo quarto. Juca não notou que havia alguém espiando em uma das janelas da sala.

:: ::

Clóvis e os outros ficaram preocupados com Ponche, que sumiu da escola sem dizer para onde ia. A professora Rita estava no meio de uma lição de matemática, por isso Marie sentava-se um pouco distante dos amigos, pois a matéria não era o seu forte. Foi nesse momento que Froles chegou às salas para dar um aviso.

– Com licença, professora Rita. Gostaria de falar com os alunos por um instante.

– Esteja à vontade, senhor diretor.

– Só quero informar que hoje as aulas terminarão mais cedo, às onze horas. A escola foi avisada de que um forte temporal está a caminho, e preferimos que vocês alunos se dirijam à suas casas mais cedo. E lembrem-se: todos devem deixar o colégio e se dirigir diretamente para casa, sem exceções.

– Essa é boa, pessoal. E o Ponche? Quem vai avisá-lo?

– Nós temos que procurá-lo, Boca. Se a escola até vai nos liberar mais cedo, quer dizer que a coisa é feia mesmo.

– Procurar onde, Clóvis?

– Deixa eu pensar. Mas vamos logo.

Logo que soou às onze horas no relógio da escola, começou a liberação dos alunos. Tal preocupação com o tempo já era de praxe na cidade, já que Jaraquá constantemente era atingida por fortes temporais. Decididos a encontrar Ponche, Clóvis e os outros resolveram se dividir.

– Eu vou até onde está o Juca, pode ser que Ponche tenha ido encontrar-se com ele. Vocês três vão à casa dele. Tentem não ser vistos pela Dona Dalva, ok?

– Tudo bem. Só espero que o encontremos antes do temporal começar – disse Boca, que não gostava nem um pouco de trovões. – O céu já está começando a escurecer.

– Adoraria saber porque o Ponche saiu da escola sozinho depois de voltar da sala da bruxa da Ruth – disse Rebeca.

Os alunos foram sendo liberados, pouco a pouco. O céu de Jaraquá estava negro, fortes ventos já estavam começando. Aquela seria uma tarde difícil.

Correndo o mais rápido que podia, Ponche conseguiu chegar à casa de Ruth. Ele tinha que conseguir deter Juca, já que sabia que Ruth estava sendo ameaçada de morte, e se alguém visse Juca na casa dela, poderia suspeitar dele.

– Juca, Juca, onde você está?

– Ponche? – Juca estava surpreso em ver o amigo. – O que houve? O que está fazendo aqui?

– Não há tempo para explicações agora. Vamos sair logo daqui.

Enquanto corriam, Ponche contou a Juca sua conversa com Ruth. O menino mal podia acreditar no que o amigo dizia. Quando Ponche disse que não reconheceu a carta que estava com Ruth, Juca teve certeza de que ela estava realmente em perigo de vida.

– Será que essa mulher tem algum inimigo? – perguntou Juca.

– Sei lá. Mas preciso avisar meu pai. Ele tem que saber disso.

– É melhor procurarmos os outros – disse Juca. – Temos que contar a eles também.

Clóvis chegou rápido na casa de Ruth, dando a volta por trás da Rua das Flores. Não viu os amigos, que já estavam um pouco distantes. Percebeu logo que não deveria estar ali. Avistou Juca e Ponche já longe, e correu ao encontro deles, também sem notar que estava sendo vigiado por alguém.

– Ponche! Juca! Que bom encontrar vocês – disse Clóvis, esbaforido. – Por que saiu da escola desse jeito? Ficamos preocupados.

– É uma longa história – disse Ponche. – Onde estão os outros?

– Na sua casa, os mandei para lá, procurar por vocês – disse Clóvis. – Se corrermos, os encontramos antes de chegarem lá. Sua mãe pode ficar desconfiada.

– Então vamos logo!

:: ::

Os corredores da escola já estavam vazios. Apenas ainda estavam lá alguns funcionários da limpeza, a secretária da direção Norma Bay, Ruth e o diretor Froles. Ele fazia questão de esperar na escola até que o último aluno chegasse em casa. Froles era um homem dedicado e um exímio diretor. Logo que os relógios soaram meio-dia, Froles avisou a todos que ainda estavam na escola para se dirigirem às suas casas. Os funcionários da limpeza terminaram suas obrigações e se dirigiram à saída. Norma Bay e Froles descem juntos. Ruth, que ainda estava um pouco abalada com os últimos acontecimentos, juntou alguns papéis e os colocou na bolsa, sem perceber que seu chaveiro havia ficado sobre sua mesa. Logo depois, ela também foi para sua casa.

:: ::

Dalva já estava preocupada com a demora de Ponche, mas Bruna, que estava lhe fazendo uma visita, a tranquilizava dizendo que provavelmente ele estava com os amigos e a caminho de casa.

– Será que esse temporal vem mesmo, Bruna?

– Claro que sim. Já estou até acostumada com esse tempo por aqui.

– Pois é, só espero que o Vítor chegue logo.

– Deve estar chegando. E o seu marido?

– Deve ficar na delegacia. Saiu cedo hoje de manhã, nem sequer o vi.

Dalva, ao se levantar para ir à cozinha, percebeu que Rebeca, Marie e Boca estavam na frente da casa.

– Bruna, aqueles não são os amigos do Vítor e do seu filho?

– Sim, são eles. Que será que estão fazendo aqui?

Dalva foi falar com os meninos, que a princípio se assustaram. Mas ao mesmo tempo, eles viram Ponche e os outros chegando.

– Que estão fazendo aqui, garotos?

– Nada, dona Dalva – disse Marie, lembrando-se de que Clóvis pedira-lhes que não fossem vistos. – Só esperando o Vítor e os outros, viemos na frente.

Ponche, Juca e Clóvis chegaram correndo. Clóvis olhou de cara feia para os amigos. Assim que se juntaram, entraram na casa. No mesmo instante, começou o temporal.

O temporal sacudia as portas e janelas. As ruas estavam vazias, todos os pedestres já estavam em suas casas. Algumas construções pareciam se desfazer durante a forte chuva. Os pontos mais baixos da cidade já estavam começando a ficar alagados. Já fazia dois anos desde o último temporal, e alguns moradores mal tinham acabado de consertar o que havia sido destruído com as últimas chuvas. Os prejuízos à cidade eram imensos.

Enquanto os meninos ligavam para suas casas para avisar que estavam abrigados, Dalva fazia um chá e alguns bolinhos. Marie ficava preocupada com os pais, já que a padaria ficava na parte baixa da cidade, e poderia estar sujeita à inundação. Juca e Ponche ainda falavam sobre Ruth, e estavam esperando os outros terminarem as ligações.

– Nem quero pensar no que eles vão dizer quando nós contarmos isso a eles – disse Juca com a voz arrastada. – Aposto que vão pensar que estamos ficando malucos.

– É muito mais sério do que você pensa, Juca.

– Eu sei, mas será que é o que você está pensando mesmo? Quer dizer, olha esta cidade... há anos que ninguém morre aqui, a não ser os que morrem de velhice.

– Mas o pai do meu amigo morreu, e ninguém sabe até hoje o que aconteceu. – Ponche olhou piedosamente para Boca. – Se temos chance de evitar outra morte, temos que agir, não é?

– Mesmo esta pessoa sendo a Ruth?

– Não importa quem seja. Apesar de tudo, ela é amiga da minha mãe.

Ponche estava muito preocupado e nem se importou quando Rebeca derrubou, sem querer, um pouco de chá na sua camisa (ele tinha acabado de ganhar a camisa do pai depois que voltara para casa). Apesar de não conseguir tirar da cabeça o que Ruth havia lhe dito, não deixou de se servir dos bolinhos feitos pela mãe, que estavam deliciosos. No entanto, mal esperava para esclarecer sobre a carta com Rebeca e Marie.

:: ::

Seu Distinto, o vigia da Escola Municipal, estava na sala dos professores. A sala ficava bem acima da entrada principal da escola, único acesso possível quando a escola estava fechada. Ele era um homem de origem humilde, como tantos outros que trabalhavam na escola. Já era muito velho, mas curiosamente ainda preservava os cabelos bem negros. Sua principal distração nas longas noites em que ficava de vigília na escola era sua televisão portátil e seu radinho, com que ouvia suas partidas de futebol.

Acostumado às noites de tempestade que passou na escola, já nem se assustava mais. Mas era a primeira vez que ficava na escola durante o dia, pois o vigia deste horário, seu Colombo, estava de licença e não tinha ido trabalhar.

Quando estava fazendo sua vistoria nas salas, Distinto escutou um barulho vindo do andar de baixo. Como se tratava da entrada da escola, achou estranho, pois sabia que ninguém costumava sair de casa na hora da chuva, muito menos para vir à escola. Ele resolveu ir ver quem era, e caminhou até o portão. Assim que chegou no hall de entrada, recebeu uma pancada na cabeça.

:: ::

Ponche contou para todos sobre a carta que estava com Ruth, e acabou constatando o que temia: a descrição da carta não combinava com a que Marie e Rebeca fizeram. Todos se assustaram, pois isso comprovava a suspeita de Ponche de que Ruth estava mesmo sendo ameaçada de morte.

– O que fazemos então, Ponche?

– Não sei, Marie. Estou muito confuso.

– O mais certo seria avisar seu pai ou mesmo a própria Ruth – disse Clóvis, parecendo um pouco menos assustado que os demais. – Ele vai saber o que fazer.

– Mas como? Meu pai foi viajar, não sei pra onde. E a Ruth suspeita que fomos nós que mandamos a carta pra ela.

– E o que terá acontecido com a nossa carta? – perguntou Rebeca.

– Provavelmente se perdeu na casa da bruxa – respondeu Clóvis, observando a cara de espanto da menina. – Aposto que não seria difícil nada se perder lá dentro.

– Eu não diria isso – falou Juca, corrigindo-o. – A casa dela pareceu ser muito organizada, para mim.

– Temos que garantir que nada vai acontecer a ela, até seu pai voltar.

– Pois é. Concordo com o Boca. O problema é sair com esse temporal – completou Clóvis.

– Vocês acham que o assassino atacaria durante o temporal?

– É o mais certo, Marie, pois não tem ninguém zanzando pelas ruas.

– Talvez se distrairmos minha mãe e a dona Dalva, pelo menos dois de nós consigam sair e ir lá pra casa da Ruth.

– Isso mesmo – concordou Rebeca.

– Eu posso ir, já que sua mãe não me conhece bem, e nem vai sentir falta – falou Juca.

– E eu vou junto – disse Marie. – Quer dizer, você não pode sair por aí sozinho, não é?

– Tudo bem. Vamos tentar – falou Ponche, observando Bruna e Dalva no lado esquerdo da sala.

Boca e Ponche chamaram as mães para irem a cozinha, enquanto Juca e Marie saíam para ir à casa de Ruth. Clóvis, olhando da janela, se lembrou da descrição que Ponche fizera do envelope que estava com Ruth. Ao mesmo tempo, lembrou de quando estava na casa de Boca e os dois encontraram um envelope no armário de Bruna. Logo, percebeu que os dois envelopes eram iguais.

– Caramba. Será possível?

– Que houve, Clóvis?

– Nada, Rebeca. Nada – disse o menino impacientemente, enquanto Juca e Marie sumiam pela porta da sala.

Completamente encharcados, Juca e Marie chegaram à casa de Ruth pouco depois. Pela janela, observaram que ela estava entretida com um livro. Por um momento, os dois ficaram aliviados, por constatarem que ela ainda estava viva. Mas não sabiam por quanto tempo conseguiriam vigiá-la sozinhos. Os dois se sentaram num pequeno banco, logo na frente da casa. Marie abriu o guarda-chuva para protegê-los. Os dois se olharam calorosamente.

– Jamais pensei que estaria um dia com você, tomando chuva...

– Gosta de tomar chuva, menina?

– Dependendo da companhia, sim.

– Eu também...

:: ::

A chuva começava a ceder. Os ventos também estavam ficando menos fortes. O temporal estava passando. Comparado aos anteriores, nem foi de grande proporção. O céu já começava a clarear, deixando ver o maravilhoso pôr do sol. Poucos foram os prejuízos causados pelo temporal, para a alegria dos comerciantes e moradores.

Como de costume, Barildo deixava a delegacia e ia ver como estava a cidade, depois de cada temporal. A água que enchia algumas praças já estava escoando, e os garis aproveitavam o pouco sol que ainda brilhava para adiantar o serviço do dia seguinte, tirando das ruas um pouco do lixo que o aguaceiro carregou para as calçadas. Quando passou pela praça municipal, na Rua das Flores, viu o corpo do vigia Distinto caído em frente aos portões da Escola Municipal.

:: ::

Dalva, lembrando-se do que Bruna lhe dissera quando ela lhe contara sobre a carta que Tarso recebeu, decidiu conversar mais com a amiga sobre o caso. Dalva ficou muito assustada quando Bruna disse que certamente mais alguém ia morrer. Clóvis e Rebeca rapidamente aproveitaram o fim da chuva para saírem sem que Dalva desconfiasse que Juca e Marie já haviam ido embora, mesmo com o temporal. Boca ficou com Ponche, enquanto Dalva chamou Bruna para conversar.

– Confesso que ainda não tirei da cabeça aquilo que você me disse.

– Foi bobagem, esqueça.

– Como esquecer, Bruna? O que você me disse é muito sério.

– Eu disse da boca pra fora, só isso.

– O que você sabe, amiga? Tem que me contar.

– Não sei de nada, é melhor eu ir embora...

– Você está me escondendo alguma coisa. Por favor, confie em mim. Conte-me.

– Eu não escondo nada. Nada, ouviu?

– Por favor, Bruna...

Bruna pegou Boca e os dois foram embora. Dalva ficou preocupada com Bruna, pois percebeu que ela sabia de alguma coisa e não queria contar.

– O que houve, mãe? Você e a dona Dalva discutiram? – disse Boca, percebendo que a mãe estava um pouco nervosa.

– Não foi nada, filho. Vamos pra casa.

Crimes na escola municipal

Juca acordou de um pequeno cochilo, sacudido por Marie. Os dois adormeceram ainda quando estava chovendo, por isso permaneciam muito molhados, apesar de estarem com um guarda-chuva. Logo se deram conta de que tinham esquecido de vigiar Ruth.

– E agora? Será que aconteceu alguma coisa?

– Vamos lá ver rápido, Juca.

Quando chegaram à janela, já não avistaram mais Ruth. Mas eles ainda tinham a chance de ela ter ido para o quarto. Nada. Marie se desesperou, achando que o pior acontecera.

– E se ela foi morta, Juca? O que vamos dizer aos outros?

– Ela deve ter saído. Por que razão o assassino ia levar o corpo?

– Para poder se livrar dele.

– Não, isso não. Ela deve ter ido a algum lugar. Sejamos otimistas.

– Quem sabe a dona Alsácia não viu alguma coisa? As duas são amigas...

– Boa. Vamos perguntar a ela.

Os dois se aproximaram da casa de Alsácia e bateram na porta. De início, parecia não haver ninguém em casa. Logo depois, Alsácia abriu a porta.

– Desculpem a demora. Estava ao telefone. O que desejam?

– A senhora sabe nos dizer se a dona Ruth saiu?

– Pra que vocês querem saber, menina?

– Precisamos falar com ela. É urgente – interrompeu Juca.

– Ela saiu há pouco com um homem. Acho que era o diretor da Escola.

– Seu Froles? O que ele poderia querer com ela a esta hora? – perguntou Marie, curiosa.

– Acho que aconteceu algo na escola, estava conversando com um amigo e ele me disse que viu muita agitação por lá.

Os garotos se olharam assutados e começaram a correr. Alsácia reconheceu Juca, e ficou um tanto cismada com o fato de ele estar procurando por Ruth, já que ao espreitar a casa de Ruth pela manhã, quando havia percebido um movimento estranho, havia visto o menino e outro garoto rondando a casa.

– O que pode ter acontecido na escola pra todo mundo ir para lá de noite?

– Não sei. Mas boa coisa não é. Vamos nos apressar, Juca.

:: ::

Em frente à escola municipal havia uma grande quantidade de jornalistas e repórteres. As pessoas que passavam pela rua se assustavam com o movimento na escola, já que era noite e geralmente tudo está vazio. Defronte ao portão, estava o corpo de Distinto. Sem a presença de Tarso na cidade, Barildo não sabia o que fazer. Há muitos anos não se via um cadáver na cidade, desde o assassinato de Edgar Peixoto, pai de Boca e marido de Bruna. Entre os curiosos que estavam na frente da escola, via-se Clóvis, Rebeca e Ponche. Eles sabiam que isso só poderia ser obra da mesma pessoa que havia mandado a carta ameaçando Ruth.

– Pobre Distinto. Não tinha nada a ver com isso – disse Rebeca, chorando.

– E quem garante? Nós nem sabemos o motivo pelo qual ele quer matar a Ruth.

– Muito difícil ele ter algo a ver com isso, Clóvis. Era um homem humilde, não se metia com ninguém. Era apenas o vigia da escola.

– Não sabemos com quem estamos lidando.

– Só gostaria de saber o motivo dessas mortes...

– Mortes? Mas a Ruth não morreu. Pelo menos ainda...

– Me refiro ao pai do Boca – completou Rebeca. - Nunca descobriram quem o matou.

– Você acha que pode ter alguma coisa a ver com a morte dele? – perguntou Clóvis.

– Quem sabe... eu não duvidaria de nada.

– Acho difícil. O pai do Boca morreu há dez anos. Por que o assassino ficaria oculto por tanto tempo assim?

– Sei lá, Ponche. Às vezes só agora ele vai querer completar o que começou...

As palavras de Rebeca deixaram Clóvis ainda mais confuso. Em poder de Bruna havia uma carta igual a de Ruth. Com o mesmo envelope, a mesma frase na parte da frente. Ou ela ia mandar essa carta a alguém, ou ela havia recebido esta carta, depois da morte do marido. O menino preferiu dispersar estes pensamentos, já que não tinha certeza do que realmente acontecera.

:: ::

Barildo estava em audiência com Froles e Ruth na diretoria. Sem saber o que fazer, ele preferia esperar o retorno de Tarso. Ruth estava extremamente nervosa, pois de alguma maneira ela sabia que não estava em segurança. Principalmente depois do telefonema que recebeu.

– Os guardas revistaram tudo, senhor diretor. Nada foi roubado.

– Então por que teriam matado o Distinto? Para depois não levar nada?

– É mesmo estranho, pois o assassino aproveitou para agir durante o temporal, quando não havia ninguém nas ruas – disse Barildo.

– Que eu saiba, Distinto não tinha inimigos.

– Por via das dúvidas, mandarei reforçar a segurança na escola. O senhor vai suspender as aulas amanhã?

– Não acho prudente, pois os alunos estão com a matéria atrasada.

– Sem problemas. De minha parte, adianto que manterei a escola sob vigilância. O resto apenas o delegado pode decidir.

– Tem certeza de que estaremos seguros amanhã? – perguntou Ruth, a voz rouca e fraca.

– Não se preocupe, senhora. Ninguém mais entra neste prédio.

– Deixo isso em suas mãos, policial – completou o diretor, solenemente.

Logo após a reunião, Barildo começou a dispersar as pessoas que estavam em frente à escola. O corpo de Distinto foi levado ao necrotério, onde seria feita a autópsia para saber a causa da morte. A polícia tentava localizar os parentes da vítima, que moravam no subúrbio da cidade. Clóvis e os outros foram procurar Juca e Marie.

:: ::

Tarso chegou da capital já a par do ocorrido na escola. Após falar com Barildo ao telefone sobre as providências da investigação da morte de Distinto, foi interrogado por Dalva, que ainda estava desconfiada de tudo que havia acontecido e da viagem repentina do marido.

– Como você viaja sem sequer me dar uma satisfação?

– Não tive escolha, Dalva. Tive de ir à capital para uma reunião.

– Poderia ao menos ter ligado.

– Por favor, Dalva. Já tenho tantos problemas e você me vem com besteiras.

– Acha que tem algo a ver com a carta que recebeu?

– Provavelmente sim. Só gostaria de saber quem poderia querer matar um homem como o Distinto. Que eu saiba, ele nunca fez mal a ninguém.

Dalva se lembrou do que Bruna lhe dissera sobre haver mais uma morte na cidade. Confusa, preferiu não falar com o marido.

– Onde está Vítor? – perguntou Tarso, parecendo ainda mais irritado.

– Com seus amigos. Foram à escola. Já deve estar de volta...

– Sei. Com aqueles amigos... bom, agora não posso pensar nisso. Amanhã não será um dia fácil...

:: ::

Marie e Juca encontraram os outros no caminho para a escola. Juca estava apreensivo, pois temia que algo tivesse acontecido com Ruth.

– O que aconteceu na escola, amigos? – perguntou Juca.

– Um vigia foi assassinado – respondeu Clóvis rapidamente.

– O seu Colombo?

– Não, amiga, o seu Distinto. Estava cobrindo o seu Colombo, que estava de folga hoje – respondeu Rebeca.

– Será que foi o mesmo cara que está ameaçando a Ruth? – disse Juca.

– Provavelmente, sim. Ele deve ter reagido, e foi morto – respondeu Clóvis.

– Pobre homem...

– Então é melhor eu voltar pra casa da Ruth para continuar vigiando.

– Não se preocupe, Juca. Todos os funcionários da direção estão sendo vigiados pela polícia da cidade. A Ruth também – disse Ponche, ainda tomado pela surpresa.

– E isso será por quanto tempo?

– Provavelmente até descobrirem alguma coisa. Será muito difícil esse cara botar as mãos na Ruth.

– Então, acho que não é preciso mais continuar com nosso plano – disse Marie.

– Acho que não. Por um tempo, a Ruth vai ficar fora de ação – respondeu Ponche.

– Sei lá, sei lá... – disse Clóvis.

Já era tarde, e todos estavam atrasados para voltarem para casa. O céu já estava limpo, e dava a impressão de que o próximo dia em Jaraquá seria de sol e calor.

Amanhecia. Um novo dia começava. Logo que o sol começou a brilhar, as ruas foram tomadas pelos garis, que começaram a fazer a limpeza das ruas, ainda um pouco sujas por causa do temporal. As crianças já estavam a caminho das escolas. Em frente à Escola Municipal amontoavam-se os policiais que fariam a segurança da escola até a resolução do crime que havia ocorrido no dia anterior.

Antes de ir para a escola, Ruth fez uma visita à Dalva. Desde a última discussão que as duas tiveram, por causa de Clóvis, as duas não mais tinham se visto.

– Precisava conversar com você, Dalva.

– Como você está, Ruth? Soube que está acompanhada de policiais em sua casa.

– Barildo achou melhor deixar os funcionários da direção sob guarda, até que se resolva o que aconteceu ontem.

– Que bom. Mas o que você quer falar comigo?

– Precisamos resolver esse problema entre nós.

– Não há nenhum problema entre nós.

– Como não há? Você me acusou injustamente. Nós éramos amigas.

– Disse bem. Éramos. Não somos mais. E por isso não tenho nada para falar com você.

– Não acredito que esteja fazendo isso.

– É melhor você ir embora, Ruth.

– Por que me trata assim? Afinal, o que eu fiz?

– Não seja hipócrita. Sabe muito bem.

– Juro que não sei, Dalva. Lhe disseram alguma mentira.

– Já chega. Não quero mais falar com você. Não quero vê-la nunca mais.

Dalva, apesar de sentir pena, mandou Ruth embora. Desamparada, ela seguiu o caminho para a Escola Municipal.

:: ::

Clóvis passou na delegacia no caminho para as aulas. Ponche havia dito que ia falar com o pai assim que terminasse a aula, mas Clóvis preferiu encontrá- lo antes, pois desconfiava que Ruth ainda não estava totalmente segura.

– Bom dia, seu Barildo.

– Bom dia, Clóvis! Que faz aqui? Não devia estar na escola?

– É, devia. Mas preciso falar com o delegado.

– E o que quer com ele?

– É um assunto importante, acredite.

– Bom, seja o que for, vai ter que esperar. O delegado está numa reunião com os médicos da capital.

– Uma reunião a esta hora?

– É, não posso interromper. Desculpe.

Pouco antes de Clóvis ir embora, Tarso terminou a reunião. Quando viu que o menino estava à sua espera, o chamou para entrar.

– Barildo, depois que acabar aqui, vou precisar de um favor seu.

– Sim, senhor, delegado.

Os dois entraram no escritório. Sobre a mesa, alguns papéis, o jornal da cidade e o periódico da morte de Distinto.

– Queria falar comigo, guri?

– Queria, sim, senhor. É sobre a Ruth.

– E o que quer me falar sobre ela?

– O senhor pode não acreditar, mas... temos desconfiança que o cara que matou o vigia da escola quer mesmo matar é a Ruth.

– Como assim? O que está dizendo?

– Começou como uma brincadeira, delegado. Mandamos uma carta pra ela, simulando uma ameaça por escrito. Mas o Ponche jura que a carta que está com ela não é a que nós mandamos.

– Como assim? Mandaram uma carta para ela ameaçando-a? Por quê?

– Isso não vem ao caso. De qualquer forma, ela não recebeu essa carta e sim uma ameaça verdadeira.

– Será possível... como é esta carta?

– O Ponche, digo, o Vítor – Clóvis sabia que Tarso odiava o apelido do filho - disse que é um envelope com uma mensagem esquisita na frente, e tudo foi montado com letras recortadas de jornal.

– Você tem certeza disso?

– Claro que sim. O Ponche pegou a carta na mão. Está no escritório da megera.

– Vamos para a escola agora. Preciso ver este envelope.

– Mas e quanto a Ruth? Ela precisa de proteção.

– A escola está cercada de policiais. Ninguém vai conseguir chegar até ela.

Tarso avisou Barildo que ia até a escola. Apressadamente, ele e Clóvis entraram no carro e foram para a rua das Flores. Chegando na escola, Tarso foi abordado por dezenas de jornalistas e fotógrafos. Após passar pela multidão, ele e Clóvis chegaram ao escritório da direção. Norma Bay se assustou com a presença sem aviso do delegado.

– Dona Norma, a Ruth está na sala?

– Sim, desde cedo. Não saiu de lá ainda.

– Posso falar com ela?

– Claro que sim. Vou avisá-la.

Norma Bay discou o ramal da sala de Ruth. O telefone tocou várias vazes, mas não obteve resposta.

– É estranho. Achei que ela estivesse na sala. Será que não a vi sair?

– Ela entrou na sala e depois não saiu mais? Tem certeza?

– Sim, delegado. Ela não saiu da sala.

– Será que...

Tarso tentou abrir a porta da sala, que estava trancada. Desesperado, ele arrombou a porta, e viu Ruth sentada em sua cadeira, com o rosto deitado sobre a mesa. Após aproximar-se mais, constatou que ela estava morta.

A primeira charada

Aquela manhã marcaria a cidade. Depois de tantos anos em total harmonia e segurança, Jaraquá se via novamente marcada por um crime. Aliás, dois crimes: a morte de Distinto, o vigia noturno da Escola Municipal, e de Ruth, coordenadora educacional da mesma escola. As investigações da morte de Distinto mal estavam no começo, e Tarso não sabia o que dizer ou mesmo fazer.

– Barildo, procure os parentes e os avise. Pelo menos por enquanto, é isso que temos a resolver.

– Pobre mulher... quem diria que ia acabar assim...

– Como é possível, senhor? Ninguém entrou aqui – diz a secretária, assustada.

– Também acho estranho. Ainda mais porque a porta estava trancada.

– E eu não escutei nada. Ela estava muito quieta. – E a escola estava cercada, delegado. Ninguém estranho entrou no prédio.

Clóvis não acreditava no que via. Ruth estava realmente morta. O menino rodeava o corpo, para ver se encontrava alguma marca ou mesmo a arma do crime. Mas não havia nada.

– Delegado, como acha que ela morreu? – perguntou o menino, curioso.

– Não há nenhum ferimento, nem sangue. Não creio que ela tenha sido atacada por alguém.

– Acha que foi suicídio? – falou Barildo, uma expressão muito séria no rosto.

– A perícia nos dirá, Barildo. Seja como for, mantenha a escola sobre quarentena e não deixe sair daqui nenhum dos funcionários. E mande o diretor agilizar a dispensa dos alunos.

– Como assim? Nós teremos que ficar aqui? – perguntou Norma Bay.

– Até segunda ordem, sim – respondeu Tarso, friamente.

Preocupado, Tarso levou Clóvis para junto dos outros alunos. Barildo, depois de despistar a dezena de repórteres que rodeavam a direção, avisou a Froles sobre as exigências do delegado. As primeiras notícias do dia, embutidas nas páginas do Correio de Jaraquá, já falavam sobre o crime na escola. A rodoviária e os principais acessos da cidade foram mantidos sob vigilância. Os alunos estavam sendo dispensados da Escola, e o diretor Froles não sabia quando as aulas recomeçariam.

– Pronto, Delegado. Daqui a pouco a escola estará vazia.

– Obrigado, Barildo. Teremos dias bem agitados daqui pra frente.

– Por que o senhor quer que os funcionários permaneçam na escola? Suspeita de alguém?

– A escola estava sobre vigilância. Se foi realmente assassinato, foi cometido por um dos funcionários ou até mesmo... um dos alunos.

– Mas e quanto ao corpo? Não há sequer sinal de qualquer tipo de violência física ou mesmo nenhum ferimento mais grave...

– Realmente. Por isso ninguém escutou nada.

– Claro... e por isso o senhor desconfia que foi alguém da escola, não é?

– Não posso afirmar nada. A perícia saberá o que fazer. Não deixe ninguém mexer em nada na sala da Ruth. Alguma pista o assassino deve ter deixado.

– E quanto à casa dela? Quer que mantenha sob vigilância?

– É melhor. Provavelmente teremos que averiguar a casa dela também.

– E o garoto?

– Deixe esse Clóvis comigo, Barildo. Se ele tem algo a ver com isso, nós vamos descobrir.

:: ::

Logo depois de ler a reportagem no jornal, Dalva ficou arrasada. Ruth era uma amiga antiga da família, quase uma irmã para ela. A cidade estava em total rebuliço, o que deixava Dalva ainda mais perturbada, a ponto de fechar todas as portas e janelas. Nesse momento, Ponche chegou em casa acompanhado de Clóvis.

– Meu filho! Como aconteceu? Como...

– Sinto muito, mamãe. Eu sei como você gostava dela.

– E o seu pai?

– Ele está aguardando a perícia, mãe. Vão investigar pra saber o que a matou.

– Mas o jornal está dizendo que foi enforcamento...

– Vai acreditar nisso aí, mãe? Nem o papai tem certeza do que foi... ahn, o Clóvis pode ficar aqui em casa? É que o pai dele está dedetizando a casa deles, e ele vai ter que ficar fora de lá um pouco.

– Claro que sim, filho. Fique à vontade, Clóvis.

– Obrigado, Dona Dalva – disse o menino, encabulado.

– Você vai ficar bem, mãe? Quer que eu fique com você?

– Não se preocupe. Vou esperar seu pai.

Desolada, Dalva caminhou até a janela e viu a confusão na praça da cidade. Pôs-se a chorar ao se lembrar de Ruth, e jogou o jornal na lixeira.

:: ::

Juca havia chamado todos para uma conversa na garagem da casa de Lala. Ele estava muito preocupado com tudo que havia acontecido, já que o plano de vingança contra Ruth incluía uma carta com uma falsa ameaça, mas uma carta com uma ameaça verdadeira apareceu. Como ele era o único estranho entre o grupo, tinha medo de que se tornasse um suspeito dos crimes. Lala já havia notado que Juca estava estranho, preocupado com algo. Mas preferiu apenas observar as atitudes dele. Lala pouco sabia sobre o que estava acontecendo na cidade, já que nunca costumava conversar com ninguém. Ela ainda não sabia da morte de Ruth, apenas da de Distinto.

Boca ainda estava chegando em sua casa depois da escola, e rapidamente começava a se preparar para ir para a casa de Lala, para a reunião com os amigos. Bruna estava ao telefone quando o filho se aproximou.

– Oi, mamãe!

– Meu filho, você demorou. Estava preocupada. – Bruna desligou o telefone apressadamente. – Alsácia havia dito que o diretor já tinha liberado todos os alunos há algum tempo.

– Você já soube? – perguntou Boca.

– Sim, meu filho. Já soube.

– Desde que o papai morreu que não acontecia mais isso aqui na cidade...

– Pra que lembrar dessas coisas, meu filho...

– Papai foi assassinado, mamãe... e nunca ninguém soube quem o matou.

– Que besteira é essa agora, meu filho? Nada que a polícia descobrisse iria trazer seu pai de volta...

– Mas a pessoa que o matou tinha que pagar... eu odeio essa pessoa. Odeio.

– Não diga essas coisas. Não é bom sentir ódio por ninguém...

– Pois bem. Se a policia não descobrir quem matou a dona Ruth e o seu Distinto, eu e os meus amigos vamos descobrir.

– Não diga bobagens, meu filho. Vocês não passam de um bando de crianças...

– Essa será a minha maneira de vingar meu pai...

Boca saiu de casa com os olhos cobertos de lágrimas. Bruna ficou muito assustada com as palavras do filho, que nunca havia se mostrado revoltado pela não solução do caso da morte do pai. Transtornada, ela foi até o quarto e pegou o estranho envelope que guardava em seu armário.

– Ele jamais pode saber o que é isso... eu nunca irei permitir que isso aconteça.

Pouco depois, Boca já havia se juntado aos outros na garagem de Lala. Estavam todos muito nervosos, principalmente as meninas, que não escondiam lágrimas furtivas que desciam pelos rostos das duas vagarosamente. Nenhum deles sabia exatamente o que fazer. Se contassem a verdade sobre a vingança, eles poderiam se tornar suspeitos, já que a outra carta havia sumido. Porém, teriam problemas se não falassem a verdade e a polícia encontrasse a carta na casa de Ruth. Rebeca estava ainda mais preocupada, já que ela havia escrito a mensagem na falsa carta.

– Não adianta nada ficarmos aqui discutindo se não sabemos o que fazer – disse Ponche.

– Como poderíamos adivinhar que isso ia acontecer com a Ruth? – falou Rebeca.

– É, mais aconteceu. E a gente vai acabar se envolvendo...

– Calma, Rebeca. Ninguém pode provar nada contra nós – disse Juca.

– Ainda, né? E se a polícia encontrar a falsa carta na casa da Ruth?

– Aquilo foi só uma brincadeira. Além disso, não esqueçam que o delegado é o pai do Ponche. Ele jamais duvidaria de nós. E o Clóvis falou sobre isso com ele, não é? – disse Boca.

– É, eu falei. Só espero que ele se lembre... – completou Clóvis.

– O meu pai jamais acusaria a gente. Isso foi obra de um profissional.

– Será mesmo, Ponche? – disse Marie. – Podem desconfiar de qualquer um.

– Não se esqueça que a megera, que Deus a tenha, vivia envenenando o seu pai contra mim, sem nenhum motivo...

– Meu pai não é nenhum idiota, Clóvis. Ele jamais prenderia alguém sem ter provas.

– E você acha que o assassino deixou alguma pista? – perguntou Rebeca.

– Como, se ele nem sequer foi visto hoje na escola – disse Boca. – Ninguém o viu nem entrando e nem saindo.

– Isso se o assassino não for um dos funcionários da escola – disse Juca.

– Você acha? – perguntou Marie.

– Claro. A escola estava sendo vigiada, quase sob quarentena. Apenas os alunos e os funcionários tiveram acesso.

– Se as aulas tivessem sido interrompidas desde ontem, talvez isso não tivesse acontecido – disse Ponche. – Quer dizer, a Ruth não teria ido para a escola.

– Creio que não. Ela estava sob ameaça. Ia morrer onde quer que estivesse – falou Juca.

– Mas e nós? Vamos investigar também? – perguntou Boca, ansioso pela resposta.

– Por enquanto, não. Mas se cair sobre a gente qualquer tipo de suspeita, será a nossa vez de acabar com isso – respondeu Juca.

– Não se preocupem. Confio no meu pai.

– Todos nós vamos confiar nele, Ponche – disse Juca. – É a nossa esperança agora, não é? Tudo isso vai se esclarecer. Tenho certeza.

:: ::

Tarso remexia os papéis com o laudo da morte de Distinto. Não se conformava com o resultado, que dizia que o que o teria matado seria uma forte pancada na nuca. Do outro lado da mesa estavam as duas mensagens recebidas antes das mortes, ainda sem a primeira parte, que Tarso desconfiava ser a que Clóvis disse que estava na sala de Ruth. Ainda sem notícias do andamento da perícia, o delegado não parava de pensar no envelope descrito por Clóvis. Ele sabia que isso talvez fosse a chave de todo o mistério. Quando ia pegar o telefone para ligar para a escola, um dos escrivães bateu a porta.

– Sim, o que foi? – perguntou Tarso.

– Uma pessoa quer falar com o senhor – disse o rapaz.

– Mande entrar.

Entrou na sala uma senhora, de mais ou menos uns cinquenta anos de idade, dizendo ser testemunha do crime ocorrido na escola. Apressadamente, Tarso pediu ao escrivão para preparar o depoimento, ao mesmo tempo em que mandava a senhora se sentar.

– Sabe mesmo alguma coisa sobre o assassinato do porteiro e da coordenadora da escola?

– Sim, senhor. Terei prazer em ajudar, se for possível.

– Como é mesmo o nome da senhora?

– Alsácia. Alsácia Dominguéz.

:: ::

Boca não tirava da cabeça a ideia de procurar, ele mesmo, e descobrir quem matara seu pai, já que a polícia jamais havia conseguido desvendar o crime. Com o assassinato de Ruth, esse sentimento se tornou ainda mais forte, a ponto dele propor aos outros que eles mesmos fossem atrás de pistas para descobrir o assassino. Estava tão pensativo que mal notou quando chegou em casa que havia uma mala ao lado do sofá da sala. Logo percebeu que se tratava de sua tia, Teresa, que havia acabado de chegar de São Paulo. Desde a morte de seu irmão, Teresa não havia mais visitado a cidade. Ela era uma mulher elegante, tinha olhos castanhos e cabelos negros. Era muito magra e alta, e se parecia muito com o irmão, o falecido pai de Boca.

– Tia Teresa? Que faz aqui?

– Surpreso em me ver, sobrinho?

– É... você nunca mais tinha vindo aqui... nós sempre fomos a São Paulo visitar a senhora.

– Mas eu precisava vir. E sua mãe? Onde está?

– Quando eu saí, ela estava em casa. Deve ter ido fazer compras... sei lá.

– Bom, tenho que falar com ela. E você? Está bem?

– Sim, mas... o que você quer falar com a mamãe, tia?

– É assunto de adultos.

– Sobre o papai?

– Talvez. Mas vamos deixar isso pra lá. Que tal irmos tomar um sorvete?

– Sim, claro.

Teresa pegou sua bolsa, enquanto Boca foi trocar de roupa. Ela não gostava de visitar a cidade, pois tudo a fazia lembrar do irmão, por quem ela tinha muito carinho. Nunca se conformou da não solução do caso da morte do irmão, e também do desinteresse de Bruna em agilizar a conclusão do caso. Quando Boca terminou de se arrumar, os dois saíram. Assim que abriu a porta, Teresa viu Bruna chegando.

– Olá, cunhada. Como é bom revê-la.

– Teresa? O que faz aqui?

– Vim visitá-la. Quanto tempo, não?

– Sim, realmente. Já fazia muito tempo que não vinha...

– Deixe o sorvete para depois, Boca. Eu e a sua mãe precisamos conversar.

:: ::

Na delegacia, Barildo não conseguia desgrudar do telefone. Dezenas de pessoas ligavam para saber sobre o crime na escola e se já haviam descoberto quem era o assassino. A imprensa também estava atenta, pois sabiam que o delegado estava interrogando uma suposta testemunha. Como tinha outras coisas a fazer e quase todo o pessoal da delegacia estava fora por causa da agitação, Barildo decidiu deixar o telefone fora do gancho. Nesse momento, ele percebeu que havia um envelope no chão perto de uma das janelas da delegacia. Quando chegou mais perto, notou que o envelope era idêntico aos anteriores, e rapidamente foi avisar ao delegado.

Em seu depoimento, Alsácia disse ao delegado que viu Juca e Clóvis rondando a casa de Ruth, dias antes do crime. Tarso se lembrou de quando Clóvis lhe dissera que ele e Juca haviam combinado junto com os outros de fazer uma brincadeira com Ruth, envolvendo uma carta de ameaça. Alsácia contou também que em várias ocasiões Juca ia a casa dela perguntar sobre Ruth.

– A senhora me garante o que está dizendo?

– Claro que sim, delegado. Ruth era minha amiga. Eu mais do que ninguém quero que tudo isso se esclareça e que peguem este bandido.

– Nós vamos pegá-lo, não se preocupe. Muito obrigado pela ajuda.

– Estarei à disposição.

Barildo, nervoso, entrou na sala sem pedir licença.

– O que houve, Barildo? – perguntou Tarso, percebendo a agitação do amigo.

– Acho que o senhor precisa ver isto – respondeu Barildo, ofegante.

– Está dispensada, Dona Alsácia. Se precisarmos, voltamos a falar com a senhora.

– Sim, senhor delegado – disse Alsácia, se afastando da sala, mas remoída de curiosidade.

Assim que desapareceu no corredor, Barildo entregou nas mãos de Tarso o envelope. Era idêntico aos anteriores, com a mesma mensagem na parte da frente.

– Onde você achou isso, Barildo?

– Perto da janela, delegado. Alguém deixou lá.

Tarso não acreditou no que viu. Suando frio, ele abriu o envelope, imaginando que houvesse mais alguma ameaça de morte contra alguém. Quando leu a mensagem, pareceu não entender o que estava acontecendo. Depois que terminou de ler, ficou em silêncio.

– O que aconteceu, delegado? O que está escrito?

– Ele quer brincar conosco, Barildo. Ele quer brincar conosco.

– É o maldito assassino, não é? – perguntou Barildo.

– Ele mesmo. Veja o que está escrito. – Barildo não entendeu muito bem o que estava lendo.

– Mas o que é isso, afinal, delegado?

– É uma charada, caro Barildo. Uma charada.

– E por quê o assassino mandaria isso, senhor?

– Ele quer saber se somos capazes de agarrá-lo. Essa charada deve ser uma pista.

– Mas o que ele ganha com isso, delegado?

– Deve ser divertido para ele. Assim como as cartas de ameaça.

– Então estamos lidando com um psicopata?

– Estamos, Barildo. E do pior tipo.

– O que quer que eu faça, senhor?

– Ligue-me com a capital. Vou precisar de ajuda aqui.

– Sim, senhor.

– Isso está se tornando mais complicado do que eu pensava que fosse ser...

O segredo de Bruna

Teresa andava de um lado ao outro da casa, enquanto Bruna preparava um café. Ao ver os retratos do irmão, se comovia. Depois que seus pais morreram, foi o irmão quem cuidou dela e a educou. Ela jamais havia se esquecido do carinho com o qual ele a tratava. Por esse motivo, Teresa nunca aceitou a morte do irmão.

– Aqui está, Teresa. Como não sei como você gosta, fiz um pouco forte.

– Está ótimo, obrigada. Você costumava saber como eu gosto do café...

– Bom, é que já fazia tanto tempo que não nos víamos...

– É... já faz dois anos que vocês não vão a São Paulo.

– Eu não pude, Teresa. Tinha minhas obrigações, e o meu filho está estudando.

– Poderiam ter ido nas férias da escola.

– Você já não está aqui? Já não o viu? Por que fica me cobrando isso?

– Calma, Bruna. Eu não estou cobrando nada.

– Pois parece. E depois, você já não vinha aqui há muito tempo.

– Pra ser mais exata, desde a morte de Edgar, não é?

– Sim... é. Já faz muito tempo mesmo...

– E parece que você já se esqueceu que ele foi assassinado, não é mesmo, Bruna?

– Eu jamais esqueci disto, e você sabe bem.

– Sei, sim. Assim como eu também sei que foi você quem pediu para acabarem com as investigações da morte dele.

– Eu não quero discutir isso com você de novo, Teresa!

– Pois eu quero. E eu vim aqui para isso.

– Mas será que você não entende que a polícia não estava descobrindo nada? Que não haviam pistas de quem tinha feito aquilo?

– O dever deles era procurar, e o seu, como esposa, de incentivar ao máximo para colocar o culpado na cadeia.

– Eu já lhe disse que não adiantaria. Mais cedo ou mais tarde eles iriam arquivar o caso.

– Será que iriam, querida cunhada?

– Por que insiste nisso, Teresa? Por acaso desconfia de mim?

– Eu não sei mais em quem confiar, Bruna.

– Pois bem. Faça o que quiser. E fique à vontade.

– Não se preocupe, cunhada. Eu estou indo para um hotel. Não me agrada ficar nesta casa nem mais um minuto.

Teresa pegou suas malas e saiu, batendo a porta. Bruna, desconsolada, encostou-se no sofá e começou a chorar. Enquanto isso, Boca, que estava atrás da porta da sala ouvindo tudo, correu para o quarto e deitou-se em sua cama.

– Será que a minha mãe tem alguma coisa a ver com a morte do meu pai?

:: ::

Tarso chegou em casa, exausto do dia agitado na delegacia. Ainda sem qualquer pista do assassino de Distinto ou mesmo de Ruth, ele mal podia pensar nos dias agitados que teria dali para a frente. Dalva ficou preocupada com a nova carta que Tarso recebeu, com medo de que alguém mais pudesse estar sob ameaça. Ponche, que estava no quarto atento à conversa dos pais, foi para a sala e viu a carta sobre a mesa. Não conseguindo conter a curiosidade, ele abriu a carta e leu a mensagem.

"FLORES ÀS VEZES TÊM ESPINHOS"

– Que significa isso? – disse Ponche, segurando o envelope nas mãos.

– Vítor, o que você está fazendo aí? – disse Tarso, correndo em direção a onde estava o filho. – O que é isso?

– Desculpe, pai. Não aguentei de curiosidade – respondeu o menino.

– Você sabe que eu não gosto que você mexa nas coisas do meu trabalho.

– Tudo bem, Tarso. Mais cedo ou mais tarde ele ia ficar sabendo, mesmo – falou Dalva.

– Você já entendeu o que isto quer dizer, pai?

– Ainda não. Amanhã estarão aqui alguns detetives que mandei chamar. Vamos ver se com a ajuda deles eu consigo entender isso.

– Acha necessário que venha gente da capital para a cidade, querido? – perguntou Dalva.

– Não podemos resolver isso sozinhos – respondeu Tarso.

– Papai, será que eu posso ajudar a decifrar a charada? – perguntou Ponche.

– Não seja tolo, meu filho. Isso é coisa para adultos.

– Decifrar charadas é coisa de adulto?

Tarso olha para Ponche, com um sorriso debochado. Ao mesmo tempo, Ponche anotou a charada num papel, disposto a mostrar para Clóvis e os outros.

– Não fale sobre isso com ninguém – disse Tarso –, pelo menos por enquanto, vamos tentar manter isso longe da imprensa.

– Claro, papai – respondeu Ponche, enquanto escondia os dedos cruzados.

– A propósito, peça ao Clóvis e ao Juca para irem amanhã na delegacia. Preciso ter uma conversa com os dois.

– E por que isso, pai?

– Confie em mim... é apenas para tirar uma dúvida...

:: ::

A casa de Clóvis estava uma bagunça, depois de uma dedetização geral. Sempre era assim nos fins de inverno, todas as casas tinham que passar por uma geral para se desfazer das grandes pragas de insetos que infestavam a cidade. Como estava sem empregada, Laura Medeiros tinha que arrumar tudo sozinha. Alguns móveis estavam fora do lugar, e as louças haviam sido tiradas dos armários. Laura ainda levaria muito tempo até terminar tudo.

No quarto, ela começou a colocar as roupas nos armários, e, como de costume, algumas bolinhas de naftalina. Laura era muito prendada, e gostava de ter sempre bem arrumados todos os armários. Em cada gaveta, um tipo de peça de roupa. Logo que acabava com suas gavetas, começava a arrumar as do marido. Depois de tirar todas as peças das gavetas, Laura estranhou uma caixinha que estava escondida embaixo do monte de camisetas. Ao pegá-la, percebeu que se tratava de uma embalagem de veneno. Apesar de estranhar a presença daquilo nas coisas do marido, deixou a caixa exatamente onde estava.

Ponche acordou cedo naquele dia, e foi logo para a delegacia falar com o pai. Ele queria tentar entender o motivo de ele querer falar com Clóvis e Juca. No entanto, a delegacia estava muito agitada, e ele não queria incomodar o pai. Ele sabia que a implicância de Tarso com Clóvis ainda existia. Mesmo assim, resolveu que ia mesmo dizer ao amigo que Tarso queria falar com ele, por mais estranho que parecesse. Antes, passou na casa de Dona Lala para falar com Juca, mas ele não estava. Depois, foi direto para sua casa, pois Clóvis ainda estava lá.

– Oi, mãe. Cadê o Clóvis?

– No seu quarto, filho.

– Vou lá falar com ele.

– Espera, filho. Você está vindo da delegacia?

– Estou, sim, mãe. Por quê?

– Nada, só queria saber se descobriram alguma coisa.

– O pessoal da capital já deve estar chegando. Quando eu saí da delegacia, o papai me disse que eles já estavam a caminho.

– E você já falou com o Clóvis sobre o que seu pai lhe pediu ontem?

– Eu levantei cedo e ele estava dormindo. Vou falar com ele agora.

– Não se preocupe, Ponche. Eu ouvi a conversa de vocês ontem – disse Clóvis, que estava parado na porta da sala. - Eu vou falar com o seu pai.

– Você estava aí, Clóvis? Não é nada do que você está pensando...

– Já estava demorando para o seu pai tentar me acusar, não é?

– Ele não está lhe acusando. Só quer falar com você – disse Dalva carinhosamente.

– Deixa, mãe. Eu vou falar com meu amigo e lhe explicar tudo direito.

Embora estivesse chateado com a atitude de Tarso, Clóvis resolveu escutar o que Ponche tinha a dizer. Ele explicou que Alsácia esteve na delegacia, e que contara a Tarso que havia visto ele e Juca espreitando a casa de Ruth quando ela não estava. Clóvis ficou extremamente irritado ao saber disso, pois ele já não gostava da fama de fofoqueira de Alsácia, mesmo quando as fofocas não eram sobre ele e os amigos.

– Você entende, Clóvis? Apesar de você já ter contado sobre isso ao meu pai, ele ignorar o testemunho da Dona Alsácia seria uma negligência.

– Tudo bem, eu entendo. Mas o que eu e o Juca temos que fazer lá?

– Sei lá. Não entendo desses problemas de delegacia. Vai ver que vocês terão que ser interrogados.

– Ainda vai sobrar pra gente nesse rolo...

– Não se preocupe. Meu pai vai descobrir a verdade. Mas eu acho que nós vamos ajudá-lo.

– Ajudá-lo? Como?

– Ele recebeu outra carta do assassino.

– Outra carta... mais uma ameaça?

– Não. É uma charada. Um enigma.

– Como assim? Você viu essa carta?

– Vi. Ontem à noite. Parece que o cara tá querendo brincar com a polícia...

– E você leu a charada?

– Li. E nós vamos ter que decifrá-la.

– Então diz aí... qual é a charada?

– Agora não. Vamos reunir todo mundo. O pessoal todo tem que saber disso.

– Poxa... vai me deixar nessa curiosidade?

– Não brinca... isso é muito mais sério do que parece.

Rapidamente, Ponche ligou para as casas de Marie, Boca e Rebeca, enquanto Clóvis tentava falar com Juca. Eles iriam marcar uma reunião, no parque, onde todos poderiam ficar sabendo da nova carta, e, talvez, resolverem juntos o enigma.

:: ::

Assim que se levantou, Teresa começou a se arrumar para ir à delegacia. Ela estava decidida a ajudar na resolução do caso da morte do seu irmão, e colocar o assassino na cadeia. Mesmo com pena de Boca, Teresa não deixava em nenhum momento de desconfiar que Bruna tinha alguma coisa a ver com a morte do marido. Quando estava preparada para sair, escutou alguém bater na porta.

– Você? Quem te deu permissão para vir ao meu quarto? – disse Teresa.

– Todos na cidade me conhecem, cunhada. Não haveria motivo para que eu precisasse ser anunciada – respondeu Bruna.

– E o que você quer? Não me lembro de ter mais alguma coisa para falar com você.

– Mas eu tenho. E você vai me ouvir.

– Pois ande rápido. Estou com pressa.

– Eu não acho certo que você entre na minha casa e me acuse na frente do meu filho.

– Não seja ridícula, Bruna. Eu não a acusei de nada.

– Como não? Então o que foi tudo aquilo que você me disse?

– Eu disse a verdade. Você jamais tentou sequer se manter informada sobre a investigação do crime. Não estava nem aí.

– A polícia nunca descobriu nada. O que eu podia fazer?

– Cobrar! Cobrar que eles colocassem atrás das grades o assassino do pai do seu filho.

– E de que adiantaria? Isso não traria Edgar de volta!

– Tem razão... não o traria de volta. Mas aliviaria minha angústia.

– Eu sei o quanto gostava do seu irmão... mas insistir nisso só vai magoá-la.

– Não finja que está se preocupando comigo, Bruna. Eu nunca ficarei mais magoada do que já estou.

– Não é fingimento. E você sabe disso.

– Não, Bruna. Eu não sei. E me dê licença, pois eu estava a caminho da delegacia.

– Então, você vai continuar a insistir nisso, Teresa?

– Vou. Até que o culpado esteja na cadeia.

– Está bem. Eu não sei mesmo o que eu vim fazer aqui.

Bruna bate a porta. Angustiada, Teresa pensou em como iria abordar o delegado, já que ele estava ocupado com os crimes mais recentes. Apesar de saber que as chances de se descobrir alguma pista do assassino do irmão eram quase impossíveis, ela estava decidida a continuar com a investigação.

:: ::

Juca estava desde cedo ajudando Dona Lala nos afazeres domésticos. Apesar de ser uma senhora de idade, Lala era muito ativa, e gostava de trabalhar em sua horta, no quintal de sua casa. Como era de praxe, uma vez por semana ela passava horas podando e plantando novas mudinhas. E eram nessas horas que a presença de Juca na casa era crucial. Sem a ajuda do menino, seria muito mais difícil para ela.

– Se quiser, pode ir, Juca. Eu ouvi você dizer que queria ver seus amigos hoje.

– Não se preocupe, Dona Lala. Há tempo de sobra. Assim que terminarmos, eu vou.

– Aquele que vem vindo não é seu amigo?

Clóvis chegou correndo. Quase sem fôlego, ele não conseguiu conter a ansiedade de contar as novidades para Juca. De tão ansioso que estava, acabou tropeçando e esmagando algumas flores da horta. Juca pediu licença a Lala, e os dois entraram na casa.

– O que aconteceu? O pai do Ponche descobriu alguma coisa?

– Ainda não. Mas a gente já tem por onde começar a nossa investigação.

– Como assim?

– É uma história longa. Eu te conto no caminho.

– E pra onde vamos?

– Não te parece óbvio?

– Sim, claro. Vamos lá.

:: ::

Assim que chegou em casa, José Medeiros, pai de Clóvis, viu que sua mulher estava sentada no sofá da sala à sua espera. Não achando isso comum, sentou-se ao seu lado. Ele sabia que a esposa geralmente não estava em casa àquela hora da manhã.

– Tudo bem, amor? Já arrumou tudo?

– Sim, José. Tive um pouco de trabalho pois fiz tudo sozinha.

– E o nosso filho? Está na escola?

– Não. As aulas estão suspensas por ordem da juíza.

– Bem, melhor. Poderia ser perigoso as crianças irem para a escola...

– Sim, poderia. – Laura pegou uma caixa dentro de dentro do bolso de seu vestido. - José, você pode me dizer o que é isso que eu encontrei em uma das suas gavetas?

Laura entregou ao marido a caixinha. Na parte da frente, em letras miúdas, lia-se “veneno para extermínio de roedores”. José pegou a caixinha e a observou, sob o olhar atento da esposa.

– Ah, sim. Nem me lembrei de te avisar. Eu queria aproveitar, já que estávamos dedetizando a casa, para cuidar dos ratos também.

– Ratos, José? Jamais tivemos ratos em nossa casa.

– Ora, e quem garante que um dia não vamos ter? Não é melhor ficarmos prevenidos?

– Sim, eu sei. Mas...

– Deixa de ser boba, Laura. Pra que mais eu poderia usar veneno de rato?

José entrou no quarto, rindo. Apesar de confiar demais no marido, Laura não conseguia deixar de desconfiar da sua atitude. Diante de tudo, achou melhor esquecer o ocorrido.

Os investigadores da capital

Apressado por Barildo, Tarso chegou à delegacia, onde estavam à sua espera os detetives da capital. Estava ansioso, pois sabia que eles traziam o laudo da autópsia de Ruth.

– Senhor Rudolph, senhora Porter, desculpem o atraso – disse Tarso pomposamente.

– Não se preocupe, delegado. Acabamos de chegar também – respondeu Rudolph, um rapaz com seus quase trinta anos, que tinha olhos extremamente azuis e cabelos castanhos muito cheios, e era bastante alto. – Muito interessante a sua cidade.

– Espero que tragam boas notícias – falou Tarso, que deixava transparecer no rosto uma expressão que era um misto de curiosidade e preocupação. – Já tive muitas surpresas ruins nestes últimos dias.

– Receio que não sejam tão boas, delegado – respondeu Clara Porter.

A senhora Porter era uma inglesa de muito boa aparência, alta, de cabelos e olhos muito claros. Carregava um fortíssimo sotaque, apesar de falar muito bem o português. Morava há muitos anos no Brasil, em Curitiba, desde que deixara a polícia inglesa para trabalhar por conta própria no país. Rudolph estava sendo orientado por ela, que era muito exigente e profissional, e também muito bela, apesar de não ser mais muito jovem.

Tarso não ficou nada satisfeito com a resposta de Rudolph. Esperava que a conversa que teria com ele e a Senhora Porter fosse esclarecer pelo menos um pouco do mistério.

– A perícia não foi muito precisa. E o resultado nada motivador – disse Rudolph.

– Mas por quê? Não descobriram a causa mortis? – perguntou Tarso, cabisbaixo.

– Sim, descobrimos. É esse justamente o problema – respondeu Clara Porter. – Explique melhor, Rudolph.

– A senhora Ruth foi envenenada, delegado. Envenenada por uma substância que o exame não conseguiu identificar – respondeu o detetive – ou pelo menos não deixou claro o que era.

– Mas como? Vocês foram a um bom laboratório?

– O melhor de São Paulo, delegado! – respondeu a inglesa, parecendo um pouco irritada com a pergunta. – Eu mesma tratei de me certificar disso.

– Se não há identificação da substância, como podem ter certeza que se trata de um envenenamento? – perguntou Tarso.

– A vítima não apresentava qualquer marca ou ferida – respondeu Rudolph.

– Gozava de boa saúde.

– Mas apenas isto basta?

– Ela teve uma parada cárdio-respiratória, provocada por algum tipo de substância nociva – respondeu Clara Porter.

– Também foram encontrados resíduos da substância no organismo – completou Rudolph.

– Se encontraram, como não sabem de que droga se trata? – perguntou Tarso. – Era mais de uma substância?

– Exatamente – respondeu Clara Porter. – Os legistas acham que se trata de um coquetel.

– E se realmente for um coquetel de drogas – falou Rudolph, enquanto um pernilongo o incomodava, sobrevoando sua cabeça – talvez isso leve muito mais tempo do que nós havíamos imaginado, delegado.

– A substância foi injetada ou ingerida?

– Via oral – respondeu Rudolph.

Tarso pegou o telefone e chamou Barildo até a sala. Clara Porter observava atentamente os envelopes enviados pelo assassino. Logo que entrou na sala, Barildo olhou para a inglesa sem esconder o encantamento que tinha por ela. A Senhora Porter largou as cartas e sorriu para ele, que ficou muito corado.

– Barildo, a escola ainda está sob quarentena? – perguntou Tarso.

– Sim, senhor. Ninguém tem acesso sem a sua permissão – respondeu Barildo.

– Diga ao senhor Froles que vá para lá – falou o delegado. – E que ele me espere, pois estou a caminho.

– Mas... para quê, senhor? – perguntou o policial, curioso.

– Faça o que eu digo, Barildo. E que ele leve a senhora Norma.

– O que quer fazer, delegado? – perguntou a detetive.

– Nós vamos para a escola – respondeu Tarso. – Se a Ruth realmente ingeriu alguma coisa, essa coisa ainda pode estar lá.

– Os legistas já fizeram a inspeção na sala – falou Rudolph. – Não encontraram nada.

– Não custa nada tentar, meu caro Rudolph – respondeu o delegado, cheio de importância.

:: ::

No pico do Monte da cidade, o esconderijo secreto de Juca, aconteceria a reunião marcada por Ponche. Os primeiros a chegar foram Boca e Rebeca, que logo foram se instalando, sentando numa das poucas pedras que haviam por lá. Pouco depois, chegou Marie, seguida de Ponche. Todos estavam curiosos com aquela repentina chamada, já que há pouco tempo tinham decidido ajudar a polícia a descobrir o assassino.

– E então? Vamos acabar com esse mistério? – falou Marie. – Já estou super curiosa!

– É mesmo – completou Rebeca. – O que houve afinal, Ponche?

– Aconteceu alguma coisa? Seu pai te disse algo? – perguntou Boca.

– Calma, gente boa – disse Ponche. - Deixa os nossos outros companheiros chegarem.

– Bom, se estamos dependendo da boa vontade daquele Juca, vamos ficar mofando de tanto esperar – disse Marie. – Ele está sempre se atrasando.

– Deixa de ser implicante, Marie.

– Não seja ingênuo, Boca. Tá na cara que isso não é implicância! – disse Rebeca, rindo da cara irritada de Marie.

– O que você está insinuando, Rebeca?

– Nada não, amiga. Nada não.

– Tá, tá. Parem com isso – disse Ponche. – Olha aí, os dois já estão chegando.

Clóvis e Juca chegaram correndo. Os dois estavam curiosos para saber o que Ponche tinha a dizer. Vagarosamente, Ponche pegou o envelope.

Mostrou a todos, depois abriu. Tirou de dentro a folha de papel com a mensagem, que ele anotara sem o pai perceber.

– Isto chegou lá em casa ontem – falou Ponche, enquanto olhava fervorosamente para o envelope e a carta. – Provavelmente foi mandado pelo cara que matou a Ruth e o vigia da escola.

– E o que é que está escrito aí? Outra ameaça? – perguntou Marie, muito curiosa.

– Não. Dessa vez não se trata de uma ameaça – respondeu Ponche.

– Mas o que é, então? – perguntou Boca. – Não enrola, Ponche!

– Parece que o assassino está querendo tirar uma da cara do meu pai. Vejam só isso.

Repletos de curiosidade, eles leram o que estava escrito. Logo todos entenderam o que o amigo queria dizer. A carta era, na verdade, um enigma. Uma charada. Possivelmente, uma pista para que a polícia conseguisse chegar até o assassino. O que não conseguiam compreender era por que ele estava fazendo isso. Afinal de contas, queria ele ser encontrado? O que na verdade ele estaria tramando? Essas perguntas infestaram a mente de todos eles, como Ponche já havia imaginado que aconteceria. E ele também sabia o que todos iriam querer fazer agora que sabiam disso.

:: ::

Desde o dia da morte de Ruth que a Escola Municipal se encontrava completamente abandonada. Com as aulas suspensas e sem previsão de quando seriam retomadas, restavam na escola apenas os funcionários que cuidavam da limpeza. Uma delas, Dona Gertrudes, sempre que chegava à escola ajoelhava-se e rezava pelos dois recentes mortos. Quando estava no meio de uma de suas rezas, escutou a campainha da frente.

– Quem está aí? – perguntou com uma certa precaução.

– Sou eu, Gertrudes. Colombo.

Seu Colombo era um dos vigias da Escola Municipal. Era um grande amigo de Distinto, que sempre estava disposto a ajudá-lo. Tanto que no dia em que Distinto foi morto, estava cobrindo o plantão de Colombo, impossibilitado por um acidente de comparecer ao serviço. E desde antes do ocorrido na escola, ninguém mais o havia visto.

– Até que enfim o senhor apareceu. Estávamos preocupados.

– Pois é... quem diria, a minha hérnia resolveu me incomodar...

– Você já soube o que houve?

– Sim, já. Fiquei chateado de não estar aqui para me despedir do meu amigo...

– Foi uma coisa muito triste. Mas você sabe que não foi apenas ele, não é?

– Sei. A Dona Ruth também.

– Também... e o pior é que ainda não descobriram quem foi o desgraçado que fez essa maldade com os dois.

– E você acha que alguém vai descobrir, Gertrudes?

– Acho. E o senhor pode ser de muita ajuda – disse Tarso, aparecendo de repente de trás de uma das pilastras, de onde estava ouvindo a conversa.

– Delegado? O que o senhor está fazendo aqui?

– Estranho perguntar-me isso, sabendo que ocorreram dois óbitos nesta escola. E que a causa destes óbitos foi assassinato.

– Sim, mas... não esperava encontrá-lo aqui a esta hora.

– Entendo perfeitamente porquê.

Nervoso e apreensivo, Colombo olhou profundamente para Tarso, encarando-o. Gertrudes nada entendeu daquela situação. Barildo, Froles e Norma observavam de longe, percebendo qual reação teria o homem. Quando percebeu se tratar de seu funcionário, Froles desconversou.

– O senhor tem muito que nos explicar, senhor Colombo - disse Tarso.

– Não tenho nada a declarar, delegado. Não sou culpado de nada.

– Ninguém aqui está o culpando. Venha conosco. Em uma das salas estaremos mais à vontade para conversar.

– Já disse que não tenho nada a dizer. Sou inocente, eu juro. Sou inocente.

– Faça o que o delegado disse e tudo vai acabar bem – disse Barildo, se aproximando do velho.

Assim que percebeu uma distração de Barildo, Colombo o acertou na cabeça e correu em direção a saída da escola. Na praça, foi cercado por policiais. Desesperado, tentou de todas as maneiras se soltar.

– Me soltem! Sou inocente, não fiz nada. Me soltem!

– Complicou sua situação, senhor Colombo. Terá que me acompanhar à delegacia – disse Tarso, ofegante.

– Você não entende, não fiz nada. Sou inocente.

– Levem ele. Deixem-no de molho até que eu termine com o senhor Froles.

– E quanto à inspeção, delegado? – perguntou Barildo.

– Tomarei conta de tudo. Talvez estejamos perto de resolver isto.

Colombo foi colocado no camburão totalmente transtornado. De longe, Gertrudes e os outros funcionários não acreditavam no que viam. Froles e Norma entraram na escola. Na praça, muitas pessoas observavam a confusão. Em meio à multidão, uma estranha figura apareceu. Vestindo um sobretudo negro e com uma capa na cabeça, o estranho acompanhava o movimento dos policiais e pedestres. Aproveitando-se da confusão, deixou uma carta próxima a um dos carros. Moveu-se lentamente em direção a rua das Flores. E desapareceu. Pouco depois, Barildo notou a presença da carta, levada pelo vento para baixo de uma das rodas. Assustado, percebeu que se tratava de mais uma mensagem do assassino.

:: ::

Clóvis estava apreensivo, pois queria saber mais detalhes sobre a carta que Ponche estava lhes mostrando. Era estranho, para ele, que o assassino quisesse dar pistas para que a polícia conseguisse pegá-lo. Mesmo assim, olhava o papel e pensava em quem poderia ser o remetente. O mesmo pensavam os outros. Todos matutavam, cada um à sua maneira, naquilo que viam.

– E aí? Vocês entenderam de que se trata, afinal de contas? – perguntou Ponche.

– É difícil saber – disse Boca. – Ele podia estar pensando qualquer coisa.

– Tem certeza de que isso não é só uma brincadeira? – falou Marie. – De alguém querendo se divertir com tudo isso que está acontecendo?

– Também acho que pode se tratar de uma pista falsa – completou Rebeca.

– Que espécie de assassino denunciaria a si próprio por meio de charadas?

– Isso não é conto do "Batman" nem nada – disse Clóvis, desdenhando.

– Eu sei o que estou dizendo, gente! – disse Ponche. – Eu vi a outra carta, que vinha com as ameaças. É tudo igualzinho. Só a polícia tinha essas informações.

– E se foi alguém da delegacia que mandou esta outra carta? – disse Rebeca. – Poderia ser, não é? Só eles estavam sabendo.

– Só meu pai e o Barildo têm acesso aos documentos confidenciais – respondeu Ponche –, ninguém mais além deles viu ou pegou nas cartas.

– A não ser a Ruth também, não é? – comentou Boca.

– E morreu logo depois, Boca – falou Marie. – Ela pensou que o Clóvis tinha mandado a carta... tadinha...

– Não exagere, tadinha nada! – disse Clóvis, olhando fixamente para a amiga.

– Não seja insensível, é tadinha sim – completou Rebeca. – Ela era má, mas não merecia isso. Ninguém merece morrer assim.

Juca apenas olhava para os outros, pensando na charada, organizando na sua cabeça seus pensamentos. Procurava relacionar o pouco que conhecia sobre Ruth, para tentar decifrar o que estava escrito. Começou a pensar em quem estava ao redor dela.

– Ao invés de discutirem bobagens, deviam começar a pensar em quem mandou isso – disse Ponche, começando a ficar aborrecido. – Temos que decifrar esta parada!

– Não sabemos nada sobre isso... como vamos decifrar?

– Vamos colocar a cabeça pra funcionar, Clóvis. A gente tem que tentar.

Todos continuavam discutindo, sem nenhuma ideia do que significava a nova mensagem. Enquanto isso, Juca continuava organizando seus pensamentos, pensando em tudo o que tinha escutado desde o dia em que encontrou Ponche no alto do Monte Jaraquá. Muitas coisas iam passando por sua cabeça, mas poucas pareciam fazer sentido. No entanto, uma luz apareceu por um momento em sua cabeça, e enfim ele encontrou algo que realmente parecia ser uma pista. Tratou logo de interromper Clóvis e Marie, que já começavam uma nova discussão.

– Ponche, qual é mesmo o nome daquela professora de vocês?

– Rita. Por quê?

– Não vai me dizer que você pensa que a nossa professora é a assassina? – falou Marie, parecendo estar profundamente abalada. – Ela é um amor de pessoa, seu bobo.

– Não me refiro a esta professora. A outra, sua boba!

– A outra? Florência? – respondeu Clóvis.

– O que você disse, Clóvis? Florência? – perguntou Ponche.

– Claro, oras. Que outra professora temos, se a Rita é que leciona todas as matérias? Só pode ser a professora de música, a Dona Florência.

– Mas é isso! Juca, você é um gênio! – disse Ponche, não contendo o entusiasmo.

– "Flores às vezes tem espinhos". Claro. Flores, Florência! – falou Rebeca.

– Como podemos ter demorado tanto pra pensar nisso – disse Clóvis. – Claro. Só pode ser ela, a Florência!

– Se vocês discutissem menos e pensassem mais, já teriam percebido há muito tempo.

– Fala a voz da experiência... se você fosse tão esperto, não moraria aqui nesse monte fedorento... olha só...

– Não é hora pra isso, Marie – disse Ponche. – Já temos a nossa primeira suspeita: a professora de música da Escola Municipal. Florência Menezes.

– Mas será que é isso mesmo que a charada quer dizer? – perguntou Boca.

– Pelo menos já é um começo. Podemos nos guiar por isso, pelo menos por enquanto.

– É, Ponche... isso se o assassino não mandar outro recado – falou Juca.

:: ::

Os ânimos na delegacia eram os piores possíveis. Logo que chegou, Tarso se deparou com Teresa sentada à sua espera. Há muito tempo os dois não se viam, ou sequer se falavam. Tarso entrou em sua sala, disposto a deixar Teresa esperando. Ela se levantou e bateu na porta, sem obter resposta. Resolveu entrar.

– Achava que você fosse mais educado – disse Teresa.

– O que você está fazendo aqui? Vai começar com aquela história novamente?

– Que bom ter ido direto ao assunto. Sim, meu caro delegado. E dessa vez não vou admitir um não como resposta. Quero que o processo da morte de meu irmão seja reaberto.

– Eu não acredito que você veio até aqui me dizer isso. Será que você não sabe pelo que estamos passando?

– Eu sei o que eu estive passando estes anos todos, pensando no meu irmão.

– A morte de Edgar foi triste, eu sei. Ele deixou um filho, a mulher. Mas a polícia já fez tudo que poderia ter feito.

– Não, delegado. Uma coisa a polícia não fez. E eu vim até aqui exatamente para exigir que faça agora.

– O que você quer, afinal? Diga logo.

– Eu quero que o senhor prenda minha cunhada, delegado. A assassina que está impune até hoje. Exijo que Bruna seja presa.

– O quê? Será que você enlouqueceu?

– Nunca estive tão lúcida, delegado.

Com o rosto banhado em lágrimas, Teresa sentou-se na cadeira do escrevente. Tarso ainda estava confuso, sem saber que atitude tomar. Já estava enfrentando dois casos de homicídio, e via-se obrigado a retornar a um passado que queria esquecer. Calmamente, ele pegou um copo de água para Teresa. Neste momento, Barildo entrou na sala.

– O que é isso, Barildo? – disse o delegado, nervoso ao reparar que o policial trazia em uma das mãos mais um envelope estranhamente familiar.

– Sinto dizer isso, delegado. Mas parece que nosso assassino está se comunicando novamente.

Barildo entregou o envelope para Tarso. Ele colocou as mãos sobre a cabeça e sentou-se em sua cadeira, pensativo. A delegacia estava em polvorosa, os policiais exaustos. Colombo gritava em sua cela. Teresa observava tudo, balbuciando.

– Acompanhe a senhora até o hotel, Barildo. Temos muito o que fazer agora.

– Como assim? – disse a mulher, irritada. – Não pode me mandar embora agora. Ainda não terminamos nossa conversa.

– Nossa conversa já havia terminado antes mesmo de começar – respondeu Tarso. – Temos um suspeito para interrogar e outra pista do assassino. Aliás, não sei porque estou dando estas explicações à senhora.

– Não pode fazer isso comigo, Tarso. Não pode.

– Leve esta mulher daqui. E mandem trazer até aqui o vigia da escola.

O telefone tocou. Era o que Tarso menos esperava. Irritado, ele atendeu, sem tirar o olho do envelope em momento algum. Se tratava do diretor da escola municipal, Froles.

– Não ligou em um bom momento, diretor. Estamos cheios de problemas por aqui.

– Talvez o senhor goste de saber que seus peritos encontraram alguma coisa na sala da Ruth, delegado – disse Froles.

– Encontraram? O quê, professor? – perguntou o delegado, curioso.

– É melhor resolver as coisas aí na sua delegacia – disse o diretor. – Eles já devem estar chegando. Liguei para dizer também que estou fechando a escola, pois já é tarde.

– Certo, o senhor pode fechar tudo aí. Eu estarei aqui esperando por eles.

O delegado desligou o telefone. Pegou o envelope, e o colocou em sua gaveta. Novamente colocou as mãos sobre a cabeça, e a abaixou até sua mesa.

– Deus, que o senhor nos ajude, e me dê forças...

:: ::

Já estava escuro. Uma noite linda, lua crescente. Juca e os outros juntaram suas coisas e começaram a descer para a cidade. Estava tarde, nenhum deles havia percebido o passar das horas. Enquanto desciam, Clóvis parou e começou a olhar para o céu. Ponche também parou, percebendo que o amigo ficara para trás. Clóvis ficou pensativo, como se estivesse meditando.

– Que houve, cara? Não está querendo ir para casa hoje? Deve ser por causa do cheiro de veneno pra barata! – brincou Ponche.

– Estava olhando esta lua linda... o céu está tão tranquilo hoje... até parece que tudo aqui embaixo vai tão bem também – disse Clóvis.

– Não está, mais vai ficar. E a gente vai ajudar para que tudo volte a ser como antes.

– Eu sei. Não duvido disso, amigão.

Isso aí – disse Ponche. – Amanhã a gente começa, com a Florência. Mas agora está tarde, temos que ir para casa, né?

– Temos sim... nossos pais podem ficar preocupados.

– Então, vamos lá! Deixa as filosofias para depois.

– É bom saber que eu posso contar sempre com você, cara – disse Clóvis. – Não quero que você esqueça nunca que eu sou seu melhor amigo, e sempre serei.

– Nem precisava dizer isso. Afinal, como dizem por aí, amigo hoje em dia é coisa para se guardar...

– É... no lado esquerdo do peito...

uma pista no passado

"EM MINHAS MÃOS NADA SE PERDE, TUDO SE TRANSFORMA"

O delegado Tarso segurou sua mórbida curiosidade e esperou pela chegada dos detetives para abrir a nova carta que recebera do assassino. Rudolph havia encontrado, na lata de lixo da sala de Ruth, duas cartelas de remédio.

– Estranho isto ter passado despercebido pela perícia – disse o detetive.

– Ruth tinha problemas digestivos – disse Tarso. – Ela tomava os remédios todos os dias.

– Sim, delegado – retrucou a Sra. Porter. – E seria muito fácil para o nosso bandido colocar veneno num desses comprimidos.

– Principalmente se conhecesse os hábitos da vítima – completou Rudolph.

– Então, senhores, o crime pode ter sido obra de algum funcionário da escola? – perguntou o delegado.

– A escola estava sendo vigiada – respondeu o detetive. – Só pode ter sido algum dos funcionários, ou um dos alunos.

– Então, nosso suspeito número um passa a ser o vigia que está preso, Colombo?

– Podemos dizer que sim – disse a inglesa –, mas ele pode ter executado a ordem de alguém, é uma possibilidade.

– Sim, ainda não existe nada oficial. Ainda não temos provas concretas – disse Rudolph.

– E o que me diz da outra pista do assassino? – perguntou Tarso.

– Não sei exatamente. Nunca fui bom neste tipo de coisa.

– Não vejo que tipo de pista pode haver nesta mensagem, delegado Tarso.

– É uma pista, com certeza, Sra. Porter. Veja isso.

Curiosa, a detetive pegou das mãos de Tarso as duas cartas que a delegacia recebeu antes dos crimes. O delegado as colocou lado a lado, e uma mensagem incompleta se formou.

"... E QUEM VIU DEMAIS
JAMAIS VERÁ ALGO NESTE MUNDO NOVAMENTE..."

"... POIS ESTA É A MINHA JUSTIÇA.
É CAPAZ DE DESCOBRIR QUEM SOU?"

– Compreendem, meus amigos? Ele quer que nós o achemos. Este é o jogo dele.

– Sim, delegado. Lidamos com alguém pior do que imaginávamos – disse Rudolph.

– Ele premedita tudo que faz – complementou a detetive.

– Onde está o começo desta mensagem, delegado? – perguntou Rudolph.

– Não recebemos. Apenas estas duas partes.

– Temos que saber quem recebeu a outra, delegado – disse a senhora Porter. – Pode estar nela a chave disso tudo.

– Sim, eu sei. Mas é melhor deixarmos isso para amanhã. Estamos todos exaustos. Certo, Rudolph?

– Não sei se poderei dormir depois disso – respondeu o detetive.

:: ::

A noite iluminada pela lua quase cheia anunciava que uma bela manhã estava por vir. Mas enquanto quase todos da cidade estavam dormindo em suas casas, os garis punham-se a fazer a limpeza das ruas à noite, enquanto estas ainda estão vazias. Os entregadores de jornais também trabalhavam, para deixar os periódicos nas portas de todos antes do início da manhã. Os lixeiros faziam a coleta nas latas da cidade.

As latas de lixo não eram muitas. A prefeitura já havia sido avisada disto, mas nenhuma providência era tomada. Das poucas que haviam, em quase todas o lixo transbordava. Apesar de não gostarem nem um pouco, os lixeiros recolhiam o lixo caído e recolocavam dentro dos sacos que iam para o caminhão. Um deles, neste momento, estranhou a presença, no meio do lixo, de um folheto de preços de uma loja fechada há muitos anos, que pertencera a um famoso empresário inglês que morou na cidade durante muito tempo. O que mais o impressionou foi o fato daquela relíquia estar totalmente recortada.

:: ::

Ficar durante a noite no topo do monte Jaraquá não foi nada bom para Boca. Como sofria algumas vezes de bronquite, evitava sempre pegar sereno ou voltar para casa muito tarde. Porém, naquele dia, tudo acabava tendo um sentido muito especial: ele tinha certeza de que, descobrindo o assassino de Ruth, também descobriria quem havia matado seu pai. Assim que chegou em casa, já foi correndo para o quarto e pegou o porta retrato com a foto do pai. Bruna, que estava atrás da porta observando o filho, resolveu falar com ele.

– Pensativo, meu filho? Que bom, assim tenho certeza que vai poder me dizer por que chegou em casa a esta hora da noite.

– Estava com meus amigos, mamãe. Não tinha perigo nenhum.

– Eu sei, não estamos em São Paulo... mas não se esqueça que duas pessoas morreram na cidade há pouco tempo...

– Foi na escola, e nós estamos sem aulas mesmo.

– Ainda assim não quero você fora de casa até tarde. Principalmente porque sei o que você e seus amiguinhos andam fazendo.

– E não aprova, né? Não entendo o motivo disto...

– Talvez um dia você possa entender, meu filho...

Boca se deitou na cama, jogou os brinquedos no chão, e, junto com eles, caiu a cópia da carta que Ponche dera para cada um deles. Quando viu o papel, Bruna se desesperou. Transtornada, pegou o papel, começou a chorar e o rasgou.

– Mãe, o que houve? Por que você está assim?

– Onde você pegou isso? – disse Bruna, completamente fora de si. – Onde?

– Ponche me deu. Estava na delegacia. É uma pista do assassino, mamãe.

– Cala essa boca! – gritou Bruna, enquanto o filho olhava para ela com lágrimas de espanto nos olhos. – Como você pode trazer isso para dentro de casa? Da minha casa?

Desesperada, Bruna se trancou no quarto. Pegou a carta que recebera anos antes nas mãos, disposta a queimá-la. Não conseguiu e se pôs a chorar. Boca ficou do lado de fora, sem entender o que estava acontecendo.

:: ::

Logo no começo da manhã, assim que chegou à delegacia, Tarso encontrou Teresa novamente na frente de sua sala, esperando. Ela carregava nas mãos um envelope e alguns jornais velhos. Mesmo sem querer ser incomodado, Tarso pediu a Teresa que entrasse.

– Vejo que os anos não fizeram sua persistência diminuir.

– Nem sua arrogância, não é mesmo, delegado?

Apesar de pouco se conhecerem, Tarso e Teresa sempre se relacionaram muito bem antes dos acontecimentos do passado. Como Bruna e Dalva eram muito amigas, algumas vezes eles se cruzavam nos encontros entre as duas, já que Teresa gostava muito de visitar a cidade antes de Edgar ser assassinado.

– Será que você pode me ouvir agora, delegado?

– Só se for uma conversa rápida – respondeu Tarso. – Estou esperando os investigadores da capital para uma audiência.

– Talvez goste do que eu lhe trago aqui, delegado. Não sou uma investigadora, mas sou de São Paulo também.

Teresa entregou nas mãos de Tarso o envelope que estava com ela, depois de ajeitar de forma razoável o monte de jornais que carregava em um canto da sala do delegado.

– Essa não! – exclamou Tarso. – Você veio aqui para me entregar mais um envelope?

– Sei que tem visto muitos envelopes – disse Teresa cinicamente –, mas esse é um envelope especial. Talvez faça o senhor se recordar de algo muito importante.

Tarso abriu o envelope, e retirou de dentro um papel recortado, que pertencia a loja BigBeng, do empresário Oliver Bucckhall, fechada há exatos dez anos.

– Mas o que significa isso, Teresa? Veio me mostrar sua coleção de raridades? – debochou o delegado.

– Depois que você me expulsou daqui ontem – disse Teresa irritada –, eu passei pela praça quando vi um dos lixeiros muito impressionado por ter encontrado este documento tão antigo.

– Isto não é um documento – disse o delegado. – É um folheto da loja daquele inglês, daquela loja...

– Daquela loja onde trabalhava meu irmão Edgar, delegado. E que tinha sido assaltada pouco antes dele morrer.

– Não venha me dizer que você acha que isso tem alguma ligação com o que está acontecendo hoje na cidade?

– Olhe bem para o folheto, delegado – disse Teresa. – Sei que é suficientemente inteligente para saber aonde quero chegar.

Não era a primeira vez que Teresa tentava relacionar a morte do irmão ao assalto na loja do inglês. Mas dessa vez ela ia mais longe: todos os crimes teriam relação com o que ocorrera dez anos antes. Mesmo achando a indagação de Teresa quase impossível, Tarso resolveu observar o folheto com atenção. E conseguiu entender, enfim, o que Teresa havia descoberto.

– Estes recortes... são recortes das palavras do folheto, não é? – disse o delegado.

– Sim, senhor. Recortes de letras... letras que poderiam ser usadas para alguma coisa...

– Que poderiam ser usadas para fazer...

– As cartas que o senhor tem recebido, delegado – respondeu Teresa, com um brilho nos olhos ao perceber a reação de Tarso.

– É verdade – disse o delegado, olhando fixamente o pedaço velho de papel –, poderia ser isso...

– Bem, era o que eu vim fazer aqui, por hora. Se quiser falar comigo de novo, me procure no hotel.

Tarso não sabia em que pensar. Seria muito fácil para alguém recortar por si só o jornal para confundir ainda mais a investigação. A própria Teresa poderia tê-lo feito, já que Tarso não a estava escutando. Porém, ele não conseguia imaginar como e por que alguém teria guardado um simples folheto de loja por tanto tempo. Não perdeu tempo e ligou aos investigadores para contar sobre as novidades do caso.

Tarso aguardava ansiosamente a chegada de Rudolph e da senhora Porter para correr atrás das primeiras evidências do crime e descobrir se realmente havia alguma ligação entre o ocorrido e Oliver Bucckhall. As colocações de Teresa pela primeira vez lhe fizeram sentido, e ele acabou ganhando um novo fôlego para continuar as investigações. Barildo estava especialmente agitado, já que tinha encontrado Tarso fechado em sua sala com Teresa logo no início do dia, horário em que os dois costumavam despachar documentos e discutir as prioridades do dia, e também estava enfrentando alguns problemas com o vigia da escola, que estava detido.

– Colombo está muito rebelde hoje, delegado. Ele exige que nós o libertemos.

– Deixe Colombo falar, Barildo. Assim que Rudolph chegar, eu farei o interrogatório.

– Sim, senhor. E quanto aos dois garotos que também ia interrogar hoje?

– Dalva vai trazê-los à tarde. Quero começar primeiro com o que a Teresa me disse.

Rudolph carregava um grande sorriso no rosto ao chegar à delegacia. Apesar da idade e do pouco tempo como investigador, era considerado por muitos colegas como uma grande promessa. Tudo o que sabia aprendeu com Clara Porter, que o acompanhava desde que começou na profissão. Rudolph ainda não conseguira provar-se competente atuando sozinho.

– Onde está a senhora Porter, Rudolph?

– Seu telefonema nos deixou muito empolgados, delegado. Clara está na prefeitura para ver os papéis da BigBeng.

– Então ela já pensou em alguma coisa?

– Pode chamar isso de sorte ou uma grande coincidência, mas Clara conhece os Bucckhall, delegado.

– Ela os conhece? – disse Tarso sem acreditar em tão grande coincidência. – Então Oliver realmente voltou para a Inglaterra, como todos haviam imaginado.

– Engana-se, delegado – corrigiu-o Rudolph. – Oliver Bucckhall e seu filho nunca voltaram à Inglaterra.

– Oliver Bucckhall teve um filho, Rudolph? É isto que está me dizendo?

– Sim. Mas não acho que isso seja a coisa mais importante que eu tenha a lhe dizer, delegado – disse Rudolph. – O senhor poderia ler a primeira charada que nosso assassino nos deixou?

Tarso apontou a carta e Barildo a pegou rapidamente no arquivo. – Leia a mensagem, por favor, Barildo – disse o detetive.

– "Flores às vezes têm espinhos".

– E então, Rudolph? Você sabe o que significa? Diga logo, homem! – disse Tarso, ansioso.

– Por acaso o senhor conhece o nome completo de Oliver Bucckhall, delegado? – perguntou Rudolph.

– Todos o conhecemos por este nome – disse Tarso. – Não é seu nome completo?

– Delegado, o nome completo deste homem é Oliver Flower Bucckhall. E, segundo o que eu sei, Flower é como se diz flor, em inglês.

– Flower...flor... "flores às vezes tem espinhos"...

– Será possível? – perguntou Barildo, muito espantado.

– Pode ser que tenhamos encontrado nosso homem, delegado. Ou pelo menos já sabemos quem é o responsável por estas mortes.

Rudolph sorriu. Tarso ficou muito confuso com o que acabara de ouvir. Acontecimentos do passado passaram a persegui-lo todos os dias dali em diante, e suas esperanças de solucionar o crime totalmente ficaram ainda menores.

:: ::

A casa de Florência ficava no início da rua das Flores, próxima da Escola Municipal. Não era uma casa luxuosa, mas se destacava por ser a única da cidade com estilo e arquitetura diferentes. Florência era descendente de poloneses e havia feito sua casa nos moldes europeus. Mesmo sendo apenas uma funcionária da prefeitura, ganhava dinheiro por fora financiando uma pequena empresa da cidade que reciclava plásticos e papéis. Assim, ela podia satisfazer alguns dos luxos a que estava acostumada, como tomar champanhe sempre depois do jantar.

Naquela manhã, havia algo mais além de roseiras em uma das paredes da casa. Sem chamar atenção e fazer barulho, os meninos amontoaram-se defronte à janela de sua professora, para saber se ela ainda estava em casa. Somente Boca não havia aparecido. As janelas eram pequenas e seria difícil conseguirem ver alguma coisa se permanecessem todos juntos.

– Acho melhor alguns de nós voltarmos, ou ela vai perceber – disse Juca.

– Pois é... não consigo ver nada com sua cabeçona na minha frente.

– Não é hora pra isso, Marie – disse Rebeca. – Acho melhor nós três irmos lá para trás e você e o Clóvis ficarem aí, Ponche!

– Então vão logo... e devagar – disse Clóvis.

– Ela ainda está em casa, gente – disse Ponche. – Vão com cuidado, para que vocês não sejam vistos.

Clóvis e Ponche já estavam cansados de esperar e Florência ainda não dava sinal de que ia sair de casa. Rebeca, Juca e Marie ainda esperavam de longe, quase querendo desistir. O dia estava quente e seco, mesmo com a previsão de chuvas durante a manhã. E pouco ajudava também o fato de que a casa de Florência ficava numa parte da rua muito movimentada (para os padrões de Jaraquá, obviamente). Rebeca percebeu que alguém se aproximava deles. Marie se assustou ao constatar de quem se tratava.

– Dona Norma! – disse Rebeca tomada pelo susto. – O que faz por aqui?

– Digo isso a vocês – respondeu a secretária. – Com saudades da escola, é?

– Não, que é isso? – disse Rebeca. – Só estávamos olhando a paisagem...

– É... muito bonito aqui, não? – disse Marie.

Juca desconversou, pois não conhecia a secretária da escola.

– Ah, sim. Querem vir comigo até a casa da professora Florência? – perguntou Norma. – Preciso entregar-lhe uma coisa que ela está esperando.

– Que coisa, posso saber? – disse Rebeca, levando um beliscão de Marie.

– Claro! É a fita que eu gravei para ela do Congresso de Professores de Música em que ela esteve na capital.

– Legal... o Congresso, não é? Demais! – Marie puxa Juca pela camisa e cochicha algo no ouvido do menino.

– E então, querem ir comigo? – perguntou Norma Bay.

– Muito obrigada, dona Norma – respondeu Marie –, mas a gente já estava indo pra casa desse meu amigo e não queremos nos atrasar...

Rebeca não entendeu a atitude de Marie, que mandara Juca ir buscar Clóvis e Ponche. Juca seguiu Norma devagar, tomando cuidado para que ela não o visse. Norma entrou e entregou para Florência uma fita de vídeo e um álbum de fotos. Os três garotos voltaram correndo, mas Clóvis e Ponche ainda não entendiam o porquê de terem que voltar.

– Eu acho bom você ir explicando isso, Juca – disse Ponche.

– A Marie vai explicar tudo, gente.

– A Florência não matou o vigia nem a Ruth, pessoal – disse a menina. – Nos enganamos em suspeitar dela.

– E como você pode ter tanta certeza? – perguntou Clóvis.

– Vocês não se lembram que ela vivia se gabando de que ia aparecer na TV, num congresso de professores de música que ia ter lá em São Paulo?

– Eu me lembro – disse Rebeca. – Ela estava um nojo... mais do que o de costume.

– Sim, é verdade – disse Ponche. – E o evento foi no dia da morte do vigia, não foi?

– Exato – disse Marie. – E ela só voltou dois dias depois, não lembram?

– Sim... não pode ter sido ela! – exclamou Rebeca.

– Mas ela poderia ter mandado alguém matar – disse Clóvis –, isso não a deixa livre de suspeita, gente!

– E o que você quer que a gente faça, Clóvis? – perguntou Marie. – A Norma podia ter nos visto perto da casa da Florência espionando... poderiam desconfiar da gente.

– Talvez a gente não devesse mesmo se meter nisso tudo – disse Juca.

– Mas é claro que a gente deve! – gritou Clóvis.

– Não. Desde o início tudo isso foi uma grande bobagem... nós nunca devíamos ter sequer planejado aquela vingança boba contra a Ruth.

– Mas ela queria separar a gente do Ponche, Marie. Fazia a cabeça do pai dele contra a gente.

– Mas o delegado já não implica mais com a gente, Clóvis. Isso acabou – disse Juca.

– Não acaba até a gente saber quem matou a Ruth! E foi a Florência, gente!

– Eu estou fora, Clóvis – disse Marie. – Isso já ficou perigoso demais.

– Não podemos desistir! Não vai acontecer novamente! Me ajuda a convencê-los, Ponche!

Ponche ficou calado. Abaixou a cabeça antes de sentar-se em um dos bancos da praça.

– Fale alguma coisa, Ponche! Vamos!

Ponche pegou a cópia que tirou da carta recebida pelo pai e a rasgou.

Olhou para a casa de Florência e depois virou-se para Clóvis.

– A gente quase cometeu um erro muito grande aqui... investigação é coisa que a polícia deve fazer. É melhor a gente deixar isso tudo com o meu pai.

– Você não está falando sério, está?

– Estou. Vou falar com o Boca e dizer que esta loucura acabou.

– Isso mesmo, Ponche. Chega – disse Marie.

– Vocês são muito bobos, mesmo.

– Logo você também vai entender nossa atitude, meu amigo – disse Ponche.

Clóvis foi embora chateado. Ponche olhou novamente para a casa de sua professora e refletiu sobre a injustiça que quase cometera. Mas também pensou no que Clóvis dissera sobre a possibilidade de ela ter mandado alguém fazer o serviço.

– Logo ele vai esquecer isso, né, gente? – perguntou Ponche, abatido.

– Pelo pouco que conheço dele, já deu para perceber que é bem estourado – disse Juca.

– Isso passa – disse Rebeca. - O importante é que a gente está de acordo em acabar com tudo isso.

– Só espero que o Boca também concorde – pensou Marie.

:: ::

Clóvis custava a acreditar que seus amigos tivessem desistido de continuar a procurar o culpado. Ele achava divertido e ao mesmo tempo emocionante. Mas também entendia o que Marie havia dito sobre os riscos que eles haviam corrido e os que ainda estariam por vir se continuassem na cola do assassino. Mesmo assim, depois de chegar em casa, foi direto para o quarto, sem nem sequer falar com a mãe, e se deitou na cama, chateado.

– Aconteceu alguma coisa com você, meu filho?

– Tá tudo bem, mãe. Não é nada demais, não se preocupe. Cadê o papai?

– Ele saiu pra comprar algumas coisas pra mim.

– Tudo bem, depois eu falo com ele.

– A dona Dalva ligou agora há pouco, e pediu para você ir até lá na delegacia falar com o delegado.

– É mesmo... o Ponche já havia me dito que o pai dele queria falar comigo.

Eu é que me esqueci.

– Aproveite e vá agora, antes que eu acabe o almoço.

Nada satisfeito, Clóvis se levantou e foi se arrumar. Ele achava que Tarso havia desistido de interrogá-lo, já que Ponche nunca mais havia tocado no assunto. O que o deixava curioso era saber se Juca também estaria lá.

O último buckhall

As últimas descobertas que fez com o auxílio de Teresa e Rudolph deixaram Tarso cada vez mais confuso. Afinal, o que havia ocorrido na loja BigBeng era, para ele, coisa do passado. Mas todas as evidências apontavam que Teresa tinha razão e todos os crimes tinham alguma misteriosa ligação. Mas o assassino não voltara a se comunicar. Apesar de entender o palpite de Rudolph sobre a culpa de Oliver Bucckhall, ele achava que estava na cara demais, pois o assassino havia praticamente se identificado na primeira charada. Então, por que motivo haveria mais uma?

"EM MINHAS MÃOS NADA SE PERDE,
TUDO SE TRANSFORMA."

Tarso não parava de olhar o papel para ver se algo diferente vinha em sua cabeça. Neste momento, Barildo entrou na sala trazendo consigo um garoto.

– Aqui está ele, delegado. Já posso deixá-lo aqui ou o trago outra hora?

– Não há problema, Barildo. Vou falar com ele. Deixe-nos a sós, por favor. E me avise quando Clara e Rudolph chegarem.

O garoto estava com a cabeça baixa, um pouco assustado, preocupado em estar ali, na frente do delegado da cidade. Mesmo sabendo que se tratava do pai do seu amigo.

– Está tudo bem com você, Juca?

– Sim, senhor – disse o menino timidamente. – Me desculpe se só estou aqui hoje, Ponche tinha me avisado antes que o senhor queria me ver.

– Vítor, por favor. Meu filho se chama Vítor. Desculpe, mas não gosto deste apelido dele...

– Sem problemas, delegado, não direi novamente...

– Eu pedi à minha esposa que falasse com a Dona Lala para você vir aqui... creio que já saiba por que, meu filho deve ter dito.

– Sim, ele me disse que a dona Alsácia veio até aqui.

– Sim, ela veio e me disse que viu você e o Clóvis saindo da casa da finada Ruth.

– Mas eu posso explicar para o senhor tudo...

– Não se preocupe, Juca. Eu pedi que viesse porque não podia fazer vista grossa ao depoimento de ninguém... mas meu filho já me esclareceu tudo.

– Mas então por que me chamou aqui? – perguntou Juca, encarando o delegado.

– Preciso que você me faça um grande favor, menino – disse Tarso.

– Que tipo de favor, delegado?

– Eu queria que você ficasse aqui na delegacia – Tarso percebeu o olhar desconfiado do menino. – Não como preso, é claro. Apenas fingindo estar preso.

– Mas para quê? Eu não tenho nada a ver com isso.

– Confie em mim. Eu não posso explicar-lhe tudo agora, mas vamos precisar muito de você aqui.

– Eu não entendo. No que eu posso ser tão importante assim?

– Você vai saber logo – disse o delegado. – E ficando aqui, você não será mais importunado por pessoas como a dona Alsácia.

– Mas as pessoas vão fazer mau juízo de mim lá fora... vão pensar que fui eu quem matou aquelas pessoas...

– O caso será resolvido em breve, Juca. Mas a escolha é sua. Para todos os efeitos, eu já o interroguei. Você decide o que quer fazer agora.

Apesar de querer ir embora, a curiosidade era maior, e Juca acabou aceitando o que Tarso havia lhe proposto. Não entendia por que motivo era tão importante ele permanecer na delegacia, como se fosse realmente um dos suspeitos. Mas como não tinha nada a perder, não faria nenhum mal passar um tempo em reclusão.

– Eu posso pedir só uma coisa, então, delegado?

– É claro que você pode, meu filho.

– Posso dar um telefonema?

Os dois riram. Tarso ficou impressionado pela forma com que Juca reagiu a uma situação tão nova para ele. O menino pegou o telefone e ligou para Lala, avisando que ficaria na delegacia. Do outro lado da linha,

Lala não entendeu o motivo e ficou preocupada. Pegou sua bolsa e saiu para ir conversar com Tarso na delegacia.

:: ::

Bruna levantou-se tarde, preocupada. Sua discussão com o filho na noite anterior havia mexido muito com ela. Quando abriu a porta do quarto, viu que o filho estava ali, dormindo no chão sem nenhum conforto. Carinhosamente, pegou- o no colo, levou-o para o quarto e colocou-o em sua cama. Foi até seu quarto e pegou a carta que recebera muitos anos atrás, disposta a acabar com ela de uma vez por todas. Colocou-a em cima da cômoda e foi até a janela para fechá-la, pois estava ventando muito. Antes disso, porém, percebeu que Ponche estava chegando e foi abrir a porta para ele.

– Bom dia, dona Bruna.

– Bom, quase boa tarde. Desculpe se estou desarrumada, mas acabo de acordar.

– Tudo bem, não tem problema. Será que eu poderia falar com o Boca? É que a gente ia se encontrar hoje e ele não apareceu. Ficamos preocupados.

– Ele ainda está dormindo, mas eu digo que você esteve aqui.

– Muito obrigado. Será que eu posso beber um copo d'água? Estou morrendo de sede.

– Claro que sim. Eu pego para você.

Ponche ficou parado em frente à porta, esperando Bruna voltar. Aproveitou para olhar as sancas no teto da sala, que formavam desenhos lindíssimos. Ele sempre achara a casa de Boca muito bonita e bem arrumada, muito diferente da maioria das casas da cidade, que eram humildes, apesar das aparências arquitetônicas europeias. Ele não parava de olhar cada cantinho da casa, dos quartos aos banheiros e à cozinha. Quando virou seu olhar em direção ao quarto, viu um estranho envelope em cima da cômoda. Percebeu que se tratava do mesmo tipo de envelope com a mesma frase usada pelo assassino. Ele parecia não acreditar no que estava vendo, e sabia que era uma carta original, e não a cópia que ele havia dado para Boca. Sem saber o que fazer, resolveu ir embora, com medo, e bateu sem querer a porta ao sair. Bruna voltou à sala e não viu o menino. Resolveu olhar se ele estava no quarto com seu filho. Assim que viu que ele não estava lá, voltou para a sala rapidamente. Ao olhar para o envelope que deixara em cima da cômoda, ficou preocupada em saber se Ponche poderia tê-lo visto.

:: ::

Logo que chegou da prefeitura, Clara Porter foi contar a Tarso tudo o que havia descoberto sobre Oliver Bucckhall. Na inspetoria, no registro de seu estabelecimento não constava seu nome completo. Todos os documentos do inglês entregues ao município omitiam seu nome do meio, Flower.

– Qual seria o motivo que levou este homem a esconder seu nome completo por tanto tempo? – disse Tarso. – Não é possível que ele já planejava isto tudo desde aqueles tempos.

– Existem muitos tipos de psicopatas, delegado – completou a Sra. Porter. – Cada um deles age de uma forma diferente.

– O que eu não entendo é a segunda charada – disse Rudolph –, está na cara que ela se refere à química. E Ruth foi morta por alguma mistura de componentes químicos. Mas Oliver Bucckhall não era químico. Pelo menos não é o que consta nos poucos documentos que possuímos dele.

– Sim, mas ele era engenheiro. Em nenhum dos seus documentos é mencionada em que tipo de engenharia ele se formou. Mas poderia ter sido engenharia química.

– Embora o prefeito tenha garantido que ele era engenheiro civil e que algumas vezes prestou seus serviços à prefeitura – disse Clara Porter.

– Sim, mas eu não encontrei seu nome em nenhum dos registros de obras – completou Rudolph.

– Acham que o prefeito pode estar acobertando o inglês?

– Acho difícil, delegado – disse a Sra. Porter, abafando uma risadinha. – Me disseram na prefeitura que a única coisa que ele sabe fazer é viajar.

Todos riram, num raro momento de descontração em meio a tantos problemas ocorridos nos últimos dias.

– E você já contou toda a verdade ao menino?

– Ainda não, Clara – disse Tarso. – Mas tive muita vontade de dizer logo a ele.

– E por que deixá-lo aqui na delegacia? – perguntou Rudolph.

– Vamos ver se assim as crianças resolvem deixar de bancar as detetives e deixam isso com vocês dois, que são mais experientes no assunto.

– Será que é apenas por isso? Ou tem mais alguma coisa que você não está querendo nos contar?

– Não esconderia nada sobre este caso de vocês, Sra. Porter. Nem mesmo um detalhe.

– Sabemos disso – retrucou Rudolph.

– Bem, que tal irmos logo interrogar o vigia da escola? – disse a inglesa.

– Vamos ver se ele pode nos dizer algo que ajude – completou Tarso.

Barildo entrou na sala, trazendo Clóvis. Rudolph e Clara foram para outra sala, para fazer o interrogatório com Colombo. Clóvis sentou-se, sem tirar o olho de Tarso por nenhum instante. Antes de sentar-se, Tarso ofereceu uma bala a Clóvis, que rejeitou.

– Finalmente você apareceu por aqui, Clóvis.

– Me diga logo o que você quer e por que prendeu o Juca.

– Quem lhe disse que eu prendi seu amigo?

– A dona Lala está lá fora, e está muito nervosa – disse Clóvis assustado. – Ele não fez nada. Eu achei que o Ponche já tivesse lhe dito tudo.

– Era necessário que você passasse por um interrogatório. Meu filho lhe disse isso.

– Então por que o Juca ainda está aqui?

– Só quero fazer mais algumas perguntas para ele. Logo ele também estará fora daqui, não precisa se preocupar.

O delegado sinalizou para Barildo, pedindo a ele que fizesse Lala entrar. Ao mesmo tempo, pediu que Clóvis fosse embora. O menino ficou sem entender o motivo do amigo ficar preso, já que os dois estavam juntos quando Alsácia os viu saindo da casa de Ruth. Ao sair da delegacia, ele olhou para o céu, que estava nublado. Uma pequena lágrima desceu de seus olhos. Por um momento, ele ficou feliz ao ver que estava fora da delegacia, livre de qualquer acusação. Mas não conseguiu parar de pensar no motivo que levou o delegado a prender Juca.

Dona Lala queria saber notícias de seu protegido a qualquer custo, e estava muito pálida e transtornada. Barildo tentava acalmá-la, dizendo que tudo estava bem e que Juca só ficaria na delegacia alguns dias. A saúde da senhora não era nada estável, o que deixou Tarso preocupado, já que Lala poderia passar mal se não soubesse a verdade por trás da prisão do menino. Era então necessário contar a ela tudo, tudo aquilo que nem mesmo Juca sabia sobre seu passado. Lala foi chamada à sala do delegado, tão nervosa e alterada que mal deixou Tarso falar.

– Acalme-se, Dona Lala – disse o delegado calmamente. – O que eu vou dizer à senhora é confidencial e não pode sair desta sala, entendido?

– É claro que sim, delegado – respondeu Lala. – Só quero entender o que faz esse menino aqui! O que meu Juca tem a ver com tudo isso?

– Nada, dona Lala. Ao Juca não pesa culpa alguma.

– Então o que o senhor quer me dizer afinal, delegado? – disse Lala, ainda pálida e tomada pelo susto. – Por que este menino está trancafiado aqui nesta delegacia?

– Dona Lala, a senhora conheceu os pais do Juca? – perguntou o delegado.

– Não. Ele sempre esteve sozinho desde que eu o conheço. Mas o que isso tem a ver?

– Tudo – respondeu Tarso. – A senhora mora há muito tempo na cidade, não é, dona Lala?

– Sim, eu moro em Jaraquá há mais de quarenta anos. Mas aonde o senhor quer chegar, delegado?

– Então a senhora conheceu Oliver Bucckhall?

– E quem nesta cidade não o conheceu? Todos fazíamos compras na loja dele.

– Sim, a loja que fechou anos atrás depois que Oliver teve toda sua fortuna roubada.

– E depois disso ninguém nunca mais ouviu falar nele – disse Lala.

– E a senhora sabia que Oliver teve um caso com uma das funcionárias da sua loja?

– Sim, mas essa moça e a família também foram embora da cidade e nunca mais deram sinal de vida...

– Exato – disse o delegado. – Os pais dessa moça não ficaram nada satisfeitos com algo que aconteceu com ela.

– O que o senhor quer dizer? – perguntou Lala.

– Dona Lala, essa moça estava grávida de Oliver Bucckhall quando deixou a cidade. E só voltou uma vez, sim, para deixar o filho com seu verdadeiro pai.

– Delegado, o que o senhor está me dizendo é que...

– Onde Juca foi encontrado, dona Lala? Onde ele estava antes de ser levado para a igreja? A senhora se lembra?

– Ele estava em frente... em frente...

– Em frente à BigBeng – completou Tarso.

– Juca é filho de Oliver Bucckhall?

– Sim... um garotinho de dois anos que foi deixado em frente à loja fechada de um certo inglês... um garotinho que nunca conheceu seu pai...

– Sim, Juca foi deixado lá – dizia Lala, emocionada. – Juca é filho de Oliver Bucckhall.

Lala começou a chorar, chocada e ao mesmo tempo feliz. Depois de tanto tempo, finalmente a identidade verdadeira de Juca era revelada. E não poderia ser outra pessoa a primeira a saber disso a não ser ela, que sempre o tratou como se fosse seu filho.

– Espero que entenda que só posso dizer-lhe isso, por enquanto. Confie em mim, dona Lala. Tenho meus motivos para manter Juca aqui na delegacia.

– Por acaso o pai dele é suspeito?

– São informações que não posso revelar agora. Só peço que isso fique entre a gente, por enquanto. A senhora quer entrar para vê-lo?

– Não, agora não – disse ela. – Estou muito emocionada, e poderia estragar tudo. Posso visitá-lo mais tarde?

– Terei algumas coisas para fazer à tarde, mas à noite a senhora pode vir até a delegacia vê-lo.

– Certo. Obrigada, delegado.

Era um dia pequeno para tantos problemas que Tarso tinha para resolver. Aproximava-se da hora do almoço e ele ainda não havia interrogado Colombo, que já estava com Rudolph e Clara Porter. Porém, ele começava a acreditar estar perto da resolução dos crimes, tanto do presente quanto do passado. Barildo aproximou-se da sala, ainda um pouco confuso depois de escutar a conversa que o delegado tivera com Lala.

– Me desculpe por eu ter escutado o que não devia, meu amigo – disse Barildo. – Se me permite um certo atrevimento – ele olhou para Tarso como que analisando a reação que ele teria – e se eu o conheço como acho que conheço, você acha que o inglês tem algum tipo de ligação com isso tudo, não é mesmo?

– Sim e não, meu caro amigo – respondeu o delegado –, mas tenho um palpite de que Oliver pode saber de alguma coisa que nós não sabemos. Eu não fiquei totalmente convencido com o palpite de Rudolph sobre a primeira charada, achei que ficou na cara demais. Esse bandido é bem mais inteligente do que pensamos.

– Então, por que mantém o menino aqui? – perguntou Barildo, ainda sem entender os motivos do delegado. – Você acha que o pai pode resolver aparecer sabendo que o menino está preso?

– Quase isso, meu amigo – respondeu Tarso. – Clara o conhece, e está tentando contatá-lo através de alguns amigos dele, em Londres. Logo ele saberá sobre o filho, e com certeza vai querer vê-lo.

– Sim, é o que pensei – disse Barildo. – Então por que me disse que eu estava quase certo?

– É que, além disso, a permanência do Juca aqui fará com que aqueles meninos deixem de fuxicar neste caso – respondeu o delegado. – Algo me diz que o Juca é o líder deles, e eu não quero que incidentes como o que aconteceu com a Alsácia se repitam.

– Entendo. Você tem razão, esta senhora entendeu muito mal a atitude das crianças. Ora bolas, imagine se alguma delas ia participar de uma coisa horrível como essa.

– Meu filho também poderia ficar mal nisso tudo, Barildo – disse o delegado.

– Você sabe como são as pessoas daqui. É claro que não poderei deixar esse menino aqui por muito tempo, mas nisso eu penso depois. Preciso ir saber como vai o interrogatório com o Colombo.

– Sim, é mesmo. Acabei esquecendo de lhe dizer que os detetives queriam a sua presença na sala. Parece que é uma exigência do Colombo.

O vigia Colombo estava realmente quieto demais, em comparação à sua atitude desde que chegara na delegacia, mas Tarso ficou tão distraído nas conversas com Lala e Barildo que nem se atentou a este detalhe. Quando o delegado entrou na sala onde estavam o prisioneiro e os dois detetives, percebeu imediatamente que o interrogatório não havia sido satisfatório. Rudolph estava visivelmente aborrecido e a senhora Porter escondia um sorriso debochado nos lábios.

– Ainda bem que chegou, delegado – disse Rudolph parecendo ainda mais irritado –, este cidadão disse que não ia falar nada com um "almofadinha importado" – Clara Porter desdenhava do colega no canto da sala – e disse que só queria falar com o senhor.

– É isso mesmo – disse Colombo. – Eu não tenho nada a ver com crime nenhum. Vocês não podem continuar me mantendo aqui como um criminoso qualquer. Exijo que me liberte, e logo, delegado.

– Você aqui não exige nada, Colombo – disse Tarso duramente –, mas eu vou lhe explicar o motivo de estar aqui, já que não quis saber antes com os detetives. Esteve na delegacia uma senhora de nome Alsácia Dominguez – Colombo se irritou ao escutar o nome – e me disse que viu o senhor diversas vezes observando a finada Ruth. Isso é verdade?

Colombo empalideceu.

– Essa mulher é louca, delegado. Todos na cidade conhecem sua fama de futriqueira. Não pode dar ouvidos ao que ela diz.

– Ela era amiga da falecida, meu caro. E me pareceu muito sincera, apesar da fama que possui. Além disso, você não estava na cidade quando os crimes aconteceram, e eu já verifiquei isso. Deve compreender que tudo faz crer que você está escondendo alguma coisa.

– Não escondo nada! – gritou Colombo. – Estava visitando minha mãe na capital, ela está doente!

– Estranho – disse Clara Porter, agora totalmente séria. – Ligamos para a casa de sua mãe e ela disse que não vê o senhor há muito tempo.

Colombo ficou paralisado, gaguejando alguns ruídos indecifráveis.

– E então, Colombo? O que me diz agora? – perguntou o delegado.

– Ela me disse que nunca iam me fazer perguntas – disse o homem, relutando em cada uma das palavras –, mas eu aceitei por que era um bom dinheiro.

– Do que ele está falando? – perguntou Rudolph. – Você recebeu dinheiro de alguém para matar essas pessoas?

– Eu não matei ninguém! – gritou Colombo.

– Explique-se direito, homem! – disse o delegado. – Quem é essa mulher a quem se referiu? O que ela pediu para você fazer?

– Eu não posso... fiz uma promessa, mas nem eu e nem ela esperávamos que isso fosse acontecer...

Tarso se levantou bruscamente e se colocou na frente de Colombo. Com um dedo da mão esquerda, apontou para uma das celas no corredor.

– Se você não nos contar toda essa ladainha direito, vou providenciar pessoalmente para que você fique na solitária até resolver abrir a boca.

– Não pode fazer isso comigo, delegado – disse o homem, gaguejando –, sou um homem de bem. Eu nunca faria mal àquela senhora.

– Então diga de quem estava recebendo dinheiro e para quê. E a verdade sobre onde esteve durante todos esses dias.

Colombo abaixou a cabeça e algumas lágrimas caíram de seus olhos.

– Eu não matei meu amigo Distinto e a dona Ruth, delegado – soluçou algumas vezes antes de continuar. – Eu estava fora para resolver alguns problemas pessoais...

– Pela última vez, Colombo, diga logo tudo – disse o delegado de forma muito rude.

– Não a julguem mal – disse ele engasgando –, ela me pagava apenas para vigiar uma coisa que a dona Ruth guardava, por isso eu estava sempre de olho nela, para saber se ia levar aquilo para outro lugar.

– Seja direto, meu caro – disse Rudolph –, não adianta mais querer esconder nada.

– Ele vai falar, Rudolph – disse o delegado –, se quiser realmente ter uma chance de sair daqui dessa delegacia.

– Foi coincidência – disse Colombo – ela ser assassinada enquanto eu estava fora. Eu nunca poderia prever isso. A senhora... – Colombo travou as palavras novamente – relutou muito em me deixar sair da cidade. Ela tinha medo, sabe? Não queria que eu tirasse o olho da maleta...

– Maleta? – disse Tarso. – Me parece que a situação é um pouco mais complicada do que eu pensei. Que maleta é essa? O que tem dentro dela?

– Eu não sei, delegado – disse o homem nervosamente –, a senhora nunca me disse. Ela dizia que não era importante, que eu só tinha que vigiar.

Clara Porter estava cada vez mais intrigada. Rudolph já não dizia nada, apenas olhava o pobre homem, imaginando se ele realmente tinha algo a ver com as mortes. No entanto, Tarso já estava quase convencido de que o que Colombo dizia era verdade, mas que a verdadeira culpada deveria ser a pessoa de quem ele estava recebendo dinheiro, que aproveitou a viagem do vigia para cometer os crimes e incriminá-lo.

– Colombo – disse Tarso, agora mais calmo –, eu quero acreditar em você. Mas só vou poder se você me disser quem é essa "senhora" que lhe pedia para vigiar a Ruth.

– Não leve a senhora a mal, delegado – disse Colombo enquanto tinha uma nova crise de choro –, ela não tem nada a ver com isso. Foi apenas uma triste coincidência...

– Quem é ela, Colombo? – perguntou Tarso.

O vigia abaixou a cabeça novamente. Um pouco depois, levantou-a e fitou o delegado, e ainda tinha lágrimas nos olhos. Devagar, levantou-se e caminhou até a pequena janela que ficava no canto da sala, onde estava a senhora Porter. Virou-se, e começou a falar numa voz baixa, cada palavra cheia de receio.

– A senhora é... Bruna. Bruna Costa Ribeiro.

O interrogatório revelador

Ponche não conseguia organizar seus pensamentos depois do que vira. Muitas coisas passaram pela cabeça do menino, todas sem o menor sentido. Ele não queria acreditar que a mãe de um dos seus amigos fosse a culpada de tudo. Mas a carta que Ponche vira era original, não uma cópia, como a que estava com Boca e com todos os outros. Por um momento, o menino quis ir falar o que viu ao pai, mas não podia tomar uma atitude precipitada. Ele teria, novamente, que investigar sozinho.

"Eu saí assustado da casa, ela deve ter desconfiado", pensava ele. Nem o copo de água que pedira, Ponche havia bebido. E Bruna poderia estar destruindo a carta neste exato momento, enquanto ele pensava o que ia fazer. Ponche estava confuso, e não queria magoar o amigo. Mas sabia que, se Bruna fosse mesmo a criminosa, ele tinha obrigação de contar o que sabia.

Ponche já estava decidido a voltar para a casa de Boca quando viu Marie correndo pela rua. A menina estava extremamente agitada, e ele correu para alcançá-la.

– Marie, o que aconteceu? – perguntou Ponche. – Onde você está indo?

– Muito me admira que você não saiba – disse Marie. – Seu pai prendeu o Juca.

– O que é que você está me dizendo? Meu pai prendeu o Juca?

– É isso mesmo – respondeu Marie –, ele foi se apresentar ao delegado depois que saiu do nosso encontro. E ele ficou lá.

– Não, deve haver algum engano – disse Ponche. – Meu pai me disse que só precisava de um interrogatório, que era uma medida de praxe. Ele não pode ter feito isso.

– Mas fez – disse Marie. – Alsácia está se vangloriando para todo mundo da cidade que colocou um suspeito atrás das grades. Todos estão achando que o Juca é o culpado.

Ponche não sabia o que dizer a Marie. Era impossível que o pai o tivesse enganado. Tudo só podia ser um terrível engano. – Marie, e o Clóvis? Se o Juca foi se apresentar, ele também deve ter ido. – Marie havia se esquecido desse detalhe.

– Eu não vi mais o Clóvis – disse a menina. – Será que ele também está detido?

– Não sei – disse Ponche. – Temos que nos certificar disso. Eu vou para a delegacia com você. Se meu pai realmente fez isso, ele vai ter que me dizer o motivo.

Os dois seguiram a rua das Flores correndo. Perto de onde estavam, um vulto preto estava se movendo. Ele havia escutado cada palavra que os meninos haviam dito. Sorriu e se voltou para o lado sul da cidade. Caminhou sorrateiro, tendo o cuidado de não ser visto por ninguém, e depois desapareceu.

:: ::

Uma grande confusão estava acontecendo na porta da delegacia. Várias pessoas, entre elas jornalistas, policiais e curiosos, faziam com que a entrada no prédio ficasse quase bloqueada. Mas toda aquela confusão tinha um sentido. O assassino voltara a se comunicar, e uma nova carta havia sido deixada na porta da delegacia enquanto Tarso estava interrogando o vigia Colombo. Aquele não poderia ser um pior momento para que isso acontecesse, já que Colombo tinha feito uma estranha revelação ao delegado durante o seu interrogatório.

– "COM PUNHADOS DE ESTRELAS NOMES TOMAM FORMA. DUAS DELAS SÃO A PISTA PARA O MEU". Muito bem, Rudolph, o que você acha disso? – perguntou o delegado.

– Acho que realmente Colombo pode ser uma vítima – disse o detetive – e que não temos nada que pese contra ele, afinal, ele estava conosco, não poderia ter deixado a outra mensagem.

– Sim, não poderia – disse o delegado –, mas a pessoa de quem ele estava recebendo está lá fora, solta. Ela esteve aqui, então.

– É uma possibilidade – disse Rudolph –, mas ainda não podemos pensar que tudo está resolvido. Não se esqueça de Oliver Buckhall.

– Seja como for, Barildo já deve estar trazendo a senhora Bruna para a delegacia – disse Tarso – e eu tenho um leve pressentimento de que existe muito mais coisa por trás destes crimes do que nós pensamos, meu caro Rudolph.

– Clara ficará feliz em saber que temos um novo enigma para decifrar – disse Rudolph –, ela gosta muito desse tipo de trabalho.

– Sim, é verdade. Esta última mensagem, por sinal, é particularmente difícil, e veja, está até em um tipo de papel diferente. Claro que não sou especialista em procurar pistas, mas acho que isso pode querer dizer alguma coisa. Papel fino, sei lá... não consigo fazer ligações.

– Mas ele agora está sendo mais direto – disse Rudolph –, está dando pistas que podem nos levar ao nome dele. As outras não eram tão claras assim. Isso pode ser uma forma de nos despistar.

Realmente Tarso imaginava que aquela nova mensagem era um pouco diferente das que chegaram anteriormente. Duas formavam uma frase incompleta, e outras duas eram pistas sobre o bandido. Embora o delegado ainda não tivesse muita ideia do que elas queriam dizer, e se tinham relação umas com as outras, ele acreditava que realmente estava seguindo o caminho certo e que hora ou outra tudo iria se encaixar. O assassino queria ser capturado, e mandava cada um dos enigmas para a polícia agilizar sua captura. Mas Tarso ainda não entendia o motivo pelo qual o bandido estava agindo desta maneira. Enquanto estava envolto em seus pensamentos, Rudolph falava pelos cotovelos, mas o delegado não lhe dava atenção. Apenas a figura de uma mulher aparecendo na porta de sua sala o tirou daquele transe; acompanhada da senhora Clara Porter, acabava de chegar a mãe de Boca, Bruna Costa Ribeiro.

– Encontrei esta senhora um pouco agitada, bem aqui perto da delegacia – disse a inglesa. – Ela me garantiu que estava procurando um garoto.

Tarso encarou Bruna perigosamente. – Estávamos mesmo querendo falar com você, senhora Costa Ribeiro.

– Por acaso isso tudo tem alguma coisa a ver com minha cunhada, doutor Tarso?

– Não, realmente não – disse o delegado –, mas antes de qualquer coisa, diga-me o que fazia nas redondezas da delegacia.

– Sua capataz já me perguntou a mesma coisa – disse Bruna, aborrecida e encarando a senhora Porter. – Por acaso esta parte da cidade é proibida aos cidadãos agora?

– Absolutamente – respondeu Tarso. – Vou perguntar novamente. O que a senhora estava fazendo por aqui? Espero que tenha uma resposta agora.

– Já respondi. Estava procurando o seu filho. Queria falar com ele, pois ele saiu correndo lá de casa e fiquei preocupada.

– Interessante – disse Rudolph – e por que motivo achou que o menino viria para cá?

Bruna relutou em responder. Sabia o que Ponche havia visto, e não queria correr o risco de que todos na delegacia ficassem sabendo que ela também possuía uma das cartas misteriosas. – É aqui que o pai dele trabalha, não é? Ele correu nesta direção, e a casa dele fica do outro lado, próxima a minha. Achei que estivesse por aqui.

– Entendo, Bruna – disse Tarso. – Agora podemos tratar do outro assunto.

– Não sei de que outro assunto quer falar, mas exijo saber o motivo desta desconfiança. O que houve por aqui, afinal de contas?

– Se me permite, delegado – disse Clara Porter –, acho melhor dizer a ela logo o motivo por estarmos perguntando porque ela rondava a delegacia.

– Esteja à vontade, detetive – respondeu Tarso.

– Reconhece isso? – perguntou Clara Porter, mostrando a carta à Bruna, que ficou pálida.

– N...não, claro que não – respondeu Bruna. – Por que me pergunta isso?

Tarso repreendia-se em pensamento, imaginando o que Dalva poderia dizer-lhe se por acaso soubesse que ele havia interrogado sua melhor amiga. Mas Bruna estava muito nervosa, o que deixou o delegado intrigado. A visão da carta havia alterado completamente o comportamento da mulher. Antes que ele ou os detetives fizessem qualquer outra pergunta, ela começou a falar.

– Foi o garoto, não foi? – perguntou Bruna, – Ele está aqui e falou para vocês o que viu. Mas não é nada do que estão pensando...

– Vítor não está aqui e nem esteve hoje – disse Tarso –, mas por que ficou tão nervosa, Bruna? Você disse antes que o meu filho saiu de sua casa correndo sem dizer onde ia. É por causa desta coisa que ele viu? Por acaso ele viu você carregando isso, Bruna?

Bruna ficou aterrorizada. Não sabia o que dizer. Tarso a olhava cada vez mais fixamente. Ela ouviu passos no corredor e notou que somente agora Ponche adentrava a delegacia, com Marie ao seu lado. O menino ficou surpreso ao constatar que ela estava lá, na sala de seu pai e com os detetives. Marie também achou estranho.

– Eu nunca estive com isso, delegado. Não sei do que o senhor está falando.

– Meu filho acaba de chegar – disse Tarso –, talvez ele possa explicar a nós todos o que viu.

Barildo entrou na sala trazendo os garotos. Marie não entendeu o que estava acontecendo, a única coisa que queria era ver Juca. Bruna olhava para os dois com lágrimas nos olhos, e Ponche sentiu-se levemente incomodado. Nos corredores podia-se ver o conglomerado de curiosos que olhavam para a sala do delegado enquanto os guardas tentavam conter a bagunça.

– Desculpe-me, delegado. Mas seu filho insistiu em entrar para vê-lo – Barildo olhou para Bruna –, mas tenho outro problema, desta vez com o Colombo. Ele recusa-se a comer.

Bruna empalideceu novamente ao escutar o nome de Colombo, e Rudolph percebeu.

– Depois tratamos do caso do vigia, Barildo – disse o delegado –, ele está gordinho e não lhe fará mal ficar sem comer. Quanto às crianças, deixe-as aqui e pode se retirar.

Tarso fitou Ponche e Marie, ao mesmo tempo em que observava cada um dos movimentos de Bruna. Ela verificava seu bolso frequentemente. Rudolph chegou próximo ao delegado e disse algo no ouvido dele. Marie interrompeu o silêncio.

– Onde está o meu amigo, senhor? – perguntou a menina.

– Fique calma, Marie – disse Tarso –, temos muitas coisas a esclarecer aqui agora, portanto você vai esperar um pouco para ver o Juca.

– Espere lá fora, Marie – disse Ponche –, eu vou esclarecer tudo com meu pai. Pode ficar despreocupada.

A menina relutou, mas Ponche balançou a cabeça num sinal para tranquilizá-la, e apontou para a banqueta que ficava do lado de fora da sala. Marie se dirigiu à porta e a bateu levemente, Barildo ao seu lado. Os olhos de Ponche percorreram rapidamente cada um dos indivíduos que estavam na sala, mas pararam automaticamente em Bruna, o que fez com que a mulher ficasse ainda mais assustada. Tarso reconhecia o olhar do filho. Rudolph e Clara Porter continham-se em fazer suas perguntas, já que o delegado havia lhes pedido tempo com gestos. Bruna começou a encarar o menino, usando a pouca coragem que ainda lhe restava.

– Meu filho, acho que você já está entendendo o que acontece por aqui, estou certo?

Ponche olhou discretamente para o pai, relutante.

– Não totalmente certo, papai. Mas eu não queria atrapalhá-lo, só vim até aqui para saber do Juca – o menino olhou novamente para a mãe do amigo –, mas talvez seja melhor eu acompanhar Marie e voltar uma outra hora.

– Tem certeza de que só veio até aqui para saber do seu amigo, menino? – perguntou a detetive duramente.

Ponche não sabia o que dizer. Bruna olhava para ele com os olhos marejados, suplicantes. Era como se os olhos da mulher lhe dissessem "Não faça isso, não diga nada. Pense em como seu amigo ficaria triste se a mãe dele fosse presa". Mas era necessário. E se ela fosse a assassina? Se fosse realmente a culpada?

– De onde você está vindo, Vítor? – a pergunta do pai interrompeu os pensamentos do menino.

– Estava na padaria, papai. Marie e Rebeca estavam comigo. Depois nós dois saímos de lá quando soubemos do Juca.

– Estranho – murmurou Clara Porter –, esta senhora acabou de nos dizer que estava à sua procura. Disse que você estava na casa dela, não faz nem uma hora. E que você saiu sem se despedir.

Bruna continuava quieta, mas olhava atentamente para Ponche. Estava extremamente nervosa, principalmente porque Rudolph não tirava os olhos dela em momento algum. A senhora Porter não estava gostando nada daquela situação, mas Tarso lhe pedira calma, apesar de também estar ciente de que o filho não estava dizendo a verdade.

– Passei lá rapidamente para ver meu amigo Boca – respondeu o menino –, mas como ele não estava, eu saí. Só depois fui me lembrar que não me despedi da dona Bruna.

Rudolph tomou a palavra.

– Bem, se você estava na padaria, o padeiro pode confirmar se lhe perguntarmos, não é? – O detetive olhou para a senhora Porter. – Delegado, o que acha?

– Exatamente, Rudolph. Só o que temos a fazer é falar com o padeiro, e tudo vai estar esclarecido, certo, filho?

– Ma... Marie pode confirmar isso, papai. Nós estávamos juntos. Rebeca também...

– Sinto muito, filho. Mas devido às circunstâncias, preciso da palavra de um adulto.

– É claro que seria muito mais fácil você parar de proteger a mãe do seu amigo e nos contar a verdade – disse Clara Porter.

Bruna levantou-se e encarou a inglesa.

– O menino já disse o que tinha que dizer, não está protegendo ninguém. – A mulher virou-se para o delegado. – Será que o senhor ainda não percebeu que isso tudo não passa de um engano?

– Não é engano nenhum – disse o delegado duramente –, a senhora mesma disse que meu filho poderia estar aqui contando alguma coisa para mim, contando sobre algo que viu. Algo que viu na sua casa. Agora, Vítor, diga logo a verdade. Nós sabemos que você estava na casa de seu amigo Boca há pouco tempo atrás, e que saiu assustado depois de ter visto alguma coisa lá. A própria Bruna deixou isto claro. Vamos, meu filho. Diga a verdade agora, e tudo pode ser resolvido. O que você viu, guri?

Uma grande incerteza acompanhava Ponche naquele momento, e o menino não sabia o que fazer. Mas já não adiantava esconder a verdade, pois se Tarso falasse com o pai de Marie, ele com certeza diria que não havia visto o menino. O mais certo seria, realmente, contar a verdade.

Decidido, Ponche levantou-se disposto a falar. Neste momento, ele percebeu que Rudolph segurava algo muito familiar em sua mão esquerda. Era o envelope. O mesmo envelope que Ponche vira momentos antes e o fizera sair da casa do amigo, desorientado. O detetive havia retirado o envelope de dentro do bolso de Bruna.

– Receio que eu estava certo – disse Rudolph. – A senhora devia estar com pressa quando saiu, não é? Não imagino que quisesse estar carregando isto. Ou este seria entregue a mais alguém?

– Como se atreve?! Me devolva isso! – Bruna gritava, desesperada.

– Ela estava remexendo neste bolso desde que entrou nesta sala – disse o detetive –, acho que foi isso o que você viu, não é, garoto?

Ponche balançou a cabeça positivamente. Rudolph sorriu. Bruna sentou-se, imóvel, sem dizer nem uma palavra.

– Explique-se, senhora Bruna Costa Ribeiro – disse o delegado.

– Espere um pouco, delegado – interrompeu Clara Porter. – Este envelope, veja, ele está amarelado, e o papel está esfarelando. Parece ser muito antigo.

Tarso se aproximou e constatou que a inglesa tinha razão. Sem dúvida, o envelope era exatamente igual a todos os outros. Mas estava velho. O delegado virou-se para Bruna, que agora estava chorando, e depois voltou-se novamente para o objeto. Então, por um momento, uma luz iluminou sua cabeça e ele pensou em algo que poderia fazer muito sentido. Abriu o envelope e leu a mensagem que estava num pedaço de papel, mais uma mensagem formada a partir de recortes. Logo o delegado percebeu que sua intuição estava certa.

– Rudolph, pegue as duas cartas que estão separadas na minha segunda gaveta, por favor.

O detetive, sem entender, fez o que o delegado havia pedido. Entregou as duas cartas a Tarso, curioso para saber o que ele faria com elas. Tarso, então, abriu as outras duas cartas e juntou os três pedaços de papel. Dos três, via-se, agora, uma mensagem completa.

– Por favor, venham até aqui, meus caros detetives – disse o delegado, apontando para as três folhas de papel.

"AQUELE QUE SABIA DEMAIS RECEBEU AQUILO QUE MERECIA E QUEM VIU DEMAIS JAMAIS VERÁ ALGO NESTE MUNDO NOVAMENTE POIS ESTA É A MINHA JUSTIÇA. É CAPAZ DE DESCOBRIR QUEM SOU?"

Rudolph e Clara Porter logo compreenderam tudo.

– Então era você quem havia recebido o primeiro pedaço, não é, Bruna? O tempo todo ele esteve com você. E, no entanto, nunca me procurou para mostrar- me isso.

– Algumas vezes eu quase o fiz, delegado – disse a mulher, chorosa –, mas tive meus motivos para mantê-lo em segredo.

Ponche não estava entendendo nada. Mas percebeu que a maneira com que o pai tratava Bruna agora era um pouco diferente. Parecia que ele não desconfiava mais dela.

– Há quanto tempo você guarda isso com você, Bruna? – perguntou o delegado.

– O senhor não adivinha? "Aquele que sabia demais recebeu aquilo que merecia". Fazem mais de dez anos que esta maldita carta está comigo. Desde que meu marido foi assassinado.

:: ::

Em pouco tempo, os boatos sobre a prisão de Bruna e de Juca percorreram toda a cidade, e eram poucos aqueles que não sabiam das novidades. "Bem que eu desconfiava daquele garoto, mas dela... parecia uma senhora tão distinta", dizia a maioria das pessoas. Uma multidão ia se formando às portas da delegacia, e Rebeca e Boca logo chegaram também, assim como Teresa. Quando Boca viu que a tia se aproximava, foi logo se afastando, escondendo as lágrimas para que ela não as visse. Mas Teresa sabia o que o menino estava imaginando, e achou que a reação de Boca era natural, e que era melhor que as coisas ficassem assim, pelo menos por enquanto.

Marie estava muito agitada, olhando para todos os lados da delegacia lotada para ver se avistava Juca. Não conseguia ver muito, dada a quantidade de pessoas que enchiam cada um dos corredores. Barildo também não conseguia tranquilizar-se, já que Colombo ainda estava causando confusão, e os repórteres estavam quase invadindo a sala onde Tarso estava interrogando Bruna. O policial já havia perdido a conta das horas que se passaram desde que o interrogatório começara, e estava muito curioso para saber o que tanto eles conversavam.

Já estava anoitecendo quando Tarso abriu a porta da sala onde estavam. Parecia muito cansado, e olhou desagradavelmente para os repórteres que ainda estavam na porta principal da delegacia. Bruna saiu da sala logo depois dele, ainda com os olhos marejados. De trás da fileira de repórteres e curiosos, saiu Boca, correndo para abraçar a mãe assim que a viu sair da sala. Atrás deles, Ponche apareceu e ficou feliz de ver o amigo e a mãe abraçados, e tirou finalmente o peso que estava em sua consciência. Logo depois do menino saíram Rudolph e Clara Porter, os dois detetives da capital, que deslizaram rapidamente dos curiosos em direção à saída, onde tiveram de enfrentar todas as perguntas e câmeras dos fotógrafos e jornalistas. Ponche correu para abraçar Marie e Rebeca, que estavam sentadas juntas no corredor principal. Teresa também estava lá, e aproximou-se devagar de onde estavam Bruna e Boca. Trocou um olhar rápido com a cunhada, mas dirigiu-se logo em seguida para onde estava o delegado.

– Me parece que o senhor está encerrando as atividades por hoje, não é mesmo? – disse Teresa, encarando o delegado.

– Exatamente – respondeu Tarso. – Mas alegre-se, Teresa. Talvez sua vinda da capital não tenha mesmo sido em vão. Sua cunhada Bruna nos deu hoje muitas informações valiosas, muitas delas sobre a morte de seu irmão. Me parece que finalmente temos condições de rever o caso.

– Então, eu estava mesmo certa? Existe alguma relação entre esses crimes e a morte de Edgar.

– Talvez haja – disse Tarso –, mas isso eu lhe digo depois. Agora, se me permite, gostaria de ir para casa. Tive um dia muito cheio, e preciso descansar.

– Mas precisa me dizer, me deve isso – disse Teresa –, preciso saber até que ponto minha cunhada tem culpa nisso tudo.

– Sua cunhada tem mesmo muito a ver com tudo isso – respondeu Tarso –, mais do que imagina, Teresa. Não da forma que você pensa, obviamente. Bruna é apenas mais uma vítima de tudo isso.

Teresa não entendia o que Tarso queria dizer. Mas o delegado não estava disposto a explicar a ela tudo o que havia acontecido no interrogatório.

– Conversaremos amanhã e você ficará a par de tudo, sei que lhe devo isso – disse Tarso –, mas desde já fique sabendo que sua cunhada é inocente. E prometeu nos ajudar como puder para capturarmos o assassino.

Bruna se aproximou do delegado, enquanto Boca conversava com os amigos.

– Não contarei nada ao meu filho por enquanto, delegado. Vítor me prometeu também que não dirá nada a ele. Talvez ele ainda não esteja preparado para saber a verdade sobre o pai.

– Faça como quiser, Bruna – disse Tarso. – Mas logo ele acabará sabendo de tudo.

Tarso retirou-se, foi até onde estavam os garotos e levou Marie consigo, acompanhado de Barildo. Ponche e os outros foram saindo da delegacia, seguidos por Bruna e Teresa. Os poucos repórteres que ainda restavam foram retirados pelos policiais que guardavam a delegacia. Ponche não estava muito disposto a falar nada, e Rebeca logo percebeu isso, e resolveu guardar para depois as perguntas que tinha para fazer. Um pouco mais à frente, Teresa aproximou-se de Bruna pela primeira vez depois da discussão que tiveram.

– O delegado me disse que você não é culpada, Bruna. Espero que acredite que eu fico feliz em saber disso.

– Obrigada – respondeu Bruna secamente –, mas você ainda não sabe da história completa, querida cunhada. Espero sinceramente que não fique chocada com o que irá escutar.

Logo depois de dizer isso, Bruna entrou no carro de Rudolph com o filho, e seguiram o caminho para a casa do delegado, onde iriam ficar hospedados. Teresa ficou ainda mais confusa, e relutou muito em deixar a delegacia sem saber de tudo, imediatamente. Mas também foi vencida pelo cansaço. Ponche e Rebeca foram embora juntos, pois o menino sabia que o pai e Marie ainda demorariam um pouco.

Marie finalmente avistou a figura de Juca, que estava deitado lendo um livro, bem no canto da sala em que havia sido colocado. Os olhos da menina encheram-se de lágrimas, e ela foi se aproximando devagar. Juca percebeu a presença dela e sorriu. Ele se levantou e foi até ela. Os dois se olharam por um momento, e então Juca se aproximou e mexeu carinhosamente nos cabelos da menina, que retribuiu o carinho acariciando-lhe o rosto. Então os dois se abraçaram e algumas lágrimas rolaram dos olhos de Marie. Por um momento, Tarso esqueceu de todos os problemas que enfrentava, enquanto se emocionava com a cena que assistia.

Barildo dirigiu-se a Tarso com Colombo ao seu lado, e os três entraram numa pequena sala que era reservada aos visitantes das pessoas detidas. O vigia estava num estado deplorável, muito sujo e suado, com a barba por fazer. Tarso pediu que ele se sentasse, enquanto Barildo lhe dava um copo de suco e um sanduíche, que o homem se apressou a devorar.

– Espero que o senhor compreenda que foi necessário mantê-lo aqui, senhor Colombo. Nós conversamos com a dona Bruna, e quase tudo foi esclarecido.

– Bendito seja nosso senhor Jesus Cristo, delegado – respondeu Colombo, com um sorriso tímido no rosto.

– Mas é possível que precisemos do senhor – disse o delegado –, pois nem tudo está claro ainda. Mas o senhor pode voltar para casa. Terá a companhia de um de nossos policiais, por enquanto, por questão de segurança.

Colombo levantou-se, cumprimentou Barildo, e saiu da sala acompanhado do policial. O delegado reparou rapidamente a cara de curioso que o amigo fazia.

– Espero que o senhor tenha feito a coisa certa, deixando esse moço ir embora. Ele me parecia muito estranho.

– Acredite, meu amigo, que fiz a coisa certa sim – respondeu o delegado –, mas contarei tudo a você amanhã. Teremos um dia muito longo, possivelmente mais longo do que o dia de hoje.

A maleta secreta

Teresa chegou cedo à delegacia naquela manhã, ainda com os olhos fundos devido à noite maldormida. Ela custara a pegar no sono, pensando em tudo o que havia acontecido naquele último e agitado dia, e também por estar preocupada com o sobrinho, Boca. Mas as palavras que Bruna havia lhe dito foram as que mais mexeram com ela. O que o delegado poderia dizer a ela que fosse deixá-la chocada? Essa pergunta não saiu da cabeça de Teresa, e ela queria a resposta o mais rápido possível.

Comparado à agitação no dia anterior, os corredores da delegacia pareciam, de certa forma, estar vazios. Poucos policiais estavam presentes, já que muitos haviam sido deslocados à casa do delegado (onde estavam Bruna e o filho) e à casa de Colombo, para garantir a segurança das testemunhas, e outros estavam de vigília constante na Escola Municipal, ainda fechada e sem aulas desde os últimos acontecimentos. Mas Tarso já estava trabalhando desde cedo, dando respostas às muitas perguntas de Barildo, Rudolph e de Clara Porter. Nenhum deles conseguia entender tudo o que Bruna havia contado em seu depoimento.

Tarso preparou-se para receber Teresa, e pediu aos detetives que se retirassem. Havia muitos relatórios em cima da mesa do delegado, muitos deles relativos aos depoimentos de Bruna e Colombo.

– Desculpe-me se a fiz esperar muito, Teresa. Finalmente você saberá a verdade.

– Estou muito curiosa para saber que verdade é esta – disse Teresa.

– Eu lhe direi. Detalhadamente, é claro. Podemos dizer que tudo começou dez anos atrás.

Teresa escutou, atônita, a tudo o que Tarso dizia. Em poucos minutos, todas as boas e felizes recordações que tinha do irmão desabaram. Poucos na cidade se lembravam do ocorrido, ou sequer entendiam o que havia acontecido. Mas Edgar, o pai de Boca, havia sido funcionário da falida loja BigBeng, hoje em ruínas na periferia da cidade. Ele era o contador de confiança de Oliver Bucckhall, o inglês dono da loja. E apesar de toda a estima que Oliver tinha por ele, Edgar tinha sido vencido pela cobiça, e as causas da sua morte eram muito mais terríveis do que Teresa pensara. Edgar não apenas traíra a confiança de Bucckhall, como também fora o organizador do assalto que outrora levara a imponente loja, e a fortuna do inglês, à ruína.

– Espero que esteja satisfeita, Teresa. Bruna escondeu esta terrível verdade de você e do filho, pois sabia como ambos amavam Edgar. Ela sabia que seria muito difícil aceitar que ele era um bandido.

– Ainda não consigo acreditar – dizia a mulher, soluçando – que meu irmão fosse capaz disso, delegado. É duro demais...

– Eu imagino. Mas deve se preparar, Teresa, pois temos mais a descobrir sobre este caso. Com certeza, o processo pela morte de Edgar será reaberto. Quem o matou era cúmplice em toda essa história. E, por algum motivo, está matando outra vez. Para mim já é muito claro que o assassino do presente e do passado trata-se da mesma pessoa.

– E como chegou a essa conclusão? Bruna sabe de alguma coisa, de mais alguma coisa?

– Bruna foi uma peça chave, Teresa, para que tudo fosse se encaixando. É claro que você também ajudou muito. Os recortes da BigBeng que você encontrou, e trazer de volta à tona que Edgar era funcionário da loja, realmente eu havia me esquecido deste detalhe. Sempre pensamos que a morte dele estava ligada ao assalto, mas nunca pudemos compreender de que maneira. Mas tudo agora é diferente.

– E quanto ao vigia? – perguntou Teresa. – Escutei aquela detetive dizer que ele estava ajudando a Bruna. Mas ajudando em quê? Bruna se sentia ameaçada, é isso?

– De forma alguma. Bruna sabia que Edgar estava envolvido no assalto, ele não conseguiu esconder dela. Na mesma noite, depois do crime, ele acabou contando tudo para ela, mostrando todos os documentos que comprovavam as fraudes na empresa. Bruna me disse que ele tinha tudo planejado, inclusive a fuga. Mas apesar de tudo, pesou muito para ele o fato de abandonar a família. Bruna ficou desesperada, mas não queria sair do lado dele.

– Sim, mas... qual a ligação entre Bruna e o vigia? Eu não compreendo.

– Não é fácil de entender, Teresa. Porque ainda tem outra coisa sobre o seu irmão que eu esqueci de contar.

– Uma outra coisa? – perguntou Teresa, apreensiva.

– Não foi só o fardo pelo crime que havia cometido que perturbou Edgar, Teresa. Ele ainda escondia outra coisa. Ele não era um marido fiel, como Bruna e você pensavam que ele fosse.

– Meu irmão traía Bruna? Ele tinha uma amante?

– Seu irmão traiu Bruna de todas as formas possíveis – disse o delegado. – Bruna disse a Edgar que estaria junto dele, não importa o que ele tivesse feito. Mas o seu irmão já tinha tudo mais do que planejado. Ele ia fugir, mas não com Bruna e o filho. Ele ia fugir junto do comparsa e da amante.

Teresa estava tão chocada que nem conseguia mais fazer perguntas. Tarso continuou a falar:

– Ele saiu depois de revelar toda a verdade, levando embora a maleta que continha todos os documentos que comprovavam seus crimes. Bruna nem tentou impedi-lo, estava transtornada. Nem quis saber o nome da amante do marido. Ela me disse que ficou parada encostada à porta de casa, imóvel, chorando. Só se levantou quando algum tempo depois Edgar voltou, já sem a maleta que ele havia levado. Mas Bruna não deixou que ele entrasse. Ele disse que queria se despedir, mas ela se recusou a vê-lo de novo.

– Ele voltou sem a maleta – interrompeu Teresa. – Mas onde ele a havia deixado?

– Chegamos ao ponto, minha cara. Ele entregou a maleta a alguém. Mas não foi para o seu cúmplice. Com certeza não confiava tanto nele. E a desconfiança de Edgar teve sentido, não é mesmo? O cúmplice o assassinou naquela mesma noite. E Bruna recebeu uma carta do assassino também na mesma noite. "AQUELE QUE SABIA DEMAIS RECEBEU O QUE MERECIA". Era isso o que estava escrito.

– Então meu irmão deve ter se arrependido – disse Teresa. – Ele deve ter desistido de tudo na última hora, e então... o outro bandido o matou!

– Isso nunca poderemos saber, Teresa. Sim, é claro, isso poderia ter acontecido. Edgar já se mostrava arrependido quando contou tudo à Bruna. Mas não descarto a hipótese de a ambição do outro ter sido maior, e que ele tenha eliminado Edgar para ficar com tudo.

– Com tudo o quê, delegado? O que mais tinha naquela maleta que poderia ser tão valioso assim? Como aquele inglês perdeu tudo o que tinha?

– É nisso que a senhorita Porter está trabalhando agora. Nós não sabemos a identidade do comparsa de Edgar. Por que não poderia ser o próprio Oliver Bucckhall?

– O homem iria assaltar a própria loja? Por que faria uma coisa dessas?

– Por muitos motivos, todos hipotéticos, é claro... conseguir um prêmio no seguro, decretar falência para não precisar honrar suas dívidas...

– Sim, tudo isso é muito bonito de se falar – disse Teresa irritada –, mas ainda assim, acho estranho que a ruína de uma corporação inteira estivesse apenas numa mala. Sem dúvida há algo mais nisso tudo.

– É por isso que temos que encontrar Oliver Bucckhall. Algo me diz que ele é a resposta para muitas destas perguntas, Teresa. E eu acho que ele pode estar mais perto do que podemos imaginar.

– Se for ele realmente o maldito, que pague por tudo o que fez. É uma pena que a tal maleta esteja perdida para sempre. Gostaria muito de poder ver com meus próprios olhos toda essa sujeira em que meu próprio irmão se deixou envolver...

Tarso deu um sorriso cínico, antes de começar a falar.

– Bem, você quase teve essa chance – disse ele, enfrentando o olhar cortante de Teresa. – Essa maleta esteve ao alcance de qualquer um de nós há muito pouco tempo...

– O que é que você está falando, delegado? – disse a mulher, visualmente aborrecida.

– Teresa, Teresa, achei que fosse mais observadora – disse o delegado. – Não queria tanto saber para que sua cunhada pagava os serviços de Colombo?

Teresa arregalou os olhos.

– Bruna viu a maleta, Teresa. Em uma de suas visitas à Escola Municipal. A maleta esteve trancada na escola durante todos esses anos. Esteve em poder da amante do seu irmão. Motivo pelo qual, possivelmente, esta pessoa também foi assassinada. Colombo a estava seguindo a mando de Bruna, para tentar se apoderar da maleta. Creio que você já tenha entendido o que eu acabo de dizer.

– Ruth? – disse Teresa, sibilando, quase num ruído. – Você está me dizendo que a amante do meu irmão era... a Ruth?

Teresa parecia estar anestesiada, tal foi o modo com que sentou-se na cadeira próxima ao corredor que levava até as celas vazias da delegacia. Lala passava neste mesmo momento, com uma cesta cheia de tortinhas e frutas, que ia levar para Juca. Rudolph, parecendo um pouco mais pálido do que sua aparência britânica indicaria, aproximou-se da sala e sentou-se próximo ao delegado, falando num tom de voz baixo, para que Teresa não o escutasse.

– Clara descobriu mais algumas coisas sobre nosso amigo Flower, delegado. Parece que ele tem andado meio ocupado por estes anos. Não parou num mesmo lugar mais do que uma semana. Deve ter morado em cada uma das cidades da Inglaterra.

– Que coisa estranha. Mas para fazer tantas viagens, ele precisaria de dinheiro, não é? Talvez aquele assalto realmente não tenha levado o homem à falência.

– Ainda há muita podridão nisso tudo, eu garanto – disse o detetive.

– Mas logo saberemos, Rudolph. Uma hora destas, Clara acabará localizando o homem. E, se não conseguir, ainda tenho minha arma secreta.

– Arma secreta? – perguntou Rudolph.

– Não seja tão curioso, meu caro. Se fosse muito importante, eu contaria, certo? Espere e verá. Estamos perto de resolvermos este mistério.

– Ou nos depararmos com outros! – retrucou o detetive. Mal imaginava como ele estava certo.

:: ::

Marie, Rebeca, Boca, Clóvis e Ponche passaram horas debatendo sobre tudo que havia acontecido naquele último dia. Estavam todos juntos na casa do delegado, e Dalva não parava de trazer-lhes salgadinhos e doces, que eles devoravam com mais rapidez do que ela conseguia preparar. Bruna também estava lá, conversando com a amiga, e também contando a ela tudo o que guardara para si durante tanto tempo.

Boca fazia muitas perguntas à Ponche, embora o amigo pudesse responder a muito poucas delas. Ponche contou sobre Oliver, sobre o assalto, sobre a maleta. Mas em nenhum momento se referiu ao pai do amigo. Bruna havia pedido que ele não contasse nada, e ele não estava pensando em quebrar a promessa.

Em pouco tempo, todos eles chegaram a uma mesma conclusão: seja lá quem fosse o assassino, estava com a mala em seu poder nesse momento. Ruth a guardava, e com certeza algum dos policiais a teria descoberto se a maleta ainda continuasse na Escola Municipal. Só o que nenhum deles conseguiu entender muito bem era a relação da coordenadora da escola com tudo isso.

– Está muito claro para mim – disse Clóvis. – A megera deve ter assaltado a loja do tal almofadinha, e foi morta pelo cúmplice dela. E, além disso tudo, deve ter sido ela mesma quem matou o pai do Boca.

– Foi isso que eles disseram, Ponche? – perguntou Boca. – Eles disseram que a Ruth matou o meu pai?

– Ninguém disse nada disso – gritou Ponche irritado. – Eu não pude escutar tudo. Mas eles desconfiam do inglês. Ninguém tem provas contra a Ruth.

– Isso importa muito pouco, não é? – disse Rebeca. – Ruth já está morta, mesmo. O que ela fez ou deixou de fazer não muda nada.

– Concordo com você. Especular sobre a culpa da Ruth não vai mudar nada. Não vai trazer seu pai de volta – Ponche olhou para Boca – e nem vai ajudar meu pai a descobrir quem é o assassino – e voltou seu olhar para Clóvis nesse momento.

– Vocês só estão se esquecendo de uma coisa, amigos – interrompeu Rebeca. – Se o bandido já está com a maleta em poder dele, por que ainda se comunica com a polícia?

– Ele deve querer ser agarrado.

– Sim, pode ser. Já vi uma coisa parecida em um filme – disse Boca.

– Não sejam tão tolos – disse Marie. – Ele está obcecado por isso tudo, esperou dez anos pra continuar o que tinha começado. Ele não ia querer simplesmente se entregar agora, não é?

– Psicopatas são assim – disse Boca.

– Talvez ele esteja despistando a polícia pra poder fugir – disse Rebeca.

– Ou talvez ele ainda precise de alguma coisa – completou Clóvis.

– Como é? – perguntou Ponche, olhando fixamente para o amigo. – Você acha mesmo que pode ser isso, Clóvis?

– Sei lá, sei lá – disse o menino, desconversando. – Foi só uma coisa que eu pensei.

Mas essa hipótese ainda não havia passado pela cabeça de Ponche. Realmente, se o assassino tivesse realizado sua ambição, pararia com tudo. Mas ele ainda continuava na ativa. E isso poderia dizer que ainda lhe faltava alguma coisa.

:: ::

Fazia um belo dia de início de primavera em Londres, naquela manhã. Poucas nuvens cobriam o céu, e o clima estava agradável e ameno. Era uma ótima ocasião para um passeio, e as ruas da cidade estavam abarrotadas de turistas. Havia gente de todo tipo, falando alto em várias línguas diferentes. Era muito comum encontrar espanhóis, franceses, americanos e japoneses nos arredores da Charing Cross, uma das imponentes estações de trem da capital inglesa.

Perto da estação, estava a bela Regent Street. Era uma rua repleta de estabelecimentos de comércio, desde restaurantes, bancos, brasseries e lojas de departamentos. Havia muitos pubs também, onde os jovens ingleses pareciam se encontrar em bandos para conversar, enquanto tomavam xícaras e mais xícaras de chá e saboreavam deliciosas iguarias. Naquela hora do dia era muito comum notar uma certa correria, pois o dia de trabalho já havia começado, e uma das qualidades do povo inglês era a pontualidade. No entanto, havia um estranha figura destacando-se na paisagem que parecia ignorar esta ordem natural.

Era um homem baixo, curvado e estava vestido com espessas peles negras, e um belo chapéu de couro cobria toda a sua cabeça. Ele se movia devagar pela rua, não parecendo se importar com os olhares que estava atraindo para si. Ora, estava certo que soprava uma brisa suave, no entanto não era um dia frio para se andar agasalhado, tampouco coberto da cabeça aos pés. No entanto, o estranho não estava ligando muito para isso. Estava concentrado, observando os prédios pelos quais passava. Não tardou e ele se esgueirou para um dos lados, e entrou em uma pequena casa, que pela aparência maltratada parecia ser muito antiga.

O homem percorreu lentamente um corredor escuro e úmido, até que chegou a uma sala onde havia um rapaz sentado em uma mesa muito elegante. Olhou em sua volta e percebeu que não era o único que estava ali. Sentadas em duas banquetas em um dos lados da sala, estavam duas senhoras idênticas. Eram gêmeas, mas tão parecidas que o estranho poderia jurar que até as rugas que tinham no rosto estavam no mesmo lugar. Ficou tão distraído que nem percebeu quando o rapaz começou a falar.

– Pelos trajes que está vestindo, devo supor que é a pessoa que o ministro está esperando, estou certo?

– Receio que sim – respondeu o homem secamente. – Poderia avisar-lhe que cheguei?

– Certamente. Ele está acabando de atender estas senhoras. Poderia sentar-se e esperar um pouco, por favor?

O estranho concordou com a cabeça, e se sentou no outro lado da sala, de onde continuou a observar as duas senhoras gêmeas. Alguns minutos depois, um homem alto e muito velho se aproximou da sala, carregando um largo sorriso no rosto. Ele sorriu para o estranho, e logo em seguida aproximou-se das duas senhoras, entregando-lhes um cheque.

– Aqui está, como prometido. Tenho certeza que as informações que me trouxeram serão muito úteis.

– Esperamos que assim seja, ministro – disse uma das gêmeas.

As duas se levantaram lentamente, e após um aceno para o velho e o rapaz, deixaram a sala e desceram o corredor que levava à saída.

O velho virou-se para o estranho, e tornou a sorrir. Parecia muito satisfeito em vê-lo.

– Achei que não voltaria mais a Londres, meu caro – disse o ministro, que continuava a sorrir. – Já estava ficando sem libras, assim seria difícil ajudá-lo. Gastei as últimas que tinha neste exato momento.

– Eu logo notei que estava sem dinheiro, Thomas. Não costuma ficar tão feliz assim quando me vê.

O ministro disfarçou um sorriso amarelo ao ouvir o que o estranho dissera, enquanto o rapaz que cuidava da sala fazia força para não rir. O ministro e o estranho se dirigiram então para a sala ao lado, que ficava separada da outra por uma elegante porta de mogno talhada. Esta sala era um tanto diferente da outra, muito mais confortável, e parecia mais um quarto de hotel, apesar de também possuir uma enorme mesa em um dos cantos. Os dois homens sentaram-se nas poltronas próximas à lareira, onde da janela podia-se ver a movimentação da Victoria Station.

– Quem eram as duas senhoras que estavam lá fora, Thomas? – perguntou o estranho.

– Oh, sim, claro. Minhas novas informantes. Foram um achado, sem dúvida. Me passaram muitas informações valiosíssimas.

– Verdade? Me pareceram familiares. Tenho quase certeza de tê-las visto antes.

– É provável, é provável – disse o ministro, pigarreando. – São irmãs de uma conhecida do senhor... quero dizer, de uma velha amiga sua... Alsácia Dominguez.

O estranho pareceu surpreso.

– Sim, agora que você diz... mas não entendo. Disse que eram suas informantes? E o que poderiam dizer? Seria muita coincidência que elas soubessem alguma coisa de Trump.

– Preciso explicar-lhe com calma, meu caro Ernest. Você esteve fora muito tempo. E eu tenho algumas novidades para contar-lhe, das quais não deve ter conhecimento.

– Terá muito tempo para isso, Thomas. Mas estamos sozinhos aqui, e passei muito tempo sendo chamado dessa maneira. Por isso, use meu nome verdadeiro nesta conversa, ok? Não vejo necessidade de escondê-lo por hora.

– Certo. Sem problemas, Oliver. Mas você também insiste em me chamar pelo meu nome de batismo, embora saiba que eu gosto que me chamem apenas ministro.

– Já discutimos isso, meu caro. Meu nome é Oliver, e sempre será Oliver. Seu nome é Thomas, é assim que você se chama. Caia na real, homem! Deixou de ser ministro há mais de vinte anos.

Thomas deu uma risada debochada, enquanto Oliver Bucckhall preparava calmamente uma xícara de chá.

– Diga logo, então. O que aquelas senhoras lhe contaram? Espero que seja alguma coisa importante, pois o dinheiro que recebeu era para colher informações de Richard Trump.

– Acalme-se, amigo, acalme-se – disse o ministro. – Não quer saber como essas duas senhoras me encontraram?

– Se isso me ajudar a entender o que está acontecendo, certamente – respondeu Oliver, já ficando um pouco irritado.

– Ajudará muito, Oliver. Bem, acho que começa desde o dia em que você saiu por esta porta. Naquela mesma tarde, eu fui procurar alguns conhecidos meus, para tentar entender melhor toda aquela história que você me contou. Marquei um jantar com Eric Porter, aquele detetive de quem eu lhe falei há muito tempo.

– Me lembro muito bem. Conheci a filha dele, Clara, alguns anos atrás.

– Exato, sua memória é boa, meu velho Oliver – disse o ministro com ar de desdém. – E o velho Eric estava muito satisfeito com a filha. Conversamos muito sobre ela. E ele me contou que ela estava se saindo muito bem como detetive, seguindo os passos do pai, é claro. E que estava envolvida em um caso muito – o ministro pigarreou – interessante, diga-se de passagem.

Oliver olhou o ministro de uma forma desconfiada.

– E o que isso tem a ver com Trump e as senhoras que estavam aqui? – perguntou Oliver.

– Muita coisa – disse o ministro. – Parece que o velho Eric contou para a filha que esteve conversando comigo, e falou a ela a seu respeito. E, por algum motivo, Clara Porter mandou estas duas me procurarem para saber informações sobre você...

– Sobre mim? – perguntou Oliver, sem nada entender.

– Sim, ela estava procurando você. E ainda deve estar, eu suponho.

O ministro parou, e olhou para Oliver, que estava meio ruborizado, sem saber o que dizer.

– Ela se empenhou muito para descobrir alguém que estivesse perto de mim, e pudesse me procurar para tirar informações. Falou com muita gente aqui em Londres, andei sabendo. Mas essas duas senhoras apareceram por uma incrível coincidência. Parece que a tal Alsácia fala pelos cotovelos, e Clara acabou descobrindo que ela tinha duas irmãs morando em Londres. Depois disso, conseguir o telefone delas deve ter sido muito fácil. E são muito gananciosas, essas gêmeas Dominguéz. Tive de gastar muito do seu dinheiro para convencê- las a mentirem para a detetive.

– Tudo bem, eu entendi, Thomas – disse Oliver. – Mas qual é o motivo dela estar atrás de mim com tanto empenho? Sim, muito empenho mesmo, pois se esgueirar até Jaraquá, aquele fim de mundo, só para conseguir uma pista sobre o meu paradeiro...

– HÁ! – disse o ministro, saltando do sofá. – Não entendeu tudo, meu caro. Eu não disse onde a querida Clara está trabalhando? – Oliver olhou para ele e balançou a cabeça. – Sabia que não. Pois é exatamente nesta cidade que ela está, meu caro. Jaraquá. É este o nome, não é?

Oliver olhou atravessado para o ministro, e largou a xícara de chá em cima do sofá.

– O que esta detetive estava fazendo em Jaraquá? – perguntou Oliver.

– Inicialmente, não era por sua causa, Oliver. Mas o seu nome acabou envolvido.

O ministro contou tudo o que estava acontecendo em Jaraquá nos últimos dias. Contou sobre as mortes, as cartas, as charadas. Demonstrava estar muito bem informado. Oliver logo empalideceu. Alguma coisa o estava incomodando, alguma coisa do passado.

– Elas não explicaram quem era essa mulher, a tal Ruth? Eu não me lembro de nenhuma funcionária da loja com esse nome.

– Não deram muitos detalhes, nem dela, nem do tal vigia. Mas tem certeza absoluta de que nunca ouviu esse nome?

– Deixei aquela cidade há muito tempo, Thomas – respondeu Oliver. – Você sabe, eu tinha de encontrar Trump. Nunca mais retornei, nem sequer ao Brasil. Mandei meu único sobrinho até lá uma vez, só para – Oliver parou, parecendo pensar no que ia dizer – ...só para ter uma ideia de como estavam as coisas por lá...

– De qualquer forma, achei que talvez isso tivesse alguma relação com Trump – disse o ministro. – Quero dizer, as cartas foram feitas usando matéria prima de folhetos da BigBeng... e a maleta sumiu naquele assalto, não é? Quem mais além de Trump poderia guardar papéis como aqueles?

Oliver balançou a cabeça, parecendo concordar com o que o ministro estava dizendo.

– Mas o que ele poderia querer lá, se já estava de posse da maleta? Quero dizer, ele já tinha tudo o que precisava para...

O ministro assustou-se ao ver a expressão no rosto de Oliver. Ele parecia ter entrado em transe. Suando frio, o homem recostou-se na parede, próximo à janela. Murmurou algumas palavras, que o ministro não conseguiu entender. Em seguida, virou-se furiosamente em direção à porta de saída.

– Aonde você vai, Oliver? – disse o ministro.

– Preciso voltar ao Brasil, Thomas. Muito obrigado, meu velho amigo. Parece que sem querer você descobriu o paradeiro de meu velho amigo Trump. Eu já sei o que ele está fazendo naquela cidade, e acho que tenho uma ideia do motivo pelo qual ele está matando aquela gente. Ele está atrás da única coisa que está lhe faltando para cumprir o seu objetivo. Como eu pude me esquecer disso, Thomas? Eu a deixei com... com... com uma pessoa muito importante para mim. E essa pessoa está em Jaraquá. Trump deve estar atrás *dele*!

– Dele quem? – perguntou o ministro. – Quem é essa pessoa, Oliver?

– Preciso me apressar, meu amigo. Infelizmente não posso lhe contar mais nada.

Oliver jogou sobre o sofá um pequeno pacote preto, e logo depois fechou a porta com um estrondo. Desceu o corredor e saiu do prédio, sumindo entre as milhares de pessoas que estavam passando pela Saint George's Drive.

O ministro aproximou-se do sofá, e recolheu o envelope, de onde tirou um pequeno bolo de notas de cem libras. O rapaz que cuidava da outra sala se aproximou, um pouco assustado por ver a maneira com que Oliver saíra do escritório.

– O que aconteceu com aquele senhor, ministro? – perguntou o rapaz.

– Francamente, não sei – respondeu o ministro, ainda contando as libras que acabara de receber. – Mas fico feliz que ele tenha ficado satisfeito com o que disse a ele. Confesso que pensei que nada disso ajudaria; no entanto, ele concordou comigo, apesar de eu ter chutado uma opinião.

O rapaz deu uma gargalhada.

– Não ria tanto, meu caro – disse o ministro. – Acha que pago seu salário com a minha aposentadoria? Temos que torcer para que meu velho amigo não encontre o que está procurando nesta tal cidadezinha. Minha situação não vai ficar nada boa se eu deixar de ganhar as libras que ele tem me pago por estes serviços, e isso tem uma influência direta sobre você. Entendeu?

O ministro olhou feio para o rapaz, e este calou-se na mesma hora.

Muitos enigmas

Desde que Juca ficou na delegacia a pedido de Tarso, o local nunca mais ficou vazio. O menino recebia muitas visitas, e quase nunca estava sozinho. Era claro que este privilégio não era dado a todos os presos, que tinham hora marcada para visitas (embora, no momento, apenas Juca estivesse detido na delegacia). Mas Juca sabia que não estava lá por desconfiarem dele.

Lala estava na delegacia praticamente o dia todo, e mimava Juca como nunca. Outra que também não arredava o pé de lá era Marie, o que deixava Juca muito feliz. Como estava sempre acompanhado, Juca quase não conseguia parar para pensar os motivos do delegado para deixá-lo ali. Ele sabia que Tarso estava planejando algo, mas não passava pela sua cabeça o que seria.

Embora quisesse um tempo sozinho com o delegado para tentar entender algumas coisas do que estava acontecendo, Juca sabia que isso era impossível. Tarso praticamente não ficava sozinho. Quando não estava acompanhado dos detetives da capital, Rudolph e a Sra. Porter, ou estava ao telefone resolvendo problemas rotineiros ou sentava-se com Barildo em sua sala para refletir sobre os últimos crimes e as charadas ainda indecifradas. Também não ajudava muito o fato de Teresa comparecer à delegacia quase que de hora em hora, para esclarecer ainda mais perguntas sobre o irmão do que o delegado seria capaz de responder, ou mesmo Bruna, que era quem havia vivenciado toda a história.

Era muito óbvio que o que o delegado menos queria era que outra carta aparecesse. No entanto, foi o que aconteceu. O sol estava começando a se pôr no horizonte quando um vulto negro apareceu rondando a delegacia. Ninguém o vira, pois se movimentava devagar e sorrateiro, e naquela hora do dia todos da cidade estavam por demais atarefados para se darem conta de qualquer outra coisa. O encapuzado deslizou por entre as moitas que rodeavam a delegacia e se aproximou de uma das janelas (que por acaso era a janela da cela onde Juca estava). Olhou por entre as barras e percebeu que, apesar de a cela estar no momento ocupada, o ocupante estava dormindo profundamente. Então, antes que qualquer um reparasse, o estranho escorregou a carta para dentro da cela e sumiu entre as árvores ao sul da delegacia.

:: ::

A Escola Municipal permanecia fechada desde o assassinato de Ruth, a pedido do próprio delegado, que não queria arriscar que alguma pista do assassino, qualquer que fosse, pudesse ser perdida ou apagada. Por isso mesmo, o cômodo mais vigiado era a sala da coordenadora, onde naquela manhã fatídica haviam encontrado o corpo da mesma inerte, sem qualquer marca que acusasse violência física ou tortura, mas definitivamente sem vida. Muitas perícias haviam sido feitas no cômodo, a fim de encontrar evidências do crime e provas que levassem ao assassino. Nada passava despercebido pelos afiados olhos dos peritos. No entanto, havia algo na sala que poucos haviam levado em consideração, apesar de constar nas fotos feitas no dia em que foi encontrado o corpo. Próximo à mesa de Ruth, em frente ao armário arquivo da coordenadora, havia um conjunto de pedras, estranhamente arrumadas, que pareciam formar um desenho. As pedras ainda estavam intocadas e o desenho ainda era perceptível, e mesmo alguns dos peritos, apesar de olharem curiosos para as pedras, não conseguiam ver alguma relação entre elas e o bandido, ou mesmo os crimes que tinham acontecido. Achavam melhor deixar ao delegado apenas as fotos, para que ele e seus detetives pudessem tirar as suas conclusões. Algo que não estava muito longe de ocorrer.

Não demorou muito para que encontrassem a nova carta que havia surgido na cela onde estava Juca. Barildo a encontrara quando ia levar ao menino um pacote com mãe-bentas recém saídas do forno, enviadas por Marie. O policial ficou muito assustado quando viu o envelope, pois já fazia tempo que o bandido estava quieto, e não resistiu a abri-lo antes mesmo de levar ao delegado. Leu a mensagem que estava escrita, novamente com letras recortadas de um folheto das Lojas BigBeng, e depois correu para a sala principal, deixando Juca ainda dormindo. Quando chegou na sala do delegado, ele estava novamente em reunião com os detetives e tinha um sorriso no rosto.

– Barildo, meu caro – disse Rudolph. – Clara nos trouxe boas notícias. Temos uma pista do paradeiro do inglês fujão.

– Desculpe se atrapalho, detetives. Acho que precisa ver isso, delegado. O sorriso no rosto de Tarso desapareceu instantaneamente.

– Voltou a se comunicar, nosso amigo charadista – disse o policial. – Encontrei-a na cela onde está o menino.

Clara Porter apanhou a carta das mãos de Barildo e a leu em alto e bom som.

– "SOU INCOLOR E NÃO TENHO CHEIRO, MAS DEIXO MARCAS".

Todos se olharam, como se cada um esperasse que alguma ideia brilhante surgisse na cabeça de algum deles, e o crime poderia finalmente ser resolvido.

– Ele resolveu se comunicar novamente – disse o delegado – e ainda continua zombando da gente. Quem esse bandido pensa que é?

– Incolor e não tenho cheiro, mas é um pouco óbvio – disse Rudolph. – Não me parece difícil, não é?

Clara Porter olhou para ele de forma rude, gesticulando.

– É muito claro para mim também, Rudolph. Ele se refere à água, é isso que você ia dizer, não é?

– Sim, sim, exatamente – disse o detetive. – Você também percebeu logo, não é, Clara? Incolor e sem cheiro, só pode ser água.

– Brilhante dedução, Rudolph – disse Tarso. – Mas poderia me dizer que tipo de pista ele está nos dando?

Rudolph ficou quieto, pensando no que ia dizer.

– É muito claro ao que ele se referia, como era claro nas outras vezes – disse Tarso. – Mas não se trata apenas de descobrir a que ele se refere. Também temos de saber como usar essa informação para encontrá-lo. Lembre-se de que esse é o jogo dele.

– Eu entendo perfeitamente, delegado – disse Rudolph – e também sei que isso é algum tipo de pista.

– As crianças pensaram dessa forma ao lerem a primeira charada e foram atrás daquela professora, Florência, como nos contou o seu filho – disse Clara Porter. – Mas não era a pista certa. Ele pode estar tentando nos confundir.

– Ele está nos confundindo. As crianças pensaram corretamente e foram atrás de uma das pessoas que poderiam ser incriminadas pela primeira charada – disse o delegado. – Mas acontece que ela pode remeter a outras pessoas, além de Florência. Oliver Bucckhall, por exemplo. Já sabemos que um dos sobrenomes dele é Flower. Mas também pode ser outra pessoa.

– Deve ser isso que ele quer que façamos – disse Rudolph. – Pode ser que enquanto estamos aqui discutindo, ele esteja abandonando a cidade.

– Não seja tão tolo, Rudolph – disse o delegado. – Se ele realmente só quisesse nos distrair, já estaria longe há muito tempo. Eu não sei o que é, mas posso jurar que ele ainda não completou o jogo dele. Ele ainda não acabou com seu trabalho sujo.

Nenhum deles imaginava que, enquanto discutiam sobre a última carta do assassino, no mesmo momento, em Londres, Oliver Bucckhall pegava um avião para o Brasil. Ele pousaria em São Paulo no início da tarde do dia seguinte, no Aeroporto Internacional de Guarulhos, de onde iria para o Terminal Rodoviário do Tietê, e lá pegaria um ônibus para Cornélio Procópio, a cidade mais próxima de Jaraquá.

:: ::

Os primeiros raios de sol daquela manhã invadiram a delegacia e acordaram Juca, que estava dormindo pesadamente, sem nem imaginar o que tinha acontecido na noite anterior. Havia um bandeja em cima da mesa com café, pão e bolinhos (ele logo percebeu que dona Lala devia ter madrugado para trazer- lhe o desjejum), e ao lado gibis e revistas que Tarso deixava para que ele se distraísse. Juca foi até a janela e apreciou o lindo dia de céu claro e azul, e por um momento teve vontade de estar lá fora e poder aproveitar o dia ao lado de Marie, Ponche e dos outros.

Apesar de estar em uma delegacia, Juca estava tendo tratamento de luxo, como poucas vezes teve na vida, apesar dos esforços de dona Lala. Sempre pela manhã, depois do café, ele ia até o banheiro do delegado para tomar banho. Como era um banheiro muito confortável, o menino fazia o possível para que o banho fosse bastante demorado. Depois, ia para a sala de Barildo, onde ficava horas conversando sobre os mais variados assuntos, e comendo muitos doces que o policial comprava especialmente para ele. Na hora do almoço, Lala sempre lhe trazia os mais variados pratos (todos sempre eram os favoritos de Juca), e Marie quitutes fresquinhos da padaria para que ele experimentasse. Tudo isso fazia com que Juca esquecesse um pouco do verdadeiro motivo que o fizera estar trancafiado na delegacia.

Marie chegou cedo naquele dia, enquanto Juca ainda estava no banho. A menina sentou-se na cama da cela e beliscou um dos bolinhos de dona Lala. Foi nessa hora que ela reparou que a corrente que Juca usava estava em cima da mesa, ao lado de uma das xícaras. Era a primeira vez que a menina via a corrente fora do pescoço dele, e não resistiu em olhá-la mais de perto. Na parte da frente havia apenas um desenho de uma folha onde corria uma gota de orvalho, e na parte de trás, quatro letras, que formavam uma palavra que Marie achou muito familiar, embora estranha.

– O que você está xeretando aí? – perguntou o menino, que apareceu com os cabelos ainda espevitados.

– Oi... cheguei mais cedo hoje e reparei que você tinha deixado sua corrente aqui... fiquei curiosa, você nunca tira ela do pescoço...

– Só quando vou tomar banho – disse Juca. – É linda, não é?

– Muito. Você nem se lembra quem a deu a você, não é?

– Não, só sei que sempre estive com ela. Ou nos bolsos, ou pendurada no pescoço. Mas é uma coisa muito importante pra mim.

– Eu imagino – disse a menina. – O seu nome está até escrito nela, mas ao contrário.

– Ah, isso... não sei exatamente o que significa, mas dona Lala decidiu meu nome depois de ler isso aí. ACUJ. Ela disse que veio Juca na cabeça dela na hora.

– É, na minha também... que legal, agora conheço a história do seu nome.

Os dois riram e Marie deixou a corrente onde estava e foi para o lado de Juca. Pouco depois, Tarso apareceu e pediu aos dois que fossem para a sala dele, onde também estavam os detetives, Bruna e Teresa.

Eles todos sentaram-se frente a frente, e Teresa não parou de observar Juca. Tarso não parecia estar muito contente, embora Rudolph estivesse com um largo sorriso no rosto. A Sra. Porter não demonstrava nenhuma emoção, tampouco, e Teresa não tirava os olhos de Juca por um só instante. O menino, que não era nem um pouco bobo, percebeu.

– Eu chamei você aqui, Juca – disse o delegado – porque acho que já está na hora de você voltar para sua casa, quero dizer, para a casa onde você mora. Não há mais necessidade de que fique na delegacia.

Marie ficou muito feliz e começou a abraçar Juca muito apertado.

– Mas eu não entendo, delegado – disse o menino. – O senhor disse que eu ficaria aqui por um bom tempo. Algum problema? Eu não me importo de ficar aqui, verdade.

– Deixa disso – disse Marie, irritada. – Você ouviu o que o delegado disse.

Venha arrumar suas coisas.

– Espere, Marie – disse ele sério. – Delegado, eu sempre acreditei que o motivo do senhor me deixar aqui fosse muito importante. Não sou um tolo, sempre tive de me virar sozinho e aprendi muito, inclusive a escutar bem coisas que fossem relacionadas a mim. E eu escutei muita coisa aqui, e entendi porque estava aqui dentro.

Tarso olhou para Juca intrigado.

– Como assim, Juca? – perguntou.

– Eu sei pouco sobre meu passado, é verdade, mais sei o suficiente para somar dois mais dois e encontrar um resultado. Sei que fui abandonado na periferia, em frente a um prédio antigo. Mais precisamente o BigBeng, não é?

Os detetives e Tarso nada disseram. Teresa parecia impressionada com a firmeza com que Juca falava.

– E esse é o local onde ocorreu aquele roubo no passado, como eu já escutei também. Aliás, eu sempre escutei muitos comentários sobre isso. O dono daquele lugar desapareceu, nunca mais ninguém o viu na cidade e em lugar nenhum.

– Quase ninguém – disse Clara Porter.

– Então vocês realmente o encontraram, não é? O tal de Oliver Bucckhall.

Clara fez um sinal positivo com a cabeça.

– Entendo. Vocês pensam que foi esse homem, ou alguém relacionado a ele, o culpado por isso tudo que está acontecendo. Eu não acho que seja, sinceramente, pelo que já escutei falar dele. Talvez o único mal que ele já tenha feito foi deixar minha mãe aqui, ao invés de tê-la levado com ele.

Todos olharam para Juca assustados, inclusive Marie, que estava encostada no ombro direito do menino.

– Minha mãe provavelmente ficou desesperada por não ter condições de me criar, e me deixou lá, em frente ao lugar onde esperava socorro para ela e para mim. Não é isso, delegado?

Tarso aproximou-se dele e colocou-lhe a mão sobre o ombro vazio. Duas pequenas lágrimas estavam correndo pelo rosto do menino.

– Você é muito mais do que eu poderia esperar que fosse, Juca – disse ele – e o respeito muito, saiba desde já. Tudo o que você disse está certo. Oliver Bucckhall é seu pai.

Marie abraçou-o com mais força, e ele desceu a cabeça levemente até o colo da menina.

– No entanto, me diga mais uma coisa, Juca – disse Tarso. – Nós realmente achamos que esse homem pode nos dar algumas respostas. E por isso estamos atrás dele, e com sucesso, por enquanto. Mas eu queria que você me dissesse porque acha que não foi ele o culpado.

– Por muitas coisas – Juca levantou-se. – Primeiro, porque dona Lala me disse que ele era um bom homem, e eu acredito nela. E depois... – Juca pareceu não querer falar, mas foi apenas por um momento – eu acho que vocês desconhecem algumas coisas, assim como eu também desconhecia muitas – disse ele. – Eu não sabia da empregada da loja que engravidou e fugiu com medo da reação das pessoas. E vocês provavelmente não sabiam que havia mais alguém na loja no dia do crime, alguém além do assassino, do seu irmão – Juca olhou para Teresa – e do meu pai. Eu acho que poucas pessoas sabiam dele.

Rudolph e a Sra.Porter olharam para Tarso sem entender. O próprio delegado estava um pouco confuso.

– Como assim? – perguntou ele. – De quem você está falando?

– Sei disso por um simples acaso – disse Juca – e nunca imaginei que pudesse se tratar de algo tão importante. O senhor se lembra do velho Roger, aquele homem meio maluco que ficava engraxando sapatos em frente da rodoviária?

– É claro que me lembro – disse o delegado. – Morreu há uns dois anos, não é? Infarte do miocárdio. Mas o que tem ele?

– Eu de vez em quando conversava com ele – disse o menino – e um dia ele me contou uma coisa estranha. Eu pensei que ele estivesse delirando (como sempre), mas escutei muito curioso o que ele dizia. E ele disse que numa noite, uns oito anos atrás naquela época, ele tinha visto um homem muito estranho chegando na cidade de madrugada. Um homem que ele nunca havia visto antes. Ele não falou muito sobre ele, até porque ele o tinha visto de longe, mas disse que ele era muito branco e que estava vestido de uma forma muito esquisita. E carregava uma maleta.

Tarso estava completamente compenetrado nas palavras de Juca, e não dizia uma só palavra. Mas Teresa resolveu quebrar o silêncio.

– Que noite foi essa? – perguntou ela. – Por acaso foi a noite do assalto, menino?

Juca fez um gesto afirmativo com a cabeça.

– São apenas delírios de um velho louco, como o próprio menino disse – disse Rudolph. – E não podemos dar crédito a isso, não é?

– Não, senhor detetive – disse Marie depois de um longo período de silêncio. – Juca já havia me dito que era o único com quem o velho Roger conversava serenamente. Ele pode ter dito a verdade, pode realmente ter visto esse homem.

– Mas por que somente ele teria visto este homem? – perguntou a Sra. Porter.

– Devemos resolver enigmas, e não preocuparmos nossas cabeças com outros – disse o detetive Rudolph.

Tarso estava calado, pensando no que Juca dissera, mas lembrou-se de algo que faria com que tudo aquilo fizesse sentido.

– Chame Barildo para mim, Marie, por favor. Preciso da ajuda dele.

A menina saiu rapidamente da sala para buscar o guarda, que estava vigiando a entrada da frente da delegacia.

– Para que mandou chamar Barildo, delegado? – perguntou Clara Porter.

– Preciso que ele me ajude e me tire uma dúvida, Sra. Porter – disse ele, e Juca estava olhando para Barildo quando ele se aproximou da sala, ao lado de Marie.

– Me chamou, delegado?

– Sim, Barildo. Acho que você pode me ajudar. Você se lembra exatamente da data em que registraram o desaparecimento daquele turista, em São Paulo? Aquele caso de alguns anos atrás?

– Recordo-me bem, delegado – disse ele. – Começaram a falar sobre isso nos jornais alguns meses depois do assalto na BigBeng.

Tarso ficou muito sério depois de escutar essa resposta.

– E o que falaram dele, Barildo? – perguntou Clara Porter.

– Pelo que me lembro, me parece que ninguém reclamou pelo desaparecimento. Não sei se o coitado tinha alguém que pudesse lamentar por ele. Era um velho, se me lembro bem. Sumiu do hotel onde estava hospedado e nunca mais apareceu.

– Qual era o nome dele? – perguntou a detetive. – De onde ele vinha?

– Não me lembro do nome, detetive. Mas me lembro de onde ele era, sim, lembro-me bem. Era um inglês, como Oliver Buckhall.

Juca ficou assustado e ao mesmo tempo satisfeito. Guardara consigo esta lembrança por muito tempo, e jamais imaginou que ela pudesse ter alguma ligação com os crimes ocorridos na loja e na Escola Municipal. Tarso não sabia o que pensar. Poderia ser apenas coincidência, mas um inglês havia sumido em São Paulo, na época em que aconteceu o assalto à loja de Oliver Bucckhall, e alguém em Jaraquá havia visto um homem na cidade, na mesma época, que não tinha sido visto por mais ninguém, e que provavelmente havia sumido. Ele achava que tudo aquilo pudesse ser um grande absurdo, mas não podia deixar de pensar que estes homens poderiam ser a mesma pessoa.

O mistério dos diamantes

Sentado numa cadeira próxima da janela, do lado esquerdo do avião que fazia a rota Londres - Cidade do Cabo - São Paulo, estava Oliver Bucckhall. Em outros tempos, Oliver fazia sempre questão de viajar na primeira classe, não por frescura, mas por conforto mesmo, já que considerava que até mesmo uma sardinha enlatada estaria mais confortável e bem acomodada do que um passageiro da classe econômica. No entanto, os gastos exorbitantes que havia tido em todos os anos em que estivera atrás de Richard Trump o impossibilitavam de ter o luxo de viajar na primeira classe, de modo que só lhe restava resignar-se e curtir a viagem, da melhor forma possível, nos apertados assentos populares do avião.

Estava com sorte. Viajava sozinho, pois os dois lugares ao lado estavam vazios. Mesmo que tivessem preços mais baratos, não era muito fácil para qualquer um pagar por aqueles assentos, e isso acabava confortando o velho Oliver por alguns momentos. Ele refletia o que seria dele se realmente tivesse perdido toda a sua fortuna no assalto em Jaraquá. Talvez ele também nem pudesse estar naquele avião.

Muitas imagens do passado pertubavam os pensamentos do inglês, no entanto aquilo já estava se tornando quase insuportável. Nos últimos dias, não havia um só momento em que ele não se via envolto em memórias das atitudes que tomou antes do dia em que perdera parte de sua fortuna.

Poucas pessoas no mundo conheciam a paixão do velho Oliver. Poucas mesmo. E uma dessas pessoas foi Richard Trump. Oliver era um homem muito rico, e tinha muitos gostos pouco comuns e manias nada peculiares. Uma dessas manias era colecionar diamantes, os maiores e mais majestosos que seu dinheiro pudesse comprar. Ele tinha diamantes de várias partes do mundo, e os havia comprado pessoalmente, muitas vezes em demoradas negociações com Sheiks e colecionadores (ele sempre os consultava para ter certeza de que estava fazendo um bom negócio).

Richard Trump não apenas conhecia e contemplara várias vezes a coleção de Oliver, como também era, ele próprio, quem fora designado a cuidar dela. Peça por peça, Oliver entregava nas mãos do amigo, que durante anos as manteve seguras em um cofre em algum lugar da Europa. Sim, em algum lugar, pois nem mesmo Oliver soubera em nenhum momento onde as relíquias estavam, já que achava que a melhor maneira de protegê-las era ele próprio desconhecer seu paradeiro. Muitas vezes, nestes anos longos em que passou procurando pelos diamantes incessantemente, ele se arrependeu de ter tomado esta decisão.

A única pista que tinha de suas pedras valiosas era a senha do cofre onde elas estavam. Ela estava guardada dentro da pedra de uma corrente, e foi entregue a Oliver pelo próprio Richard Trump, alguns meses antes do seu desaparecimento. Oliver não estava mais com ela há muito tempo, pois a deixara para trás quando resolveu partir em busca dos diamantes. Desde então nunca mais a vira. Oliver parou por um momento e começou a se recordar vagamente da conversa que tivera com o ministro. E então se deu conta, mais uma vez, de que era chegada a hora de se encontrar com a corrente novamente, e com quem estava com ela.

:::

Marie não sabia por onde começar a falar, quando se encontrou com os amigos na porta da delegacia. Enquanto andavam, ela narrava os acontecimentos do dia. Contou tudo sobre a conversa do delegado com Juca, do parentesco do menino com Oliver Buckhall, do velho misterioso que sumira sem deixar rastros. Clóvis era, sem dúvida, o mais interessado na conversa, pois fitava a menina sem piscar os olhos e a enchia de perguntas, que Marie logo se apressava em responder.

– Por isso meu pai deixou o Juca na delegacia. Talvez ele achasse que se o inglês fosse o culpado, não iria ficar calado ao ver que o filho estava preso no lugar dele.

– Mas não deu certo, não é? – cortou Clóvis. – O bandido continuou mandando recados para a delegacia. Isso não parece ter sensibilizado ele.

– De qualquer forma, seu pai deve saber de mais alguma coisa – disse Marie. – Senão, ele ainda iria querer que o Juca ficasse na delegacia. Ouvi alguns comentários sobre a dona Alsácia, enquanto estava lá. Ela está envolvida de algum modo.

– É claro que está. Ela quem denunciou a mim e Juca, ela nos viu perto da casa da Ruth e foi logo soltando o bico. É uma fofoqueira mesmo.

– Não defendo ela, Clóvis, mas acho que teria feito o mesmo se visse uma pessoa com uma atitude suspeita rondando a casa de alguém.

Marie olhou com raiva para Clóvis e ele se calou. Ponche pensou, por um momento, no que Clóvis havia lhe dito no outro dia. No motivo pelo qual o assassino ainda estava mandando mensagens, se já estava de posse da maleta que tirou de Ruth.

– E então, Ponche? – disse Rebeca. – Quebra este silêncio e diz logo se a gente tem que voltar a se meter nessa parada, sei que é nisso que você está pensando.

– É, acho que temos sim, Rebeca. Temos sim. E a primeira coisa que temos que fazer é pegar as outras charadas que meu pai recebeu.

– Nem pense nisso – disse uma voz pálida e grave, que fez os garotos tremerem. Era o detetive Rudolph, que seguira Marie e escutara cada palavra do que disseram.

– O que o senhor está fazendo aqui? – perguntou Marie, ainda se refazendo do susto.

– Digamos que eu imaginava que você fosse relatar aos outros o que ouviu hoje na delegacia, menina. E a segui. Pensei que fosse escutar alguma coisa mais interessante, mas me enganei. Era realmente só um papo de crianças...

– Não me recordo do delegado pensar que somos suspeitos – disse Rebeca.

– Realmente não pensa, menina. Muito menos eu. Mas crianças como vocês às vezes podem ser muito perspicazes, e sua imaginação é muito fértil. Prova disso foi a forma como quiseram identificar a primeira charada... excelente. Mas parece que foi apenas sorte da primeira tentativa.

– Se entendo o que o senhor está dizendo... você veio espionar? – disse Ponche. – Veio espionar para saber se tínhamos alguma pista do assassino?

– Entenda como quiser – disse Rudolph –, mas desde já saiba que, mesmo que peça, seu pai não vai passar a você nenhuma informação confidencial. Esse não é mais um crime comum, de cidade do interior. Envolve muita coisa maior, muitas pessoas maiores. Por isso, fiquem fora disso, está bem? Podem se machucar.

– É fácil para o senhor dizer isso – disse Boca. – Você não perdeu seu pai assassinado, eu aposto.

– Acredite, menino, já vi muitas pessoas sofrerem males ainda maiores do que esse que está me falando. Reze para que nenhum deles aconteça aqui. E sinto muito.

Rudolph afastou-se deles, andando devagar em direção ao hotel onde estava hospedado. Enquanto continuavam a observar o homem caminhando, Boca notou uma mulher que vinha correndo bastante agitada da direção da delegacia.

– Não sei se gosto ou desgosto deste cara – comentava Ponche, antes de receber alguns petelecos de Boca. – O que é, Boca? O que você tem?

– Olha lá, não é aquela detetive, a amiga do engomadinho? Olha como ela está estranha.

Quando Ponche desviou o olhar, notou que Clara Porter falava rapidamente, parecendo muito agitada, e percebeu feições de surpresa no rosto de Rudolph. Ele devia estar surpreso, provavelmente, por alguma coisa que Clara Porter lhe contara.

– Eles estão voltando para a delegacia – disse Boca, agitado.

– Vamos segui-los!

– Não, se sairmos todos nós atrás deles, vão acabar desconfiando – disse Ponche. – Eu e Boca vamos. Fiquem por aqui e esperem a gente voltar.

– Então Rebeca e Marie esperam vocês. Eu vou para casa, minha mãe está precisando de mim por lá. Ainda os problemas com ratos, sabem?

– Não eram baratas, Clóvis? – perguntou Boca.

– Insetos, baratas, ratos... são tudo a mesma coisa. Aborrecimentos – disse o menino.

– Tudo bem, Clóvis. Vamos lá, Boca, vamos tentar descobrir o que está havendo.

Quando os dois se afastaram, Marie aproveitou para ter uma conversa particular com Rebeca. As duas cochichavam e davam risadinhas. Clóvis, que estava um pouco distante das duas, já imaginava os motivos dos risinhos, mas isso não importava. Estava pensando nas últimas coisas que ouviu de Marie. Nem percebeu o tempo passar, e quando olhou para o relógio, viu que já estava atrasado para ir para casa, e saiu correndo, deixando Marie e Rebeca para trás, ainda aos risinhos.

:: ::

Teresa estava tratando Bruna de uma forma absolutamente formal, depois de saber de toda a verdade da história da cunhada e do irmão. Estava agora hospedada na casa dela, pois assim tinha menos despesas, já que os hotéis da cidade não eram nada baratos. Teresa acreditou em tudo o que o delegado lhe contou, no entanto ainda se via confusa se tudo aquilo era realmente verdade.

Dalva praticamente também estava morando na casa de Bruna. Como estava preocupada com ela depois de saber que o falecido marido dela tivera, uma vez, envolvimento com o assassino e fora assassinado por ele, Dalva temia pela segurança de Bruna e do filho. Era verdade que Tarso havia deslocado boa parte do efetivo de policiais para vigiar a casa, mas mesmo assim ela não sentia que aquela proteção fosse suficiente. Não sabia o que ela poderia fazer no caso de um ataque do assassino, mas inconscientemente achava que se ela estivesse lá, isso não aconteceria. Ponche não se importava nem um pouco por a mãe estar quase sempre fora de casa, pois podia aproveitar para deliciar-se de iguarias que Dalva certamente iria impedir que ele degustasse no almoço ou jantar, e Tarso também passava quase todas as horas do dia na delegacia, e tampouco poderia estar lá para ralhar com ele.

Nas conversas que tinham, Dalva, Teresa e Bruna sempre acabavam chegando ao mesmo ponto: o conteúdo da maleta pela qual o assassino tivera tanto empenho para se apoderar. Afinal, pensavam, o que quer que fosse, deveria ser de grande valor, para que, depois de tantos anos, ainda despertasse interesse e cobiça por parte do meliante.

– Ainda não tive tempo de parar para perguntar a Tarso o que ele acha – disse Dalva.

– Ele provavelmente pensa da mesma forma que eu, querida – rebateu Teresa –, o que quer que seja, vale muito dinheiro.

– E por que tem tanta certeza disso? – perguntou Bruna.

– Isso é muito óbvio. Basta que você veja a que se reduziu a fortuna daquele inglês. Restou só aquela loja velha, caindo aos pedaços.

– Isso por que ele a abandonou – disse Dalva.

– O que não garante que ele tenha perdido tudo o que tinha por causa daquele assalto – disse Bruna.

– Então vocês também acreditam que ele tem participação nisso? – perguntou Teresa. – As duas também acham que Oliver Buckhall possa ser o assassino?

– Até que provem o contrário – disse Dalva.

O telefone tocou naquele momento, interrompendo Teresa, antes que ela continuasse a falar. Bruna atendeu, pálida, pois nos últimos tempos tinha pouca esperança de que uma ligação de telefone trouxesse alguma boa notícia. No entanto, desta vez, depois que começou a ouvir as primeiras palavras que foram ditas, abriu um sorriso tímido, como o de uma criança que recebera o primeiro brinquedo e ele não fosse aquele que realmente esperara. Dalva e Teresa, nervosas, perguntavam a ela o que estavam dizendo, mas ela não respondia. Bruna somente disse duas palavras, um pouco antes de recolocar o telefone no gancho: "Estou indo".

– Quem era, Bruna? – perguntaram as duas em coro.

– Era da delegacia – respondeu ela. – Eles também acabaram de receber uma ligação, de Cornélio Procópio. Seu marido está indo buscar alguém por lá, Dalva.

– Tarso está indo buscar alguém? Quem?

– Oliver Buckhall – disse ela, ainda duvidando das próprias palavras.

:: ::

Era difícil dizer quem estava mais apreensivo na delegacia naquele momento. Barildo não podia sequer acreditar, nunca havia visto aquele rosto – mesmo quando era um rosto familiar – e não sentia muito gosto por vê-lo agora. Tarso também parecia sentir o mesmo. E Rudolph e Clara Porter, que acabavam de entrar esbaforidos na delegacia, tampouco puderam disfarçar a surpresa que sentiram ao observar o homem sentado, tranquilamente, na cadeira do escrivão da delegacia.

Oliver Buckhall envelhecera muito nestes últimos dez anos. Seus olhos estavam fundos e penetrantes. Ele não tirava os olhos de todos que entravam na sala.

As pernas do homem estavam cruzadas e ele encarava Tarso com ar de superioridade e uma feição de desafio. Barildo não conseguia entender como ele podia estar tão tranquilo. Afinal, era uma das principais suspeitas dos assassinatos na escola.

Rudolph foi o primeiro a falar, rompendo o silêncio.

– Viemos o mais rápido que... hum... pudemos – disse com certa relutância.

– Chegaram em uma boa hora – respondeu Oliver. Tarso continuava calado.

– Sim, chegamos – disse Clara Porter –, e a menos que eu esteja enganada, você também chegou em um momento excelente.

– Receio que sim... não imagina como é difícil conseguir bons lugares nos voos para São Paulo de última hora – disse Oliver calmamente. – E seu pai, Eric, vai bem?

Clara pareceu um pouco incomodada com a pergunta.

– Vai muito bem – respondeu energicamente. – Lembro-me vagamente de que se conheciam...

– Sim, nos conhecemos. Um grande homem, o bom Eric. E um exímio detetive. Me pergunto se você herdou, realmente, os dons dele...

Tarso levantou-se.

– Não estamos aqui para falar dos familiares da detetive, Oliver Bucckhall – disse o delegado, olhando friamente para o inglês.

– Quanta formalidade, Tarso – disse Oliver, com certo cinismo. – Não me lembro de ter sido tão formal da última vez que nos vimos... lembro-me bem, aliás... foi aqui mesmo, nesta sala. Discutimos um pouco, não é?

Numa das janelas que circundavam a sala, os rostos de Ponche e Boca apareceram, relutantes. Tarso ainda olhava fixamente para Oliver Bucckhall.

– Discutimos – disse o delegado. – E você parecia muito interessado em resolver as coisas à sua maneira. Ignorava completamente o fato de que seu funcionário havia sido assassinado, nem se importava, tampouco...

– Por que me importaria? – disse o Inglês. – Era ele quem guardava coisas confidenciais para mim... provavelmente o canalha foi um dos que me traiu.

– Você é muito perspicaz, meu caro – interrompeu Rudolph. – Quer dizer que você já supunha há muito tempo que seu empregado o havia enganado?

– Não sou tão tolo a ponto de não ter percebido isto, rapaz – respondeu dignamente.

– De fato – respondeu Rudolph. – Isto poderia, então, ter desencadeado sua fúria, não é mesmo? – ele fez um pausa e continuou, vagarosamente. – Quero dizer, você não deixaria que ele escapasse impunemente, não é? Se não poderia pegar o cúmplice, ao menos Edgar você iria querer fazer pagar pelo que fez...

Oliver mirou Rudolph com deboche, e soltou uma risada fria e demorada.

– Este é o seu talento de detetive, rapaz? – disse Oliver. – Belo companheiro você arranjou, Clara, tenho certeza de que seu pai ficaria satisfeito.

Rudolph olhou para Clara, uma expressão incrédula nos olhos. Oliver recomeçou a falar.

– Agora que nosso amigo detetive solucionou o caso, delegado – disse ele, mirando Rudolph –, talvez o senhor possa me explicar, então, por que eu estou aqui nesta delegacia, escutando todas essas tolices, se sou realmente o assassino...

Tarso pareceu entender o que ele dizia.

– É claro que fui informado por alguém em Londres do que estava acontecendo aqui – disse ele, e desta vez mirava Clara Porter. – Um amigo de seu pai, aliás, que me contou, Clara. O contratei há algum tempo para que ele descobrisse o paradeiro de uma certa pessoa para mim. Você deve saber, certamente, que há muitos anos que não fico parado em um mesmo lugar da boa e velha Inglaterra...

– Sim, eu sabia – disse a Sra. Porter. – E esperava que você nos esclarecesse isso.

– Não é óbvio? – disse Oliver. – Eu estava procurando alguém, como já disse. Só que fui muito tolo, é verdade. Meu desejo de recuperar o que havia perdido me fez esquecer de algo muito importante – ele se calou, e olhou para os rostos de todos a sua volta.

– Quem você estava procurando? – perguntou Clara.

– Eu confiava minha vida a duas pessoas – disse Oliver – e depositava nelas toda a minha confiança. Um deles era Edgar Costa Ribeiro. O outro, meu amigo de longa data, Richard Trump.

Clara pareceu reconhecer o nome. Rudolph a olhava, curioso. Tarso continuava apenas observando. Ponche e Boca, que ainda estavam debruçados no parapeito da janela, escutavam com certa dificuldade.

– Trump? – disse a Inglesa. – O famoso especialista em pedras preciosas? – Oliver Bucckhall balançou a cabeça.

– De quem estão falando, Clara? – perguntou Rudolph.

– Se não me engano, foi o último caso de seu pai, não é, Clara? – perguntou Oliver. – O sumiço do "famoso especialista em pedras preciosas"?

– Sim, foi, mas... eu não sabia que vocês se conheciam.

– Nos conhecíamos desde que eu era muito jovem – disse Oliver –, quando comecei a me interessar em colecionar diamantes. Procurei por ele, como tinham me indicado, já que ele era o maior entendido no assunto. Queria umas dicas, sabe? Bem, depois de muitas conversas, acabamos ficando muito amigos.

Tarso continuava apenas observando Oliver com demasiado interesse.

– Em todo caso... comecei, então, a colecionar diamantes... era assim que eu aplicava minha fortuna. Diamantes são pedras impressionantes, sabem – ele olhou para Tarso –, não se depreciam, não perdem seu valor... e são apreciadas por industriais e colecionadores... possuem muitas propriedades interessantíssimas.

Rudolph resolveu interromper.

– Não estamos aqui para uma aula sobre diamantes, meu caro – disse ele.

– Estamos desvendando um caso de assassinato, aliás, de *três* assassinatos... ou o senhor se esqueceu?

– Creio que o principal diferencial em um detetive seja saber ouvir – disse Oliver, e neste momento Clara Porter balançou a cabeça positivamente –, e pelo visto o senhor é desprovido disto, não é mesmo, rapaz?

Rudolph ruborizou.

– Falava sobre os diamantes, Oliver – disse Tarso formalmente. – E então? Pode continuar. Tenho certeza de que não será mais interrompido.

– Certo... bem, Trump ganhou muitos pontos comigo, desde que nos conhecemos. Era confiável, extremamente confiável. Bem, pelo menos eu pensava assim. Deste modo, o incumbi, com total aprovação e satisfação dele, que fosse a pessoa responsável por guardar meus diamantes. Ele os esconderia de qualquer pessoa, não importando quem fosse. Até de mim. E foi o que ele fez por mais de vinte e cinco anos.

– Escondê-los até de você? – perguntou Tarso.

– As pessoas que me conhecem bem – respondeu Oliver prontamente – sabem que sempre fui muito zeloso com aquilo que possuía. Sempre pensei que a melhor forma de proteger meus diamantes era se eu mesmo não soubesse onde estavam – disse Oliver.

– Não sabia onde estavam? – disse Clara. – E como pode ter certeza de que Trump os guardava realmente? Como poderia saber se ele não o estava roubando?

– Tudo foi muito bem planejado – disse Oliver. – Eu entregava os diamantes a Trump sempre depois de pesá-los. Sabia exatamente o peso de cada diamante, um a um. Ele sempre os depositou, pois eu acompanhei passo a passo o acréscimo do peso de cada diamante no cofre.

– Acompanhou? – perguntou Rudolph, atrevendo-se a falar novamente. – Está se contradizendo, meu caro. Não disse que não sabia onde estava o cofre?

– Acontece, meu caro, hum, detetive – disse Oliver, novamente com uma nota de deboche em sua voz – que o Brington Post, diariamente, publicava em uma coluna a pesagem de alguns cofres dos bancos de Londres. Nomeando-os, obviamente, com o pseudônimo do respectivo proprietário. Como veem, eu não devia ser o único a utilizar deste método, já que a coluna era famosíssima por apresentar diversos nomes.

– Faz sentido – disse Clara Porter. – Mas o Brington Post acabou com o sistema há muitos anos. Não o julgavam confiável.

– Sim, é verdade. Acompanhei a pesagem de meu cofre até o último dia da publicação da coluna do jornal. E, adivinhe só, quando foi que o sistema acabou?

– Na mesma época em que ocorreu o assalto em sua loja – respondeu Tarso.

– Exato delegado – disse Oliver.

– Como sabia qual era seu pseudônimo? – perguntou Rudolph.

– Recebi uma correspondência oficial de um cartório. Foi o próprio Trump quem me entregou. Totalmente oficial, se é o que vão me perguntar, já que me informei demasiadamente sobre a validade dela.

– E não recebeu uma correspondência o informando do fim da coluna? – perguntou Clara.

– A correspondência foi enviada aos concernentes dois dias antes do ocorrido em minha loja, como me disseram.

– Concernentes? – perguntou Tarso.

– Era como nomeavam os responsáveis pelos cofres – disse Oliver. – Meu concernente era Richard Trump.

– E no cartório não poderiam lhe informar nada? – perguntou Clara. – Nem o jornal? Nenhum deles sabia em que banco estava seu cofre?

– Não – respondeu Oliver. – Todas as informações confidenciais estavam numa maleta de posse do concernente. Acho que devem saber de que maleta estou falando?

Bruna, nesse momento, entrou na sala, acompanhada de Teresa e Dalva. Atrás das duas, estavam, também, Ponche e Boca. Tarso nem sequer chegou a questionar a presença deles, tão entusiasmado ficou ao ouvir o que Oliver acabara de dizer.

– A maleta que estava com Edgar na noite do crime? – perguntou Tarso.

– Edgar esteve com ela? – perguntou Oliver, surpreso. – Bem, então, fica claro que ele encontrou-se com Trump.

– Naquela maleta havia apenas documentos que comprovavam as fraudes de meu marido na sua empresa – disse Bruna.

– Ele precisava fugir com tudo – disse Oliver. – Juntou todos os documentos no mesmo lugar, é claro. Ia fugir. Era melhor que fosse com o mínimo possível de bagagens. Chamaria menos atenção.

– Como pode saber que a maleta é a mesma? – perguntou Tarso.

– Seria muita coincidência que não fosse – disse Oliver. – Diga, moça – ele apontou para Bruna. – A maleta era de couro, com detalhes dourados nas pontas e um grande símbolo em forma de L na parte da frente?

Bruna ficou extremamente assustada. – Não me lembro de tantos detalhes – disse ela, com um tom de pânico na voz –, mas ela tinha um símbolo, sim, disso me lembro. Era um L.

– L de "Loading" – disse Oliver. – Esse era meu pseudônimo.

Bruna não entendeu totalmente o que ele estava dizendo. Mas Tarso, Rudolph e Clara Porter olharam-se, estupefatos.

– Você mencionou antes – disse Tarso, apressado – que sua ânsia em descobrir o que tinha acontecido com seus diamantes o fez esquecer de algo importante. Pois bem, até mesmo o menos precavido dos homens não deixaria que uma fortuna como essa ficasse totalmente à mercê de uma pessoa, fosse ela quem fosse. Mesmo que confiasse muito nela.

Oliver olhou para Tarso, admirado.

– Trump podia depositar os diamantes no cofre, mas não podia abri-lo, não é? – perguntou Tarso.

– Sim, delegado – disse Oliver. – Ele apenas os depositava numa milimétrica abertura na parte superior do cofre. Mas o segredo da porta, este, nem mesmo o concernente conhecia. Apenas eu. Mesmo sem nunca ter visto, ou tocado no cofre, quem encomendou o segredo fui eu. E, sim, como o senhor bem lembrou, isto foi a coisa tão importante, da qual eu me esqueci.

– Então, Richard Trump ainda não colocou as mãos nos diamantes – disse Tarso. – Você o seguiu por tanto tempo infortunadamente, não é? Por que ele precisava do segredo para abrir o cofre. Não poderia fazê-lo sem ele.

– E por isto estou na delegacia, delegado – disse o inglês. – Procurei por ele na cidade, mas não tardou e me disseram que ele estava aqui. O segredo está com ele. E você, como imaginou que possivelmente eu viria procurá-lo, o manteve aqui, não é?

– Richard Trump está aqui? – perguntou Rudolph.

– Não seja tolo – disse Clara Porter, rispidamente. – Não se lembra que o delegado não queria nos dizer porque estava mantendo o menino aqui?

– Juca está de posse do segredo de seu cofre não é, Oliver? – perguntou Tarso. – É por isso que o assassino ainda não parou. Ele possui a mala, mas deve ter percebido que não poderá pegar os diamantes.

– Isso mesmo. Eu deixei o segredo com meu filho.

Ponche e Boca assustaram-se; Tarso, afinal de contas, mantinha Juca na delegacia para que conseguisse atrair a presença de Oliver Buckhall. Mas a importância do menino, como Tarso confirmou, era ainda muito maior.

– Sei de alguém que viu seu amigo em Jaraquá, papai – disse uma voz fraca, mais decidida, que vinha da porta da sala.

Juca estava parado ali, Barildo ao seu lado, com os olhos cheios de lágrimas.

– Contei ao delegado sobre ele – disse o menino, encarando o pai, que também chorava. – Era um homem bem idoso, não é? Cabelos grisalhos e crespos, e tinha uma verruga debaixo do nariz?

Oliver balançou a cabeça, lágrimas corriam de seus olhos.

– Foi como disse ao senhor delegado. Papai pode ter me abandonado. Isso ele fez, ele sabe. Mas não é um assassino. Como mamãe disse, ele é um bom... homem.

Juca correu para perto de Oliver e o abraçou. Ao mesmo tempo, socava o peito do pai. Chorava, e Ponche não pode se conter e chorou também.

– Por que você nos abandonou, papai? Quem era mais importante para você?

Oliver não conseguia responder. Abraçava o filho, com carinho, e as palavras não saíam de sua boa. Ponche olhava atento para os dois, quando percebeu um vulto na mesma janela em que ele e Boca penduraram-se para tentar escutar o que era discutido na sala. Quando o vulto percebeu o olhar de Ponche, ele desapareceu.

A pista no soalho

Tarso esperou por algum tempo, ansioso, para poder fazer mais algumas perguntas a Oliver. No entanto, sabia que tinha que deixar Juca desfrutar daquele momento com o pai. Oliver perguntou ao menino tudo sobre a vida dele, desculpando-se várias vezes pela atitude que tomou. Juca estava feliz e ao mesmo tempo relutante. Ainda não sabia direito de que forma devia tratar o pai, embora durante todos os anos que passara sozinho sempre ficasse pensando no que diria se algum dia o reencontrasse.

– Juca, você pode mostrar a corrente para mim? – disse Tarso, interrompendo a conversa dos dois.

Juca retirou a corrente do pescoço e entregou ao delegado.

– Trump está atrás disso – disse Oliver. – Ele não vai parar enquanto não pôr as mãos nela.

– Tem tanta certeza de que é ele quem está cometendo estes crimes, Oliver? – perguntou Tarso.

– Quem mais poderia ser? – disse Oliver. – Edgar está morto. Trump sumiu sem deixar rastros, como você mesmo pôde comprovar.

– Sim, está claro que Trump é o inglês que desapareceu anos atrás, como noticiaram os jornais. Mas não acha estranho? Ele simplesmente desapareceu. Onde ele esteve?

– Esteve planejando tudo o que está acontecendo agora – interrompeu Bruna.

Clara Porter deu uma risada desdenhosa.

– Algum problema, senhora? – perguntou Bruna, visualmente aborrecida.

– Não seja tão ingênua – disse a inglesa olhando para ela –, como a senhora acha que este inglês conseguiria ficar escondido por mais de dez anos, e ninguém sequer saber dele?

– Era nisso que eu estava pensando, Clara – disse Tarso. Tarso pegou as cartas com as charadas que havia recebido.

– Veja, Oliver. As letras foram recortadas de folhetos antigos de sua loja. A primeira delas, que Bruna recebeu, tem quase dez anos. As atuais complementam a mensagem que ele começou.

– E daí?

– Esta é a carta que Bruna recebeu. Dê uma olhada neste pedaço, por favor.

Oliver percebeu que havia uma data em uma das letras recortadas. A data do folheto que havia sido recortado.

– Primeiro de setembro de noventa e um? – falou Oliver.

– Sim. Duas semanas antes do voo de Trump chegar ao Brasil. – Oliver escutou atento o delegado falar.

– Como ele conseguiria se apoderar de um folheto antigo se não estava aqui? Ele estava realmente agindo sozinho?

– Edgar – disse Oliver. – Ele deve ter colhido os folhetos para entregar a ele.

– Hum, interessante – disse Clara. – E Edgar montou esta carta, então?

– Possivelmente – disse Oliver.

– É mais fácil imaginarmos que Edgar apenas entregou os folhetos – Rudolph arriscava-se a falar pela primeira vez –, ele não escreveria a carta que significava sua própria morte, não é?

– Sim, detetive – disse Tarso. – E quem nos garante que Edgar saberia o que estava fazendo? Como ele poderia adivinhar que a carta era destinada para a mulher dele, que a carta representava sua sentença de morte?

Oliver balançou a cabeça.

– Onde o senhor quer chegar, delegado?

– Há mais uma pessoa envolvida no crime da BigBeng, Oliver. Mais uma pessoa. Tenho cada vez mais certeza disso. E mesmo que Trump seja um deles, é certo que não age sozinho.

– Continuo sem entender o que estas cartas tanto lhe disseram para tirar estas conclusões – disse Oliver. – Para mim, não passam de pedaços de papel velho.

– São pistas – disse Clara. – Estas cartas vão nos levar ao assassino.

– Pistas? – desdenhou Oliver. – Como você é tola, minha querida. Seu pai ficaria decepcionado. Trump não perderia tempo com estas bobagens. Isto é uma brincadeira de alguém.

Chegou no ponto – disse Tarso. – Concordo, também, que Richard Trump não agiria desta forma. Pelo que você nos contou, Oliver, ele não parece que era esse tipo de homem.

– E por isso acha que outra pessoa está por trás das mortes? – perguntou Clara.

– Precisamente – disse Tarso.

Oliver levantou-se, Juca segurando-o pelo braço.

– Chega destas bobagens. Nem eu mesmo tenho certeza se conhecia-o direito. Depois de tudo... não posso ficar perdendo meu tempo com estas conclusões tolas, preciso encontrá-lo.

– As conclusões do pai do Ponche não são tolas – disse Juca, encarando o pai. – Como o senhor acha que veio parar aqui? Acha que foi por acaso? Ele e a senhora – Juca apontou para Clara Porter, que ficou visualmente satisfeita – armaram tudo para trazê-lo de volta. O delegado me deixou aqui, na delegacia, por que sabia que você iria me procurar. Como ele sabia disso, eu não sei. Poderia me dizer, senhor?

– Achei que não iria mais me perguntar – disse Tarso. – Como vai o Karl, Oliver?

– Karl? – perguntou Oliver com estranheza. – Como sabe dele?

– Alsácia me contou – disse o delegado. – Ela me disse que você mandava esse sobrinho ao Brasil, para que ele olhasse o Juca, pelo menos uma vez por ano. Ou não é verdade?

– É verdade – Oliver sobressaltou-se. Juca olhava atentamente para ele.

– Bem, um homem que tem um cuidado como esse com o menino, mesmo estando tão ocupado, como acredito que você esteve, não deixaria que ele ficasse mofando numa cela de delegacia se soubesse que isto estava acontecendo.

Clara Porter sorriu, parecendo impressionada.

– Então tive a ideia de consultar Clara sobre seus conhecidos em Londres – continuou Tarso, sendo observado por todos – para saber se algum deles tinha contato com você. Não tivemos sucesso, como eu esperava, mas então me veio em mente as irmãs de Alsácia, que moravam em Londres e o conheciam há longa data.

– Eu vi estas senhoras... idênticas não são? – perguntou Oliver.

– As viu no escritório de Thomas Norrington? – perguntou Clara.

– É, o ministro... ele fazia alguns trabalhos para mim, colhia informações...

– Ele procurou as duas quando soube que eram brasileiras – disse Clara. – Aliás, procurou todos os brasileiros que vivem em Londres, possivelmente. Quando nos comunicamos com elas, nos disseram que este homem as havia interrogado sobre esta cidade. Então somamos dois mais dois, e não foi difícil pensar que ele tinha contato com você.

– Então propomos a elas – disse Tarso – que fossem procurá-lo e passassem algumas informações sobre o que estava acontecendo aqui.

– Engenhoso – disse Oliver.

– E essa corrente? – disse Juca.

– Se estou certo, as letras inscritas nela são o segredo não é, Oliver? – perguntou Tarso. – O segredo para abrir o cofre onde estão seus diamantes?

– Exato.

– Mas, eu pensei... pensei que fosse apenas uma lembrança do senhor – disse Juca. – Que representasse meu nome, sei lá...

– Acabou servindo para tal, não é, filho? – disse Oliver. – A senhora que cuidou de você deve ter lido o anagrama e pensado neste nome.

Juca sorriu. Oliver o havia chamado de filho. A vida toda, mesmo quando estava em seu refúgio no Monte Jaraquá, quando esvaziava de sua cabeça todo e qualquer pensamento, ele não conseguia esquecer de como tinha vontade de ter um pai. O sorriso logo foi substituído por lágrimas. Oliver tornou a abraçar Juca fortemente.

– Vocês já estão sabendo muito mais do que deveriam deste caso – disse Tarso, direcionando seu olhar para Teresa, Bruna, Ponche e Boca, que estavam recolhidos a um canto, escutando atentamente o que diziam. – Agora devo pedir que se retirem e que levem Juca com vocês.

– Levar meu filho? – disse Oliver.

– É claro. Juca cumpriu sua missão aqui, ele atraiu você, Oliver. Não há mais necessidade que ele fique na delegacia. Já estamos de posse do segredo.

– Sim, é verdade. Não quero mais ver meu filho aqui dentro, como se fosse um delinquente qualquer.

– Mas foi necessário – concluiu Tarso. – Teresa, Bruna, meu filho. Vocês escutaram. Por favor, retirem-se agora e nos deixem continuar. Temos muito a fazer aqui.

– Não vou dar um passo daqui, delegado – disse Teresa. – Lembre-se que Edgar era meu irmão.

– E me deixe lembrá-la – disse Tarso – que não se trata mais apenas do caso do assassinato do seu irmão, e sim de uma série de crimes. Eu a manterei informada, mas preciso que vá agora.

Teresa encarou Tarso irritada. Mas saiu, deixando Bruna e as crianças.

– Cuidarei de seu filho, enquanto isso – disse Bruna, olhando para Oliver –, até que esteja tudo explicado.

– Ficarei extremamente grato, senhora.

Tarso parou em frente a Juca.

– Muito obrigado, Juca. Devemos muito a você.

– O senhor vai prender meu pai? – perguntou Juca.

– Não há provas contra ele – disse o delegado – e acredito que esteja dizendo a verdade. Aliás, pra ser sincero, nunca imaginei que tivesse sido ele. Não se preocupe.

Juca se aproximou de Oliver e pegou algo em seu bolso.

– Fique com isso, pai. Assim, pode imaginar que estou aqui com você – disse Juca, entregando para Oliver uma pequena sacola, com algumas bolinhas de gude.

– Isto é seu – disse o inglês –, não precisa deixar comigo.

– Elas sempre me deram sorte, foi mamãe quem deu para mim.

Juca despediu-se de Oliver, que estava com lágrimas nos olhos, e saiu acompanhado de Bruna e Boca.

– Pai, boa sorte! – disse Ponche.

– Obrigado, filho – respondeu Tarso.

Ponche bateu a porta da sala. Barildo aproximou-se de Tarso.

– Estava esperando que o senhor ficasse sozinho com os detetives – disse Barildo –, mas demorou um pouco mais do que eu pensava.

– Não se preocupe, Barildo, você pode ouvir o que quiser na delegacia, tem minha total confiança. Achei que estava apenas acompanhando Juca, não pensei que quisesse falar comigo.

– Estava examinando os papéis da perícia – disse Barildo – e encontrei uma coisa estranha.

Barildo mostrou a foto tirada na sala de Ruth, em que algumas pedras formavam um desenho misterioso.

– Já examinamos esta foto – disse Rudolph. – Não há nada de estranho, não havia impressões digitais nestas pedras.

– E o desenho que formam? – disse Barildo. – Se me lembro bem, havia uma carta que falava sobre estrelas, não é? Uma das cartas do assassino.

– "Com punhados de estrelas nomes tomam forma...", sim, acho que era isso.

– Estrelas, delegado. Esta forma é idêntica à constelação de Ursa Maior. Veja o desenho. Oliver pode confirmar.

Oliver pegou a foto em suas mãos.

– Não sei do que se trata, mas se parece com ela, sim. Nós, europeus, podemos vê-la claramente em algumas épocas do ano. Poderia, sim, representar a Ursa Maior.

Clara e Rudolph se olharam. Tarso examinou a foto novamente.

– ... duas delas são a pista para o MEU! Duas estrelas são a pista para "meu nome". É exatamente isso, Barildo! Duas estrelas podem representar o nome dele.

– Um bandido charadista – disse Oliver. – E eu que pensava que estava no terceiro mundo...

Tarso pareceu levemente ofendido com o comentário. Clara Porter riu.

– Estão levando isto um pouco a sério, delegado – disse Rudolph. – Se a charada fala de estrelas, apenas saber que este desenho representa a Ursa Maior não ajuda em nada. Ela possui sete estrelas, não é?

– Oito, meu inteligentíssimo detetive – disse Oliver. – Zeta é uma estrela gêmea.

– Conhece os nomes e a ordem das estrelas, Oliver? – perguntou o delegado.

– Certamente – disse Oliver. – Estudei um pouco de Astronomia na High School. Por que pergunta?

– É que Rudolph não percebeu um detalhe na figura – disse Tarso. – Todas as pedras são idênticas em tamanho, mas duas delas se destacam das demais. São mais escuras. Que estrelas são essas?

– Se este desenho representa realmente a Ursa Maior – disse Oliver, analisando a figura novamente – são Alfa e Beta, delegado.

– "DUAS DELAS SÃO A PISTA PARA O MEU". Alfa e Beta.

– Alfabeto – disse Clara.

Tarso sorriu.

– Comecei a entender o estilo deste bandido, delegado – disse a Sra. Porter.

– Letras do alfabeto. Duas delas. Parece claro agora, mas não deve ser tão simples, ou não seria tão difícil chegar até aqui.

– Bobagem – disse Rudolph. – Como podem ter certeza de que é isso que significa?

– Ele deixa pistas em cima de pistas, Rudolph – disse o delegado. – Como essa, que ele deixou no soalho assim que cometeu o crime. Podíamos simplesmente ter esquecido dela, se não fosse Barildo. Além das cartas, ele também deixou pistas. E elas se completam.

– As cartas e as pistas – disse Clara. – Temos que analisá-las juntas. Como você já disse, delegado, isso está ficando interessante.

– Sabe o que tem que fazer não é, Clara? – disse Tarso.

– Sei. Temos que fazer mais uma detalhada busca no local do crime. Podem haver mais pistas que deixamos passar.

– Exato – disse Oliver. – Rudolph, devo imaginar que vai acompanhar a Sra. Porter, ou estou errado?

Rudolph não respondeu.

– Vamos indo, delegado – disse Clara. – Se tem mais alguma coisa pra ser descoberta lá, não deixarei passar desta vez.

Clara e Rudolph saíram apressados.

– Avise Froles por mim, Barildo, de que os detetives irão à Escola novamente.

– Com certeza, delegado.

– Obrigado pela ajuda, meu amigo – disse Tarso.

– Não é preciso ter trabalhado na Scotland Yard para ter astúcia, não é mesmo, soldado? – disse Oliver, sorrindo para Barildo.

– Foi apenas sorte – disse ele, modesto –, mas fico feliz de ter ajudado.

Oliver aproximou-se da mesa de Tarso e se sentou, parecendo muito mais velho e cansado do que tinha demonstrado até ali.

– Gostaria de descansar um pouco antes de continuarmos, delegado. Estou cansado da viagem.

– Já é tarde, vou deixá-lo dormir. Creio que será mais seguro se ficar na delegacia, temos uma sala muito confortável, com um sofá cama e alguns edredons, eu mesmo já passei algumas noites ali.

– Qualquer coisa estará ótimo – disse Oliver. – Pena que meu filho já foi, gostaria de ficar com ele.

– Terá tempo de sobra para isso – disse Tarso. – Temos um crime para resolver e uma maleta para recuperar. Vou deixar a delegacia bem vigiada, não se preocupe. Nos veremos de manhã, para continuarmos nossa conversa.

– Pelo menos teremos uma noite mais agradável do que a de nossos detetives – disse Oliver.

Tarso suspirou. Respirou fundo. Haviam tantas informações em sua cabeça que ele pensava que seu cérebro ia explodir. Precisava de uma boa noite de sono, e desta vez iria deixar Clara Porter e Rudolph agirem sozinhos.

O criminoso e a ribanceira

Aquela noite estava especialmente agradável. O céu estava claro e as estrelas cintilavam mais forte do que nunca, iluminando até os cantos mais escuros da cidade. Jovens casais trocavam juras de amor nas praças, e alguns arbustos pareciam mais agitados em alguns pontos da Rua das Flores. Era uma noite para se apaixonar.

Juca estava sentado, apoiando sua cabeça no ombro de Marie, que acariciava os cabelos do rapaz docemente. Ele estava com os olhos vermelhos, mas cintilantes de alegria. Tinha visto seu pai. Falado com ele. Era o que tinha sonhado por toda a sua vida.

Marie sabia exatamente no que Juca estava pensando.

– Você quer que eu lhe deixe em casa? – perguntou a menina.

– Este é o meu papel – disse Juca, levantando-se e olhando para ela.

– Seu papel? Oh, levar em casa a pobre moça indefesa? Tadinha de mim! – Juca sorriu e segurou o queixo de Marie levemente com uma das mãos.

– Você fica mais linda quando age desta forma – disse Juca.

– De que forma?

– Essas suas ironias... essa atitude indiferente... me fascinam.

Marie aproximou seu rosto do de Juca.

– E o que você faz quando fica fascinado?

Juca segurou a cabeça de Marie, acariciando a nuca da menina. Olharam-se por um momento, e sorriram. E logo se entregaram a um beijo longo e apaixonado.

Um pouco distante, se deslocava uma figura suspeita, em trajes muito negros, que acabava se fazendo pouco visível, mesmo com a claridade da noite estrelada. O estranho avistou os meninos, e falou baixo, enquanto soltava um sorriso maldoso: – Ele está sozinho.

Marie e Juca ainda se beijavam, mas o menino cedeu por um momento. Afastou-se um pouco de Marie, e a expressão no seu rosto mudou radicalmente. Parecia um pouco assustado.

– O que aconteceu? – perguntou Marie.

– Eu não sei – disse Juca. – Tive uma sensação estranha... não sei o que era.

– Você está cansado – disse Marie. – Vamos, já está mais do que na hora da gente ir pra casa.

– É... sim, vamos, está na hora...

:: ::

Na casa do delegado, o jantar tinha sido servido na hora correta, o que não acontecia há muito tempo. Foi um jantar silencioso. Ponche falou um pouco assim que se sentou à mesa, mas desistiu de continuar o papo quando notou que o pai não lhe dava atenção. Dalva, por outro lado, não pronunciou palavra: apenas observou o esposo atentamente desde que ele havia chegado em casa. Percebendo a situação, Ponche levantou-se da mesa e foi para o quarto, onde ligou o rádio em um alto volume, como se já soubesse que a mãe não iria querer que ele escutasse a conversa que ia ter com seu pai.

Tarso acompanhou o olhar de Dalva pela primeira vez, e ela começou a falar.

– E Oliver? Como está?

– Está bem, muito melhor do que eu imaginava – disse Tarso, enquanto lia o jornal e evitava olhar diretamente para a esposa.

– Muita novidade no caso? Está no caminho certo?

– Posso contar tudo a você depois, Dalva. Só gostaria que me desse algum tempo, vim para casa para descansar. Chega de interrogatórios, ok?

Dalva levantou-se e começou a carregar as baixelas sujas para a pia.

– O interrogatório mal começou, querido – disse ela.

– Onde você quer chegar, Dalva? – disse Tarso.

Dalva mostrou para Tarso um envelope que segurava em suas mãos.

– Reconhece isso? – perguntou Dalva.

– Onde o encontrou? – disse Tarso, visivelmente abalado.

– Em seus pertences, querido – disse Dalva. – Está escrito Ruth neste envelope, e tem dinheiro aqui dentro, uma boa quantia, aliás.

Tarso não disse nada.

– Você ia entregar esse dinheiro para a Ruth, não é, Tarso? – O delegado continuava mudo.

– Por que você ia entregar esse dinheiro para a Ruth, Tarso? Você precisa me dizer.

– Não é nada disso, Dalva – disse Tarso, timidamente. – Vamos deixar esse assunto para depois. Estou exausto.

– Ela o chantageava? – perguntou Dalva, e o delegado pareceu surpreso.

Tarso levou as mãos à cabeça.

– O que você está dizendo, querida? Deixe esse as...

– É por isso que você considerava tudo o que ela dizia? Por isso perseguia o amigo do nosso filho, mesmo sabendo que ele não fazia nada de errado na escola?

– Dalva...

– É por isso que você nunca conseguia guardar nenhum dinheiro? Mesmo quando recebia dobrado pelas horas a mais que ficava na delegacia?

– Você está enganada, querida...

Dalva bateu a carta na mesa e olhou furiosamente para o marido.

– Quero que me diga a verdade. Ruth o chantageava. Você dava dinheiro a ela, e já deve fazer isso há muito tempo.

Tarso encarou Dalva, com uma expressão de angústia nos olhos.

– Está bem, vou lhe contar, Dalva. Por mais vergonhoso que seja admitir isso.

:: ::

Oliver recolheu-se mais cedo do que esperava aos aposentos improvisados na delegacia. Estava apreciando imensamente observar o céu, mas começava a ser vencido pelo cansaço. Pudera, os últimos dias haviam sido extremamente exaustivos para ele. Parecia fazer muito pouco tempo desde que ele estivera no escritório do Ministro, em Londres, e no aeroporto, esperando o voo que o traria de volta ao Brasil, e tanta coisa aconteceu desde então.

Reencontrar-se com seu filho era um grande sonho, mas ele não sabia exatamente como seria esse momento, tão esperado, e ao mesmo tempo tão aterrorizante. Oliver não imaginava que Juca pudesse perdoá-lo, e ele entenderia muito bem se isso tivesse acontecido. Ao mesmo tempo, o inglês não conseguia deixar de pensar em como havia sido inocente, ao ter se esquecido de que, o tempo todo, Juca tinha em sua posse a única forma de se conseguir realmente agarrar os diamantes. A procura de Oliver, durante todos esses anos, acabou sendo em vão. Ele havia abandonado seu único filho sem nenhum propósito real.

Ele recostou-se na parede ao lado da cama e agarrou um edredom, com o qual cobriu as pernas. Estava muito frio naquela noite, e uma brisa pouco agradável entrava pela pequena janela que estava em um dos cantos da sala. Oliver fechou seus olhos devagar, mas sabia que demoraria muito para que conseguisse relaxar e dormir. De alguma forma, ele imaginava ser impossível descansar enquanto o traidor estivesse livre, e tramando para conseguir se apoderar da corrente. Acontecesse o que acontecesse, Oliver sabia que ele não poderia escapar impune.

Estava se sentindo extremamente solitário na delegacia. Diferentemente de algumas horas atrás, quando haviam dezenas de pessoas nos salões e caminhando pelos corredores, ela estava agora estranhamente vazia. No entanto, era exatamente o fato de estar na delegacia vazia que o estava incomodando. O delegado havia dito que deixara policiais de guarda, mas Oliver não ouvira nenhum sinal da presença deles até alguns momentos, quando eles começaram a ser muito barulhentos. Não podia vê-los, a janela da sala onde estava era muito pequena, e não queria se levantar para dar uma olhada agora que estava tão bem aquecido. Mas aquilo estava começando a incomodá-lo.

Oliver tentou abstrair os ruídos que ouvira, até que um deles pareceu ser muito familiar. Não sabia se era o cansaço que estava lhe pregando uma peça, mas tivera a impressão de ter ouvido seu nome, como que se alguém, ou alguma coisa, estivesse tentando alertá-lo. Ouviu passos, alguém vinha caminhando devagar, e estava chegando muito próximo a onde ele estava. Oliver tremeu. Se fosse uma brincadeira, estava certo de que era de muito mau gosto. Ele ouviu o barulho do molho de chaves, enquanto percebia que várias das portas que estavam trancadas começaram a ser abertas.

Passou um breve momento, até que a porta da sala em que Oliver estava se abriu. Um vulto negro acabara de entrar no aposento.

Era impossível distinguir quem estava debaixo de todas aquelas capas. O estranho aproximou-se e recolheu um dos edredons que Oliver havia deixado cair.

– Quem é você? – perguntou Oliver.

O estranho de capa deixou os edredons em cima de uma mesa e virou-se para Oliver. Pareceu deixar mostrar um sorriso por baixo da capa.

– Não tenho que responder a essa pergunta – disse ele.

– Essa voz... você não é Richard Trump.

O encapuzado riu.

– Trump? Acha que ele teria cérebro para planejar tudo isso que eu fiz?

Oliver estava aterrorizado. Mas não podia se calar. Ele não ia demonstrar que estava com medo.

– Como você chegou aqui?

– Não foi muito difícil – disse o estranho. – O delegado foi muito tolo em pensar que poderia me deter com esses soldadinhos de interior – ele deu uma risada desdenhosa. – Acho que até mesmo aqueles detetives incompetentes teriam me dado mais trabalho.

– Você os matou – disse Oliver, engasgando-se. – Não deve ser difícil para você, não é? Já matou três!

– Oliver, Oliver – disse o estranho, com uma voz absolutamente calma –, para que ia perder meu tempo matando estes incompetentes? Não, eles estão vivos, apenas desacordados. E, devo corrigi-lo, pelo menos uma das coisas que falou está errada.

Oliver olhou para a porta. Precisava fugir. Tinha que fazer isso de alguma forma.

– Não é difícil para mim matar, isso é verdade. Mas não tirei a vida de três pessoas apenas. Receio que tenham sido... quatro.

O encapuzado pareceu divertir-se com a expressão que Oliver fazia ao escutá-lo falar.

– É claro que um deles foi apenas um terrível acidente, pobre Distinto, era uma excelente pessoa. Tive o privilégio de conversar com ele muitas vezes quando estive na escola. Foi realmente uma fatalidade ele ter morrido com aquela pancada no pescoço, realmente uma fatalidade.

O estranho andava de um lado para o outro da sala, observando Oliver, e não parava de falar.

– Ruth também era uma mulher notável – disse ele. – Creio que a conheceu muito pouco, não é? Uma excelente mulher, devo dizer. Sim, em todos os sentidos. Mas infelizmente, ela se meteu com o cara errado, e ficou sabendo de coisas demais depois que ele morreu.

– Está falando de Edgar? – disse Oliver, sua voz tremendo de pânico.

– Edgar, sim. Meu velho amigo – respondeu o estranho. – Distinto, Ruth, Edgar. Três. Eu matei os três. Foi aí que errou em sua conta. Adivinhe quem foi o quarto?

Oliver empalideceu.

– Você se considera melhor do que eu, Oliver, por que eu matei meu amigo? – disse o estranho. – Mas você fez algo muito pior, sim, você fez. Duvidou do seu melhor amigo. Duvidou dele por tantos anos.

– O que você está dizendo?

– Trump visitou nossa cidade, como você já deve estar sabendo, não é? Imagine, ele, seu concernente, não teria sido o primeiro a saber que o Brington Post pararia de publicar a coluna com a pesagem dos cofres? Pois é, ele sabia. E não teve dúvidas em pensar que você não gostaria de manter a sua fortuna daquela forma, sem saber o que se passava com ela. Você, um homem tão desconfiado...

– Como sabe de tudo isso? – perguntou Oliver.

– Meu melhor amigo, Edgar, que deus o tenha, sabia de muitas coisas a seu respeito, Oliver. Mais do que você poderia imaginar – disse o estranho, caminhando na direção de Oliver. – Ele escutou várias das conversas que você teve com Trump. Ele atraiu Trump à Jaraquá para lhe devolver seus diamantes... ou, é claro, quero dizer... lhe devolver a maneira de chegar até eles.

– Trump ia me devolver... – Oliver parecia estar em estado de choque.

– Ele era um grande amigo – disse o estranho. – E pensar que você duvidou dele por tanto tempo? Ele resistiu muito, sim, resistiu, para me entregar a maleta. Tanto que tive de matá-lo.

Oliver afastou-se, tremendo.

– Ele foi o primeiro, Oliver. Edgar, o segundo. Distinto e Ruth, os últimos. Quatro. E ainda não consegui pôr as mãos no que quero. Será que estas mortes serão em vão?

– Você é louco – disse Oliver, sua voz baixa devido ao pavor.

– Sou apenas ambicioso – disse ele. – E quem não é?

O bandido foi caminhando vagarosamente até Oliver.

– Me diga a senha, Oliver – disse ele, ameaçadoramente.

– Não vou lhe dar este prazer – disse Oliver, reunindo a pouca coragem que lhe restava. – Ela está segura agora com uma pessoa muito íntegra, como meu amigo Trump era – ele encarou o estranho. – E você não vai conseguir que eu lhe diga. Jamais!

– Não me interessa com quem está. Você vai me dizer agora – ele avançou para Oliver, retirando um revólver por debaixo da capa – ou terei de incluí-lo em minha lista de cadáveres.

Oliver agarrou uma pequena sacola que estivera guardada em seu bolso, e atirou na cabeça do estranho. Foi tudo muito rápido. No momento seguinte, ele estava caído no chão, as bolinhas de gude de Juca espalhadas pela sala. Oliver olhou para porta e não pensou no que tinha de fazer. Apenas correu em direção à saída; precisava sair da delegacia, precisava contar o que vira, o que escutara. Precisava fugir. Mas os dois tiros na porta lhe revelaram a terrível realidade: de que o bandido estava atrás dele.

Estava cansado, mas suas pernas pareciam mover-se por ele. Assim que saiu da delegacia, viu que um dos carros da polícia estava parado ali em frente, com as portas abertas, e dois policiais estavam caídos ao lado. Não tinha tempo de acordá-los; precisava sair dali o mais rápido possível.

Oliver entrou no carro, enquanto o espelho retrovisor mostrava que o bandido acabara de deixar o prédio também. Oliveu arrancou com o veículo, que foi atingido logo depois por um dos tiros dados pelo bandido. O vidro traseiro estilhaçou-se, ferindo Oliver nos ombros e na cabeça. Mas ele não podia parar. Precisava continuar. Chorava, um choro que era uma mistura de medo e de tristeza. Desconfiara de seu amigo por tanto tempo, e agora estava fugindo do mesmo homem que havia lhe tirado a vida.

O bandido estava seguindo Oliver pela estrada, no outro carro da polícia. Oliver não conseguia mais raciocinar. Não sabia mais o que fazer. Não queria estar ali, não queria ter escutado o que escutou. Queria estar com o filho, brincar com ele, acariciá-lo. Dar a ele o carinho que não pôde oferecer durante todos os anos em que ficou caçando alguém que na verdade jamais havia traído sua confiança.

Mas a estrada estava muito escura, e os olhos de Oliver já eram velhos, e não tinham mais o vigor de antigamente. Era muito difícil, também, dirigir um carro na esquerda, como ele já não fazia há tanto tempo, desde que deixara o Brasil.

Prosseguindo pela estrada, mais rápido do que deveria, e sabendo que estava sendo seguido, ele não percebeu uma curva mais fechada que se aproximava à frente. Estava muito próximo quando se deu conta, e não conseguiu diminuir a velocidade. O carro virou e foi em direção a uma ribanceira. Oliver não teve tempo sequer para perceber o que estava acontecendo. O carro mergulhou na escuridão, e caiu, deixando para trás as marcas dos pneus desenhadas no asfalto.

O estranho parou o outro carro defronte à ribanceira. Colocou as mãos na cabeça, retirou o capuz, e apertou o mesmo fortemente nos punhos. Não disse uma só palavra. Virou-se, passando a mão no ferimento na cabeça, causado pelo golpe levado na delegacia. E se embrenhou no mato do outro lado da estrada, deixando o carro que dirigia para trás.

As marcas d'água

— Você esperou essa tragédia acontecer para me contar sobre isso, Tarso?

– Era preciso, querida. Envolvia outras pessoas além de mim. Amigos meus, gente importante. Isso acabaria com nossas carreiras.

Tarso teve, possivelmente, a noite mais difícil de sua vida. Contar à Dalva, sua amada esposa, que lhe escondera um segredo durante tantos anos de casados era algo muito doloroso. Mas ele ficou muito feliz em saber que ela havia entendido seus motivos.

O delegado ainda era um estudante de direito cheio de sonhos quando conheceu Dalva em uma boate, em São Paulo. Ele e um grupo de amigos estavam cursando mestrado juntos em uma badalada faculdade da capital, e Dalva era vizinha do apartamento que dividiam, em um bairro chique da cidade. Dalva ainda tentava a carreira de modelo, que era o sonho de seus pais.

Ruth e Dalva já eram amigas nesta época; Ruth acabara de se graduar em Pedagogia e já havia passado em um concurso público no estado de São Paulo para ocupar uma vaga de professora em uma escola de um pequeno município. Foi assim que Ruth acabou na Escola Municipal, em Jaraquá. E foi nesta mesma época que Dalva e Tarso começaram a sair juntos.

Tarso não sabia, mas Ruth era completamente apaixonada por ele. Ela não media consequências para conseguir chamar sua atenção, mesmo quando Dalva estava por perto. Mas Tarso nunca tinha sequer reparado nas provocações dela. Ruth teria que assumir seu posto em Jaraquá muito em breve, e tinha certeza de que, estando longe, jamais conseguiria concretizar suas ambições com ele.

No entanto, Ruth sabia que um dos amigos de Tarso, Juan, faria qualquer coisa para conseguir aprovação no concurso que todos iam prestar, que distribuiria vagas de delegados e promotores de justiça para cidades do interior de São Paulo e Paraná. Ruth via nessa oportunidade sua grande chance de conseguir se aproximar de Tarso, caso ele fosse selecionado para a vaga de delegado em Jaraquá. Ruth possuía muitos contatos importantes no governo, graças ao fato de seu pai ser um senador muito requisitado na capital federal, e utilizou estes conhecimentos para fraudar a aprovação de Tarso e dos amigos no concurso, com a ajuda de Juan.

Sem saber de absolutamente nada, Tarso estudou durantes semanas com a prova que depois foi aplicada no concurso. Juan não contou a nenhum deles o que havia planejado. Dois dos amigos de Tarso, envergonhados, simplesmente negaram-se a realizar a prova. Tarso, no entanto, não teve coragem de desistir. Fez uma prova perfeita, sem cometer erros, e foi aprovado com uma das maiores notas, o que lhe dava o direito de escolher em que cidade e que cargo iria ficar. Foi a própria Dalva, influenciada por Ruth, que o incitou a escolher pela opção de delegado em Jaraquá.

– Juan não podia ter feito isso – disse Dalva. – Ele não desconfiava das intenções de Ruth?

– Ela lhe ofereceu um cargo de juiz – respondeu Tarso. – Era o sonho da vida dele. E se concretizou, não é?

Ruth passou a chantagear Tarso para que ele fizesse tudo aquilo que ela pedisse, ou contaria sobre a farsa e acabaria com a carreira dele e dos amigos. No entanto, com o passar dos anos, Ruth percebeu que Tarso não iria sentir nunca nada por ela. Foi assim que Ruth se tornou uma mulher amarga e rancorosa. Mas não desistiu de continuar próxima de Tarso e Dalva, vigiando-os, obrigando Tarso a sempre, e em qualquer ocasião, concordar com ela. A vida de Tarso poderia continuar sendo ao lado de Dalva, mas não seria uma vida tão fácil assim.

– É quase inacreditável pensar que ela era uma pessoa tão ruim – disse Dalva.

– Era uma mulher terrível, perversa – disse Tarso. – Quando Vítor sumiu, pensei seriamente em desistir de continuar com a farsa, afinal, foi por culpa dela que eu magoei nosso filho e o amigo dele.

– E ela ainda veio me consolar – disse Dalva. – Como ela foi capaz?
Tarso abaixou a cabeça.

– Pesa muito, Dalva – disse, cabisbaixo. – Pesa saber que me tornei o que sou... desta forma. Talvez também não tenha sido apenas ela. Eu também poderia ter desistido, como fizeram Astolfo e Carlos. Mas eu continuei.

Dalva se aproximou de Tarso, abraçando-o.

– Você é um grande profissional naquilo que faz – disse Dalva. – Quem pode dizer que não teria passado no concurso, mesmo se tivesse feito a prova sozinho?

Tarso olhava para a mulher admirado.

– Não importam as circunstâncias que levaram você a chegar até aqui. Astolfo e Carlos, veja só, desistiram de advogar mesmo passando em concursos excelentes, mesmo tendo carreiras promissoras pela frente. Mas não era o destino deles. Se você, Juan e os outros são vitoriosos agora, é porque era para ser assim. É claro que Juan agiu errado. Mas não podemos simplesmente julgá-lo. Ele também foi manipulado por aquela mulher.

Tarso abraçou Dalva e os dois se beijaram apaixonadamente.

– Obrigado por acreditar em mim – disse Tarso – e por ficar no meu lado.

– Sempre estarei do seu lado, não importa o que acontecer.

O telefone celular de Tarso, que estivera tão quieto nas últimas horas, começou a tocar repentinamente, ao mesmo tempo em que alguém batia na porta da casa. Tarso atendeu ao telefone, enquanto Dalva foi até a porta. Rudolph estava parado ali, abatido, encharcado por causa da chuva.

– O que aconteceu, Rudolph? – disse Dalva. – Meu marido me disse que você e Clara estavam na escola...

– Ficamos pouco tempo lá – disse o homem, soluçando. – Aconteceu uma coisa muito grave, dona Dalva.

Tarso acabara de desligar o telefone.

– Como aconteceu, Rudolph? Por que não me avisaram? Como não escutamos nada?

– Pelo amor de Deus, o que aconteceu, Tarso? – perguntou Dalva, assustada.

Ponche veio até a sala, atraído pelo barulho.

– Bucckhall – disse Tarso. – Oliver Bucckhall... está desaparecido.

– Mas ele estava na delegacia – disse Dalva. – Como pode ser isso?

– O bandido resolveu ser mais ousado, Dona Dalva – disse Rudolph. – Foi procurar o homem para conseguir o que faltava para completar o seu “trabalho”.

– Ele invadiu a delegacia, Dalva. Atirou em Oliver. O perseguiu em um de nossos carros. Mas Oliver... – ele pareceu relutar por um momento. – Oliver caiu com o carro de uma ribanceira.

Dalva levou as mãos ao rosto. Parecia não acreditar. O mesmo aconteceu com Ponche. – O pai de Juca, morto?

– Temos de ir ajudar Clara, Rudolph – disse o delegado. – Como estão Barildo e os outros?

– Estão bem, já se recuperaram – disse Rudolph. – Mas estão envergonhados. Disseram que colocaram tudo a perder.

– Nem tudo, Rudolph – disse Tarso. – O filho de Bucckhall está vivo e, se eu conheci bem aquele homem, ele não deve ter contado a senha – ele deu um pequeno sorriso – e ela está comigo. Ele ainda não possui esta informação.

Tarso e Rudolph saíram apressadamente. Dalva se sentou, desejando que tudo aquilo acabasse logo e que Jaraquá voltasse a ser a cidade pacífica que tinha sido por tantos anos. Ela mal notou quando Ponche se esgueirou como um foguete em direção à porta, todo agasalhado e pronto para sair.

– Aonde você vai, meu filho? – disse Dalva. – Não pode sair, é quase madrugada, e tem um assassino à solta!

– E esse assassino matou o pai do meu amigo – respondeu Ponche, agressivamente. – Não vou ficar aqui sentado, sabendo como ele deve estar sofrendo.

Ponche sequer escutou o que Dalva falou em seguida. Mas a preocupação da mãe parecia não ter sentido, afinal de contas, as ruas estavam tomadas de gente, uma verdadeira confusão. Dava a impressão de que todos na cidade estavam acordados.

– Ponche, Ponche – gritava Clóvis, correndo em direção ao amigo –, meu pai me contou o que está acontecendo. Onde está o Juca?

– Deve estar com Boca, na casa dele – disse Ponche –, a mãe do Boca disse que ia cuidar dele, que estavam mais protegidos. Onde você esteve?

– A delegacia estava cheia demais a tarde toda – disse Clóvis. – Me irritei um pouco com Marie e Rebeca também – ele fez uma cara de azedume –, mas você pode me contar tudo, não é?

– Vamos procurar Juca primeiro – disse Ponche. – Quero saber como ele está... se ele já sabe.

– Deve saber – disse Clóvis. – Todos na cidade parecem já estar sabendo.

Quando chegaram em frente à casa de Boca, o encontraram junto com Lala, Marie, Rebeca, Bruna e Juca, que tinham lágrimas nos olhos.

– Juca, eu... sinto muito – disse Ponche.

– Eu também – disse Clóvis. – Poxa, nem cheguei a conhecer seu pai.

Juca olhou furiosamente para eles.

– Não chegou a conhecê-lo? – disse Juca, asperamente. – E quem disse que não terá oportunidade para isso? Quem disse que meu pai está morto?

– Ele está desaparecido, meu filho – disse Lala, não conseguindo conter as lágrimas –, é pouco provável que tenha sobrevivido a uma queda daquelas...

– Ele não está morto – disse Juca. – Ele está vivo e vai voltar. Ele não vai me deixar de novo. Não pode.

Juca correu e sentou-se no meio-fio, do outro lado da rua, chorando. Marie foi abraçá-lo.

– Ele morreu por causa do segredo, não é, Ponche? – perguntou Boca. – O assassino foi atrás dele para descobrir, não é?

Clóvis não entendia o que eles estavam dizendo.

– Foi, Boca – disse Ponche. – O pai do Juca morreu por causa do segredo.

– Que segredo é esse? – perguntou Clóvis com ansiedade, mas ninguém parecia ouvi-lo.

– Então está tudo acabado – disse Rebeca. – Ele não disse o segredo. O bandido não vai poder chegar aos diamantes, mas ninguém mais vai conseguir.

– Não, Rebeca – disse Ponche –, Oliver deixou com meu pai a corrente onde estava prensado o segredo.

Clóvis pareceu surpreso, embora não tivesse entendido quase nada do que foi dito por Ponche. Ele se afastou quando percebeu que continuavam não dando atenção para ele.

– Mas Juca e Marie também sabem qual é o segredo – disse Rebeca. A corrente era do Juca, Marie leu.

– E você acha que o bandido sabe disso, Rebeca? – disse Boca. – Onde está o Clóvis, Ponche?

– Ai, não demos atenção para ele, tadinho – disse Rebeca. – Deve ter ficado voando na conversa...

– Depois falamos com ele – disse Ponche. – Agora, o mais importante, é tentar contrabandear todas aquelas cartas que estão com meu pai para a gente – ele olhava para Juca, decidido. – É questão de honra para mim, agora, que nós peguemos este desgraçado.

– Concordo plenamente – Juca se levantou em um salto. – Não vou sossegar enquanto não pegar aquele cara.

Marie fez cara de poucos amigos.

– A cidade passando por este momento terrível, e vocês pensando nesta bobagem? – disse ela. – Devíamos estar felizes de que o assassino não veio atrás de Juca, atrás de *mim*! O pai dele morreu, mas nós também sabemos o segredo. Nós tamb...

– Fique calada, Marie – disse Ponche. – Quer que todos na cidade escutem isso? Não sabemos quem é o assassino!

– Pouco me importa – disse Marie. – Vocês estão aí querendo se meter em mais problemas. Muito me impressiona você, Juca, acaba de perder seu pai!

– Eu não perdi meu pai – rebateu Juca imediatamente. – Meu pai está vivo. Eu tenho certeza disso.

– Se tem tanta certeza – disse a menina, chorando – devia ir procurá-lo, ao invés de dizer estas bobagens. Ele não teria deixado nada de ruim acontecer com você. Ele pode ter perdido a vida tentando proteger o que é seu também, a droga da fortuna dele!

Marie começou a chorar copiosamente, e Rebeca foi até ela, abraçá-la.

Juca não olhou para ela. Estava decidido.

– Eu sinto muito, Marie – disse o menino. – Você pode estar certa, pode ser tudo uma bobagem, e meu pai poderia mesmo querer que eu não me envolvesse, mas não é mais possível. Desde o início, todos nós estávamos envolvidos nisso.

– Pois eu não, nunca mais – disse Marie. – Continuem sozinhos, se quiserem.

Ao dizer isso, Marie se afastou, sendo seguida por Rebeca.

– Vou dizer qualquer coisa para a dona Bruna e a dona Lala – disse Juca. – Se vamos continuar, temos que nos apressar. Lembre que o detetive está na nossa cola.

– Ele é um bobão, todo mundo diz isso – disse Boca. – Estamos juntos nessa, Juca. Vamos pegar o assassino do meu pai. Do meu pai. Por que eu também tenho certeza de que seu pai está vivo.

– Valeu, Boca – disse Juca.

– Vamos indo até a delegacia então, Boca – disse Ponche. – Você nos encontra lá, Juca?

– Sim, vou tentar encontrar o Clóvis também.

– Nos vemos lá!

Enquanto os garotos se despediam, mais adiante, Rudolph e Tarso encontravam-se com Clara Porter, que estava no local onde Oliver desaparecera.

– Encontraram alguma coisa, Clara? – perguntou Tarso.

– Nada, delegado. Nem sinal do carro e nem do corpo.

– Deve ter afundado no rio, teremos de fazer uma busca – disse Rudolph.

– E o menino? – perguntou Clara.

– Está na casa de Bruna – disse Tarso. – É provável que já saiba o que aconteceu, afinal de contas, não se deve falar de outra coisa na cidade.

– Este é o carro usado pelo bandido? – disse Rudolph.

– Sim, é. Estamos retirando digitais, para termos certeza de que o bandido não tenha deixado alguma pista. Mas é pouco provável, ele é muito precavido, não é?

– Como chegaram até aqui? Não estavam na escola?

– Ouvimos os tiros, a escola não é tão longe da delegacia – disse a Sra. Porter. – Seguimos o barulho, mas quando chegamos já encontramos o carro abandonado. Só restaram as marcas no asfalto do outro carro.

– Os policiais disseram que o bandido estava todo coberto, não foi possível reconhecerem quem era – disse Rudolph.

– Mas era ágil e tem grande força física – disse Clara –, do contrário não teria conseguido fazer nada sozinho.

Barildo acabara de chegar em sua moto, interrompendo a conversa de Tarso com os detetives.

– Barildo, você está bem? – perguntou Tarso.

– Estou, delegado – disse ele. – Peço que me desculpe pelo ocorrido.

– Não foi culpa sua – Tarso se apressou em dizer.

– Mas muito me impressiona o fato de um homem tão experiente como o senhor ter se deixado atacar – disse Rudolph. – Como não percebeu o que estava acontecendo?

– Acontece, detetive – respondeu Barildo –, que não fui pego pela frente. Tentei até mesmo alertar Oliver, gritei pelo nome dele. Mas recebi uma pancada de alguém, por trás. Não foi o homem de capuz que me abateu. Foi alguém que estava com ele.

– Richard Trump? – disse Clara.

– Não sei, detetive.

Tarso olhava desconsoladamente para a ribanceira.

– Vamos para a delegacia – disse Tarso. – Temos que tentar desvendar as cartas. Vamos começar do início, assim teremos mais chance de decifrá-las.

– Certo! – concordou Clara Porter.

:: ::

Juca estivera muito pensativo desde que soube do acidente com seu pai. Muitas coisas passaram pela cabeça do menino; finalmente ele teria uma família, um lar de verdade. Não que fosse ruim viver com dona Lala, mas não era o mesmo que viver com a própria família.

No entanto, Juca estava triste não apenas pelo desaparecimento de seu pai, mas também pela discussão que teve com Marie. Lamentava tê-la feito chorar. O menino começava a perceber o quanto Marie era importante para ele.

Mas ele havia procurado por Marie e Rebeca em toda a cidade, e não conseguia encontrá-las. Sabia que não estavam com Ponche; ele e Boca tinham ido para a delegacia, e este seria o último lugar que Marie escolheria para ir. Logo ele desistiu de procurá-las. Precisava encontrar Clóvis também, mas estava sendo igualmente difícil.

Juca parou em frente à Escola Municipal e ficou observando-a. Tantas coisas haviam acontecido, e ele imaginava o que ainda estava para acontecer. Mas não podia ficar ali, parado, pensando naquelas coisas todas. Tinha de encontrar Clóvis, para explicar-lhe tudo o que acontecera e pedir ajuda dele. O menino estava tão absorto em seus pensamentos que nem percebeu que alguém estava se aproximando por trás dele. Um momento depois, Juca estava caído no chão, nocauteado por uma pancada na cabeça.

:: ::

Tarso, Rudolph, Clara Porter e Barildo estavam todos sentados na mesa de interrogatórios. O delegado havia colocado todas as charadas, uma ao lado da outra, na mesma ordem em que as receberam. Era tudo muito confuso para eles; Clara Porter imaginava que as cartas e as pistas deixadas pelo assassino completavam-se. Tarso ainda não conseguia enxergar. Mas era a hora para conseguir fazer isso.

O bandido, fosse quem fosse, era apenas um ser humano comum. É claro que poderia cometer erros. E se realmente queria ser encontrado, era claro que as charadas tinham sentido. Eles só precisavam entender as ligações que cada uma delas tinha com as outras.

– "FLORES ÀS VEZES TÊM ESPINHOS" – leu o delegado. – As crianças desconfiaram de Florência, nós de Oliver. Mas ambos imaginaram que a charada se referisse ao nome do assassino. Por que haveria de ser somente isso?

– O que mais poderia ser? – disse Rudolph.

– Pense numa flor – disse Clara Porter. – Numa rosa. É uma criatura tão bela – o sotaque de Clara estava deixando de ser suave, para se tornar muito forte naquele momento –, mas esconde muito por trás desta beleza. Os espinhos. E se fosse um lugar muito belo... mas que escondesse alguma coisa por trás dessa beleza... sim, poderia ser isso que ele quis dizer...

– Isso o que, Clara? – perguntou Rudolph.

– Estou lhe entendendo, Clara – disse o delegado. – Um lugar muito bonito que esconde algo por trás da beleza... nossa rua mais bonita... a mesma rua onde está localizada nossa escola... a escola dos crimes... a Rua das Flores!

– "FLORES ÀS VEZES TÊM ESPINHOS" – disse Clara. – O bandido deve ser um morador da Rua das Flores.

– Muito bem, detetive – disse Barildo. – Jamais desconfiei do seu talento.

– Obrigada, querido – disse Clara, jogando um olhar calculado para Rudolph.

– Estamos melhor agora, Clara – disse Tarso. – Já tínhamos concordado que a segunda charada se referia a formação do bandido, "EM MINHAS MÃOS NADA SE PERDE, TUDO SE TRANSFORMA". É um químico. Um químico que mora na Rua das Flores.

– Será que isto está certo, delegado? – disse Rudolph. Tarso pareceu simplesmente ignorá-lo.

– Restam duas. "COM PUNHADOS DE ESTRELAS NOMES TOMAM FORMA. DUAS DELAS SÃO A PISTA PARA O MEU" – Tarso lia a terceira charada. – Duas estrelas, Alfa e Beta. Duas letras do alfabeto.

– Teoricamente – disse Clara Porter. – Mas que letras seriam estas?

– Como você mesma disse, Clara, para resolvermos essa, teríamos de recorrer às charadas antigas, ou às pistas deixadas pelo bandido. Chegamos à pista das duas letras desta forma. Deve ser algo relacionado à primeira ou à segunda charada.

– E por que não à quarta? – disse Barildo, olhando atentamente para o envelope e para a quarta charada.

– "SOU INCOLOR E NÃO TENHO CHEIRO. MAS DEIXO MARCAS" – leu o policial. - Delegado, e se forem... marcas d´água?

Tarso estremeceu.

– Peguem as cartas. Todas as quatro. Coloquem-nas frente à luz.

Cada um deles pegou um dos pedaços de papel. Clara Porter pegou a primeira charada, era um papel grosso, e não tinha marca alguma. Barildo também tinha notado o mesmo com o papel em que estava a segunda charada. Mas com Tarso e Rudolph foi um pouco diferente.

Tarso colocou a terceira charada frente à luz e, por trás do papel fino, que realmente era diferente do de todas as outras cartas enviadas anteriormente, ele viu, desenhado, um realçado número 10. Rudolph também enxergou o mesmo: no pedaço de papel em que estava a quarta charada havia um número, também: um 13.

– Número 10 – disse Tarso.

– Er... número 13? – Rudolph parecia pouco crente ao dizer isso.

– As letras 10 e 13 – completou Clara Porter. – Deve ser isso, delegado. A décima e a décima terceira letras do alfabeto.

– J e M – disse Tarso.

– Exato – Barildo rebateu.

– Seja ele quem for, é químico, é provável que more na Rua das Flores, e possui as letras J e M em seu nome. Talvez sejam suas iniciais – disse Clara Porter.

– Mesmo assim, ainda são suposições – disse Rudolph. Tarso concordava com Clara.

– Não consigo pensar em nada detalhadamente agora, Clara. Vamos aos arquivos da prefeitura, temos fichas gerais dos moradores da cidade. Vamos tentar descobrir se há alguém que se encaixa nesse perfil.

– Delegado, não acho prudente o senhor ir – disse Clara. – Precisa ficar na delegacia para receber os resultados da perícia no carro usado pelo bandido. E Froles deve ligar também, pedimos que ele o fizesse quando recebesse o segundo relatório da perícia que pedimos da escola. É melhor que eu vá sozinha, já estive lá.

– Não, você não irá sozinha – disse Tarso. – Barildo, acompanhe-a.

– Será um prazer, delegado – respondeu Barildo prontamente.

– Eu vou com Clara, soldado – Rudolph falou com uma voz de desdém –, estamos acostumados a trabalhar juntos.

– Não, Rudolph, vocês ficam – disse Clara. – Deve acompanhar o delegado e aguardar os resultados das perícias. Barildo, podem precisar de você por aqui. Acho que consigo realizar esta tarefa sozinha.

Assim que terminou de dizer a frase, saiu rapidamente da sala, sem dar tempo para Rudolph ou Barildo contestarem.

O detetive estava ruborizado.

– Bem, acho que ela tem razão... o senhor pode precisar de ajuda para observar os resultados da perícia – disse ele – e sou um profissional muito aplicado nisso. É, foi melhor mesmo que eu tenha ficado.

– Vou beber alguma coisa – disse o delegado, olhando Rudolph com extrema repugnância. – Você pode esperar por mim aí, se quiser. Barildo, pode me acompanhar?

– Sim, delegado – disse Barildo.

Rudolph apenas observou-os sair. Tarso precisava pensar. De alguma forma, seu instinto lhe dizia que já havia resolvido o caso. Mas o nome simplesmente não surgia em sua cabeça.

A pista derradeira

Ele estava observando tudo o que acontecia nos arredores, de longe. Escondido, espreitando. Sabia que o grupo de garotos havia se dividido em três partes, sendo uma as duas meninas, outra dois dos garotos e a última o garoto mais velho. Ele também já sabia que a detetive não estava mais na delegacia: havia retornado para a prefeitura. Uma excitação começou a enchê-lo por dentro. Estava muito mais próximo do que jamais sonhara de realizar seu objetivo.

O vulto negro deslocou-se devagar, quase invisível. Carregava dois pequenos envelopes consigo. Os envelopes derradeiros.

:: ::

Ponche e Boca chegaram à delegacia exauridos, mais pela excitação que pelo cansaço. Para eles havia se tornado questão de honra resolver os mistérios das mortes. Teriam que fazer isso por Juca.

Assim que entraram, Ponche observou o pai pensativo, um pouco à frente. Do outro lado, viu Rudolph falando sozinho, e notou que Barildo estava dentro de sua sala, observando atentamente um rolo de papéis; era exatamente nestes papéis que o menino estava interessado. Mas não sabia como faria para pegá-los sem que o pai desconfiasse.

Tarso rompeu seu silêncio e começou a falar.

– Barildo, não posso ficar mais aqui parado. Preciso estar em uma das frentes, ou junto de Clara ou com os policiais que estão procurando por Bucckhall.

– Delegado – interrompeu Barildo. – Os outros policiais devem estar chegando. Ligaram há pouco. Precisa esperar mais um pouco, mais pistas podem ser de grande valia.

– O oficial está coberto de razão – disse Rudolph. – Até agora nos baseamos em pistas nada comprováveis e depoimentos de uma senhora senil e um grupo de crianças.

Ponche teve vontade de socar o detetive.

– Acredite, meu amigo – continuou Barildo, fingindo não notar a presença de Rudolph –, é a coisa mais sensata a se fazer.

Tarso estava irredutível.

– Barildo, como acha que Clara vai se virar com as informações que temos? Um morador da Rua das Flores? Provavelmente, um químico. E que possui em seu nome as letras J e M. Que letras são estas? Suas iniciais, ou simplesmente letras que compõem o nome? Como poderemos saber, como Clara poderá saber?

Ponche e Boca se olharam surpresos, porém satisfeitos. Haviam chegado na hora certa. Sabiam de tudo.

O menino falou baixinho.

– Você anotou, Boca?

– Tudinho – respondeu ele.

Rudolph intrometeu-se na conversa outra vez.

– Está vendo, delegado? Nem o senhor mesmo leva fé nestas bobagens.

– O delegado só está cansado – disse Barildo. Tarso se calou.

– Delegado, estarei disposto a analisar novamente todas as provas que temos. Se me permitir, é claro. Tenho certeza que a Sra. Porter aprovaria. Eu poderia facilmente acessar os arquivos dela na capital, de onde poderia retirar mais inf...

– Você pode acessar estes arquivos, Rudolph? – disse Tarso, interrompendo o detetive.

– Mas é claro – respondeu Rudolph, pomposo. – Sou a única pessoa, além de Clara, que tem acesso a eles.

– Faça isso. Me comunique assim que chegar à capital.

– Certamente... mas não preciso avisar Clara, pois...

– Tenho certeza de que ela concordará inteiramente conosco, como você já disse – disse Tarso, batendo no ombro de Rudolph.

– Bem, delegado, não se preocupe. O manterei informado. – Rudolph ajeitou o paletó e se foi.

– Meu amigo, espero que não esteja certo... mas você confia mesmo nas decisões deste cara? – perguntou Barildo, encarando Tarso.

– Acho que vai concordar comigo quando eu disser que será muito mais tranquilo trabalhar neste caso com esse cara em São Paulo, sem dar suas *brilhantes* opiniões.

Os dois riram. Do lado de fora da janela, Boca olhou satisfeito para Ponche.

– Quando isso tudo acabar, vou ter orgulho de dizer que seu pai é meu herói.

– Eu também – riu o menino. – Tudo o que mais queria era aquele engomadinho longe daqui.

– O Clóvis teria adorado ver isso – disse Boca.

– É mesmo! O Clóvis e o Juca. Temos que ir atrás deles.

– Será que estas são todas as pistas?

– Mesmo que não sejam, já temos muita coisa pra nos manter ocupados. Vamos lá.

Os meninos se levantaram, tomando o cuidado de não deixar que ninguém os notasse. Ponche era mais rápido que o amigo, que tinha pernas mais curtas. Boca estava correndo tão depressa para alcançar Ponche que nem notou um pedaço de madeira no meio da rua, que o fez tropeçar e cair, derrubando junto um homem que passava naquele momento pela rua. Não conseguiu ver quem era o homem, pois estava escuro e ele usava vestes escuras.

– Me desculpe, senhor.

– Tudo bem, garoto – disse ele.

O homem afastou-se depressa. Quando olhou para o chão, no mesmo local onde o homem caiu, viu um envelope estranhamente familiar.

– Mas o que é isso...

Boca abriu o envelope. Era mais uma mensagem.

– Ei! – gritou o menino. – Ei, você! – Mas ele não podia mais vê-lo. Havia sumido.

– Era ele... – Boca estava chorando, desesperado. – O assassino do meu pai...

Ponche ouviu os gritos e ficou alarmado ao perceber que o amigo não estava mais com ele. Ele voltou em direção à delegacia depressa. Não era possível, ele pensava, que alguma coisa pudesse acontecer com Boca tão próximo de onde estava a polícia.

– Boca! Você está bem! – disse Ponche, assim que avistou o amigo.

– Era o assassino, Ponche. Eu estive na frente dele.

– O que é isso? – disse Ponche, mirando a carta nas mãos do amigo.

– Ele deixou cair – disse Boca.

Ponche pegou a carta, mas não a abriu.

– Temos que procurá-lo. Ele ainda deve estar por perto.

– Vamos, mas... o que é isso na minha manga?

O braço de Boca estava sangrando.

– É um corte – disse Ponche. – Boca, como você não percebeu isso...

– Nós só nos batemos de leve... nem percebi nada... AI!

– Vamos para o posto de saúde. Depressa.

– E o bandido. Não podemos deixá-lo fugir – disse o menino, os olhos marejados.

– Você está perdendo muito sangue – disse Ponche. – Vamos, isso é o mais importante a fazer agora.

O dois se afastaram depressa. Ponche não se continha na curiosidade de ler o que estava escrito naquele papel. Sabia que devia entregá-lo ao pai, assim como sabia que devia ter seguido o bandido, afinal ele e Boca tinham tido chance de pegá-lo. Mas o amigo estava se esvaindo em sangue, e ele não poderia deixar que nada de ruim lhe acontecesse. O corte em Boca havia sido feito com precisão cirúrgica: fosse quem fosse aquele que estava nas sombras, era muito pior do que havia aparentado até agora.

– E então, Barildo, o que era? – perguntou Tarso, aproximando-se da porta da delegacia.

– Deveriam ser crianças brincando, delegado – disse Barildo. – Mas não está mais gritando.

– Estamos meio alarmados, não é? – brincou Tarso.

Mas Barildo não respondeu. Estava imóvel, encarando alguma coisa no outro lado da delegacia.

– A janela, delegado – disse Barildo.

Havia mais um envelope no batente da janela. Tarso se aproximou rapidamente. Na parte de trás do envelope estava escrito seu nome.

Ao mesmo tempo, Ponche também se surpreendeu ao ver seu nome no envelope que Boca carregava.

– Mas, o que é isso? – os dois disseram.

– Ponche? – perguntou Boca, assustado. – Chegamos, Ponche.

O menino virou-se.

– Moça! Moça! – gritou desesperado. – Ajuda meu amigo! Nós estávamos brincando, ele está machucado.

A enfermeira pareceu agitada e correu ao encontro deles.

– Meninos, nestes tempos vocês deviam se comportar para evitar... deixe-me ver isso. É um corte profundo, querido. Venha, você não pode perder mais sangue.

– Ponche... – disse Boca.

– Eu vou atrás deles, do Clóvis e do Juca. Vamos pegá-lo. Prometo. – Boca sorriu.

Ponche estava em frente ao posto de saúde e seu pai em frente à sua mesa, na delegacia. Os dois estavam estupefatos: por que esta mensagem estaria direcionada a eles?

Eles abriram os envelopes. No pedaço de papel, as mesmas letras recortadas que já conheciam

“POR TRÁS DE QUEM GUARDAMOS
DO LADO ESQUERDO DO PEITO,
ESTÁ A CHAVE PARA SOLUCIONAR ESTE MISTÉRIO”.

Tarso e Ponche olhavam intrigados para o papel.

– Mas o que é isso, delegado? – perguntou Barildo.

– É a indicação de alguém, Barildo. – disse Tarso.

– Por trás de quem guardamos do lado esquerdo do peito... por que isso veio pra mim? – disse Ponche.

Nos dois envelopes havia um desenho, praticamente infantil. Uma casa em ruínas e palavras que Ponche não conseguia entender, mas que seu pai reconheceu imediatamente.

– GO ALONE... vá sozinho. – Tarso agarrou o papel.

– O que está escrito deste lado, delegado? – perguntou Barildo.

– Meu amigo, vá atrás de Clara Porter, com urgência – disse Tarso. Barildo assustou-se.

– Aconteceu alguma coisa?

– Não posso explicar agora. Apresse-se, meu amigo!

O policial ajeitou seu revólver e deixou a delegacia sem discutir.

Ponche se lembrou de uma conversa que teve com Clóvis, alguns dias antes. Clóvis lhe dissera que era seu amigo. Que ele poderia guardar para sempre...

Tarso releu o papel. Não poderia ter relação com ele. Sua única amiga na cidade era Ruth, e ela estava morta. Ruth, que implicava com os amigos do filho... de Ponche... que implicava com Clóvis...

"FLORES ÀS VEZES TEM ESPINHOS"...

"EM MINHAS MÃOS NADA SE PERDE,
TUDO SE TRANSFORMA"...

"J" e "M"... letras do alfabeto...

"UM AMIGO... ESTE É AQUELE QUE GUARDAMOS
PRA SEMPRE... DO LADO ESQUERDO DO PEITO..."

– Clóvis! – exclamou Ponche. – Clóvis está em perigo!

Ponche olhou para o desenho na carta. Ele sabia onde ficava aquele lugar.

Era o lugar onde, anos antes, os crimes haviam começado.

– Não posso esperar pelo meu pai. Tenho que ajudar meu amigo. Ponche saiu correndo, desesperado.

Na delegacia, Tarso correu para o telefone. Estava descontrolado.

– Meu Deus do céu! – disseTarso. – "J", "M". Vítor!

O telefone tocou duas vezes e uma voz feminina atendeu.

– Dalva, nosso filho está em casa? – perguntou Tarso.

Dalva mal teve tempo de explicar a resposta negativa.

Tarso ligou para todos. Ponche não estava na casa de Marie, nem de Rebeca. Tampouco estava com Dona Lala. E sabia que não estaria com Boca, pois Bruna ainda estava em sua casa. Era muito pior: nenhuma das crianças estava em casa.

– Tenho que ser rápido – disse ele, desesperado.

Tarso apanhou seu carro em frente à delegacia. Sabia para onde tinha que ir.

E também sabia que devia ir sozinho.

:: ::

Marie e Rebeca estavam sentadas juntas, observando a calmaria da periferia da cidade. Sentiam-se exaustas.

– Vamos continuar procurando amanhã, Marie – disse Rebeca.

– Não, vamos só descansar mais um pouco. Eu sei que ele vai aparecer.

– Mas nem sabemos se está vivo – disse a menina.

– Está vivo, sim – disse Marie. – E nós vamos achá-lo.

Marie mal tinha acabado de dizer estas palavras quando percebeu que alguém estava as observando, e surgiu de repente.

crime e traição

Ponche não demorou muito para chegar ao prédio onde, antigamente, estava localizada a BigBeng, loja de propriedade de Oliver Bucckhall. O local era realmente desolador, principalmente com a escuridão daquela noite.

O menino não sabia o que ia fazer ou como ia agir. Só sabia que tinha de encontrar seu amigo. Certificar-se de que ele estava bem.

Assim que entrou na loja, só ouvia o som da sua respiração. Era abafado lá dentro, já que estava fechada há anos e não havia ar circulando. O soalho era escorregadio, devido ao acúmulo de poeira. Ponche andava devagar, olhando para todos os lados. Parou de repente, num solavanco, quando percebeu que já não estava mais sozinho: havia alguém deitado no chão, um pouco mais à frente. Reconheceu o amigo na hora: era Clóvis.

Ponche correu ao encontro de Clóvis. Chacoalhou-o.

– Clóvis! Clóvis! Você está bem?

– Ponche... – disse o menino. – O que está acontecendo?

– Estamos na BigBeng – disse Ponche apavorado. – Recebi um carta, eu e Boca encontramos um homem estranho na rua... não sei bem o que é, mas... acho que pode ter relação com seu pai.

A Reação de Clóvis não foi a que Ponche esperava. O menino levantou-se e riu.

– Você acha? – disse Clóvis.

Ponche tembém levantou-se. Estava ainda mais assustado agora.

– Estava fingindo? Você não estava desmaiado?

Clóvis tornou a rir, de uma maneira que Ponche nunca havia visto.

– Não foi difícil pra mim fingir, afinal de contas... há tanto tempo eu faço isso...

Ponche não parecia acreditar no que estava ouvindo.

– Clóvis... não foi você quem desenhou isso... quem me trouxe aqui...

– O que lhe parece? – disse o menino.

– Foi você... quem matou aquelas pessoas? Não pode ter sido...

Clóvis tornou a rir gostosamente, parecendo divertir-se a cada palavra que Ponche dizia.

– É claro que não matei, meu amigo. Ajudei a matar. – Ponche estremeceu.

– Vamos lá, Ponche. Você sabe fazer contas, não sabe? É só somar dois mais dois que você consegue entender tudo o que está acontecendo por aqui.

– O seu pai... JM é seu pai... José Medeiros...

– É claro que é! – Clóvis gritou. – Você veio pra cá por causa disso, não foi? Ajudei meu pai a bolar quase todas as charadas... principalmente esta, a última. Ficou sentimental, não é? Eu sabia que eu ter dito isso a você ia te tocar profundamente... você é tão previsível... sabia que, escrevendo isso, você viria até nós.

– Você armou isso? – disse Ponche.

– Isso foi apenas um dos meus trabalhos. Eu fiz muito mais.

Clóvis apontou para um canto da loja, onde Juca estava desacordado.

– Eu sempre soube quem este aqui era. Vi uma foto dele, que meu pai me mostrou. O tal sobrinho do pai dele sempre vinha pra cidade, pra ver como ele estava. Eu o reconheci ainda no monte Jaraquá, na primeira vez em que o vi.

– Meu pai, minha mãe e eu já estaríamos muito longe daqui, e vivendo muito bem, se não fosse este idiota e o maldito do pai dele. Foi meu pai quem roubou a fortuna do maldito. Mas ele confiou demais no pai do Boca, aquele estúpido sem visão. Daí, a maleta acabou ficando com a Ruth. Por todos esses anos. E quando botamos as mãos nela, e achávamos que tudo já tinha terminado, descobrimos que ainda faltava mais uma coisa.

Ponche sabia o que era. E sabia que não estava com Juca. Entendeu por que estava ali.

– Seu pai deve te amar muito, não é? Pelo menos é o que a gente espera...

Clóvis foi se aproximando de Ponche, que recuava devagar, encarando o amigo. Não sabia o que fazer.

– Onde está o papai, Ponche? – perguntou Clóvis, desdenhando.

– Afaste-se do meu filho, moleque. – Tarso estava saindo das sombras, caminhando na direção de Clóvis.

– Eu imaginava que você fosse demorar mais, meu caro – disse uma outra voz adulta, do outro lado do salão. – Parado aí, delegado. E quero seu revólver onde possa vê-lo.

A figura negra aproximou-se devagar, retirando pouco a pouco as capas que o cobriam. Revelou um homem moreno, alto e de pele clara. José Medeiros estava ali também.

– Pensei que você fosse ter mais dificuldade para decifrar a última carta – disse José. – Mas foi bem rápido. Isso é ótimo. Não me faz esperar mais. Afinal, já espero há mais de dez anos.

Tarso olhou com ódio para ele. Estava diante do bandido. Encarava a pessoa que usou o próprio filho como cúmplice para cometer vários crimes.

– Você matou Trump, Edgar, Ruth e Bucckhall, seu maldito – disse Tarso, colocando a arma no chão.

– E o vigia da escola, devo corrigi-lo – disse ele. – Não é interessante? Está diante da pessoa que cometeu todos os crimes da história desta cidade. É um momento emocionante, não acha?

Clóvis riu.

– Gostou das cartas que escrevi para você, delegado? A primeira foi há quase dez anos... era para ser a única, mas a Ruth acabou estragando meus planos, então elas acabaram aumentando para três...

– Você tinha planejado estas cartas...

– Desde que comecei, delegado.

– São mais de dez anos – disse Tarso. – Você já tinha tudo planejado.

– Nem tudo, meu caro. No entanto, eu sabia que Edgar ia dar para trás e que teria de matá-lo. Foi quando tive a ideia de escrever a primeira carta. Quis divertir-me com a idiota da mulher dele. E consegui, não é? Meu filho me contou... ela guarda a carta em casa até hoje...

Ponche encarou Clóvis, que sorria, parecendo divertir-se.

– Edgar o ajudou – disse Tarso. – E você tirou a vida dele. Tirou a vida do seu amigo e cúmplice.

– É verdade. Mas tirei a vida de meu cúmplice, não do meu amigo, delegado.

José Medeiros não parecia arrepender-se dos crimes que havia cometido. Falava com naturalidade, sem qualquer resquício de culpa. Ponche também não reconhecia mais seu amigo. Clóvis olhava para o pai com um orgulho que beirava a reverência.

– Como você soube dos diamantes? – perguntou Tarso.

– Foi Edgar quem descobriu dos trâmites de Oliver junto ao Brington Post – disse José. – Ele era o homem de confiança de Oliver na BigBang.

– E como você se envolveu? – perguntou o delegado.

– Edgar não teve coragem de começar tudo sozinho. Ele me procurou em casa. Me contou tudo que sabia. Eu sempre estive à espera de uma chance como essa: uma chance de sair da vida miserável que levava em Jaraquá. Sabia que era uma chance que não poderia perder.

– Foi Edgar quem atraiu o finado Trump para a cidade. Eu lhe disse como deveria fazer. Montamos escutas no escritório de Oliver, para que soubéssemos quando Trump tentasse se comunicar com ele. Interceptamos as ligações e o fizemos acreditar que havia falado com Oliver, e que ele tinha lhe dado o consentimento de trazer as pedras para o Brasil. Tínhamos tudo planejado; matar Trump, incriminá-lo pelo sumiço dos diamantes e ficar com a fortuna do inglês.

– Mas não saiu exatamente como você queria, não é? – disse Tarso. – Trump não veio para o Brasil com os diamantes.

– É verdade – disse José, suspirando. – Eu desconhecia a informação de que o concernente não tinha acesso ao conteúdo do cofre, depois de fazer os depósitos. Esta foi a única falha do meu plano.

– Não foi a única – gritou Tarso. – Você não conseguiu ficar com a maleta.

José Medeiros alterou seu semblante. Pareceu ficar ainda mais perigoso, e olhava para Tarso de maneira doentia e perversa.

– Não consegui me apossar da maleta – disse José – porque confiei demais em Edgar.

– Edgar o traiu também? – perguntou Tarso.

– Não exatamente, delegado – disse José. – Eu suspeitava do caso de Edgar com a Ruth, mas jamais imaginei que o idiota pudesse estar pensando em fugir com ela, quando se apossasse de sua parte do que havíamos roubado. Tínhamos combinado de permanecer na cidade por algum tempo, para que não recaíssem suspeitas sobre nós. Por isso não me importei em deixar ele ficar com a maleta.

– Ele deve ter suspeitado de você – disse Tarso.

– Tivemos uma briga muito séria na noite em que eu o matei – disse José. – Pouco antes de ele sair da loja para pegar suas coisas em casa. Eu já tinha decidido matá-lo quando ele voltasse.

– Edgar entregou a maleta para Ruth pessoalmente – disse o delegado. José Medeiros sibilou mais uma vez.

– Antes de voltar para a loja, ele entregou a maleta para a amante. E a maldita o seguiu. Ela me viu recebendo uma maleta falsa. Me viu matá-lo. Mas eu não a vi. Ela ficou sabendo de tudo, mas nunca teve coragem de seguir em frente.

Ponche mal podia acreditar no que ouvia.

– Eu nunca teria descoberto que Ruth estava com a maleta verdadeira, se não fosse meu filho. Um dia, em casa, ele me contou inocentemente que a havia avistado na mesa dela, na escola. Eu vibrei! Contei tudo ao meu filho. Sabia que ele era ambicioso como eu. Sabia que ele também queria sair desta vidinha que a gente vivia aqui nesta cidade, que queria mais!

Ponche olhava enojado para o amigo, que sorria para o pai.

– O delegado nunca entendeu por que a Ruth desprezava tanto meu filho? Ela sabia de tudo. Era a forma que tinha de se vingar de mim.

Tarso estava impressionado.

– Foi Clóvis quem elaborou todo o plano para acabar com a vida dela. Ele conseguiu a chave da sala, para que eu pudesse entrar durante a noite e recuperar a maleta. Foi ele também quem deu a ideia de utilizar os remédios que ela tomava para o estômago para assassiná-la.

– Então você já estava de posse da maleta no dia que Distinto morreu – disse Tarso. – E ainda assim...

– Ainda assim a envenenei – completou José. – Sim, foi isso que fiz. Ela me fez ansiar por este momento, me fez esperar por dez anos. Eu já estava de posse da maleta desde o dia do temporal. Mas ela merecia o que aconteceu.

– Você é um monstro – disse Ponche.

– Quieto – Clóvis ameaçou-o.

José Medeiros caminhou em direção a Ponche. O menino assustou-se, recuando. José encarou-o e lançou um olhar frio para o menino, que lhe congelou a espinha.

– Monstro? – disse José. – Sou um monstro por querer dar à minha família um futuro melhor?

Ele olhou de esguelha para Ponche.

– Pergunte ao seu pai o que ele é capaz de fazer para se ajeitar na vida, moleque.

– Não se atreva – Tarso estava a ponto de avançar no bandido.

– Na, na, não... quieto, delegado – disse José. – Não queremos apressar as coisas.

– Do que você está falando? – perguntou Ponche. José Medeiros soltou uma gostosa gargalhada.

– Você não contou a ele, delegado? Ora, quem diria. O pequeno Vítor é por demais inocente para conhecer algumas verdades da vida? É muito inocente para saber que o pai *comprou* o cargo que ocupa?

– Como você sabe disso? – disse Tarso, consternado.

– Ruth me contou. Ela seria capaz de qualquer coisa para salvar o próprio pescoço. Eu comecei a ameaçá-la depois que descobri que a maleta estava com ela. Aproveitei-me de um plano inocente destas crianças tolas. Clóvis me contou tudo o que elas haviam planejado, enquanto seu filho tinha fugido de casa.

– Você acredita nisso, delegado? – disse José. – Ela entregou todos os seus podres na tentativa de salvar-se. Como ela foi ingênua...

Ponche olhava para o pai sem acreditar, esperando que ele balançasse a cabeça, que lhe indicasse que tudo aquilo era mentira. Mas o pai não fazia movimento algum.

– É triste, não é, garoto? Ter uma imagem do seu pai, e ela se despedaçar. Foi o mesmo que senti quando perdi os diamantes. Se não fosse esse inglês maldito ser tão precavido, muito mais precavido do que eu imaginava, eu já estaria de posse deles há muito tempo.

José Medeiros aproximou-se de Tarso e recolheu a arma que estava no chão, enfiando-a no bolso traseiro do paletó. Tarso não podia mais olhar para ele, nem mesmo para o filho. Já não sabia mais o que fazer.

– Onde está o pingente? – perguntou José Medeiros.

Tarso pareceu enxergar uma luz no fim do túnel. – Está em um local seguro – ele respondeu.

José Medeiros apontou a arma para a cabeça de Ponche.

– E você vai entregá-lo a mim.

Tarso tremeu.

– Como soube do pingente? – perguntou Tarso, procurando distraí-lo.

– Um desenho. Na maleta, feito por Trump.

– E então por que você não foi atrás de Juca? – perguntou Ponche. – Clóvis não lhe contou sobre o pingente também?

José Medeiros e o filho trocaram um olhar. Foi Clóvis quem começou a falar.

– Eu não fiquei sabendo do pingente. Meu pai não me contou. – Tarso pareceu entender.

– Então foi por isso que deixou as charadas não é, José? – disse Tarso. – Para que desconfiássemos de Bucckhall e o trouxéssemos de volta ao Brasil.

– Você é mais inteligente do que aparenta, delegado – disse José. – Sim, foi isso que fiz. Mandei a primeira e a segunda charadas como anagramas que indicassem tanto Bucckhall quanto a mim.

– E as demais foram apenas divertimento – disse Tarso.

– Foram para atraí-lo até aqui e despistar aqueles detetives insuportáveis. Ah, quanto trabalho eu teria poupado se soubesse que esse menino usava o pingente. Quando enfim obtive esta informação pelo meu filho, ele já estava com você.

Clóvis riu.

– Foi você quem eu vi na janela da delegacia – disse Ponche.

– Bingo! – respondeu Clóvis.

José Medeiros voltou a se aproximar de Tarso.

– Chega de conversa. Me dê o pingente, Tarso.

– Primeiro me diga o que fez com o corpo de Trump – disse Tarso.

– Já disse coisa demais a você. Não precisará destas respostas para o lugar aonde vai.

Tarso olhou para o filho, desesperado.

– Deixe-o fora disso – disse Tarso. – Ele pode ir embora.

– Ele sabe demais – disse José, maldosamente. – Quem mandou fazer tantas perguntas, delegado? Foi você mesmo quem o sentenciou à morte.

– Nunca lhe entregarei o pingente – disse Tarso. – Clara Porter o pegará. Você não sairá bem dessa.

O bandido riu. – Quando aquela detetive estúpida se tocar, eu já estarei longe, e você apodrecendo debaixo da terra.

Ele apontou o revólver novamente para Ponche. Colocou o dedo no gatilho, na posição de disparo.

– O pingente. Já. Ou eu acabo com seu filho.

Tarso não podia mais ceder. Ele retirou o pingente de seu bolso. Estava enrolado numa pequena bolsa. Entregou-o a José.

Os olhos do bandido brilharam, revelando um prazer mórbido. Depois de causar tantas mortes e tirar tantas vidas, ele finalmente estava de posse da fortuna pela qual esperara mais de dez anos.

– Finalmente – disse o bandido. – Eu venci você, Oliver Bucckhall.

Ponche chorava, olhando desesperado para o pai.

– Podemos deixá-los ir, pai – disse Clóvis. – Vamos embora dessa cidade. – José Medeiros não respondeu. – Pai? – disse Clóvis.

– Eu nunca disse que os deixaria ir, Clóvis. – Clóvis encarou o pai.

– Se os matar, vai complicar sua situação – disse Clóvis. – Não poderá fugir, papai.

– Nunca ninguém saberá – disse José. – Todos continuarão pensando que foi Trump quem matou todos eles.

Os olhos do menino voltaram-se para Tarso, que estava caído no chão, depois para Ponche, que estava de pé ao lado do pai, e por último para Juca, que ainda estava desmaiado.

– Disse que não faria mal a nenhum deles – disse Clóvis.

– Não seja estúpido – gritou José. – O baixinho está no posto de saúde, não sabia? O corte que fiz poderia tê-lo matado. E foi você quem deu a ideia!

– Um corte não é o mesmo que um tiro mortal – disse o menino, desesperado.

– Não dê uma de bom samaritano agora, meu filho. Você não pareceu se importar muito com os outros que matei.

Clóvis calou-se.

– Não se preocupe, delegado. Vou matá-lo primeiro. Não precisará ver seu filho morrer.

José Medeiros apontou o revólver para Tarso. Mirou o coração. Ponche não tinha mais forças para falar ou gritar. Ia morrer também. Ia morrer depois de seu pai.

Um segundo depois, ouviu-se o estalido da arma. Um corpo despencou no chão, o sangue espalhando-se no soalho, coagulando por causa da poeira acumulada.

José Medeiros estava no chão. Uma bala havia acertado sua coluna. Morto.

Tarso levantou-se, e avistou uma sombra no canto esquerdo do salão da BigBeng. Era Laura Medeiros, em estado de choque, segurando um revólver. A mulher chorava, sibilando baixo algumas palavras que Tarso não conseguia ouvir.

Ponche correu em direção ao pai. Abraçou-o.

– Achei que ia perder você, papai – disse o menino, não contendo as lágrimas.

– Estamos vivos, meu filho – respondeu Tarso, abraçando Ponche como se nunca antes o tivesse abraçado.

Laura Medeiros se aproximou do corpo do marido. Clóvis estava ajoelhado defronte a ele. O menino chorava, e parecia não perceber a presença da mãe.

– Senhora Medeiros? – perguntou Tarso. Laura Medeiros mal conseguia falar.

– Ele não podia ter envolvido meu filho nessa podridão – disse a mulher. Tarso retirou-lhe o revólver e acariciou-lhe as mãos.

– Obrigado. Por salvar a minha vida e a do meu filho.

Laura Medeiros caminhou devagar em direção à porta. Ponche seguiu-a. Clóvis ainda estava diante do pai, sem demonstrar qualquer reação à presença de outras pessoas no salão.

Tarso pegou seu walkie-talkie, e discou o número que já sabia de cor.

– Barildo? – disse ele. – Resolvemos o caso, meu amigo. Diga a Clara para me encontrar na BigBeng. Mande algumas viaturas e uma ambulância.

Tarso desligou e olhou para Clóvis, sem entender bem o sentimento que tinha naquele momento pelo menino.

– Como pôde fazer isso ao seu próprio filho – ele pensou, olhando para o cadáver inerte. Clóvis não se mexia. Estava catatônico.

– Eu espero que você um dia consiga se recuperar, menino – disse ele. Tarso recolheu Juca, colocando-o em suas costas. Poucos instantes depois, as viaturas começavam a chegar na BigBeng.

um novo começo

O tempo mudou depressa naquela manhã que começava. Uma névoa fina, típica daquela época do ano, cobria os galhos e copas das árvores, e um sol tímido começava a surgir no horizonte.

A BigBeng, outrora um local decrépito e ignorado pelo povo de Jaraquá, estava agora tão cheia de curiosos que as paredes grossas de concreto pareciam prestes a cair. Uma multidão cercava a entrada do prédio, mal deixando as pessoas saírem. Os comentários sobre o que acabara de acontecer estavam pulando de boca em boca, mas cada um contava à sua maneira. Somente quatro pessoas, agora, conheciam a verdade.

Juca ainda estava desacordado dentro da ambulância, cercado por Bruna e por Boca, que ainda estava se recuperando do corte no braço. Ponche não falava muito: ainda não acreditava que havia acontecido tanta coisa em tão pouco tempo. Sua mãe e seu pai estavam conversando em um canto, sob os olhares atentos de Teresa. Barildo estava ocupado também, distraindo os jornalistas. E Clara Porter falava no celular, aos berros, com Rudolph, que ainda estava na metade do caminho para São Paulo.

Laura Medeiros estava sentada no banco traseiro do carro de Tarso, ainda em estado de choque. Mal perguntara pelo filho, desde que atirara no marido para salvar a vida de Tarso e de Ponche. Clóvis ainda não saíra de perto do corpo do pai. Estava cercado por policiais, mas parecia nem sequer notar que eles estavam ali.

Ponche desviou o olhar para o amigo. Não sabia o que pensar. Não sabia o que dizer.

– Ele vai ficar bem? – perguntou Boca, atraindo a atenção de Ponche. O menino soltou uma lágrima e gaguejou antes de começar a falar.

– Papai disse que ele... – Ponche vacilou – vai para uma instituição de recuperação de menores. Sim, ele vai... vai ficar bem...

Bruna puxou Ponche em direção ao seu peito e o abraçou carinhosamente.

– Por que ele fez isso, Ponche? – perguntou Boca. Ponche não sabia o que responder.

– Não temos que pensar nisso – interrompeu-os Bruna. – Temos é que rezar por ele e pela mãe. Uma família entrou em desgraça aqui, e temos que pedir que sejam fortes.

– E será – Boca chorou – que o pai dele... o assassino... rezou pela gente? Será que também pensou que havia arrasado com a *nossa* família?

– Não nos cabe fazer estas indagações, meu filho. Nós dois estamos aqui. Estamos sem seu pai, mas estamos bem. Somos felizes.

Boca abraçou a mãe.

– Seu amigo vai acordar – disse Bruna.

Juca levantou-se, ainda atordoado. Estava em estado de alerta, como se esperasse receber mais uma pancada na cabeça. Dona Lala estava próxima, e correu até o garoto para abraçá-lo. Ele se desvencilhou depressa. Tinha muitas perguntas a fazer. E ficou ainda mais chocado quando recebeu as respostas.

– Como vocês estão? – perguntou ele, preocupado.

– Estamos bem – respondeu Ponche. – Melhores que você, suponho. Não recebemos nenhum arranhão, eu e meu pai. Ao contrário de você e do Boca.

Juca desviou o olhar para Clóvis.

– Como ele foi capaz? – disse o menino. – Ele nos usou, o tempo todo. De uma forma ou de outra, acabamos ajudando ele e o pai dele a desgraçarem a vida de tantas pessoas – Juca começou a chorar.

Ponche não respondeu.

Tarso e Dalva se aproximaram devagar. Dalva abraçou Ponche, um abraço demorado. O delegado parou defronte a Juca, que ainda estava com lágrimas nos olhos.

– Foi você quem salvou os bens do seu pai, e sabe disso – disse ele. Juca respondeu prontamente.

– Preferiria tê-lo salvo.

– Você o salvou, sim. Embora não entenda.

Os raios do sol matinal refletiam das janelas empoeiradas da BigBeng e realçaram a visão de Clóvis debruçado sobre o corpo do pai. As pessoas olhavam aquela cena assustadas. O menino não se mexia: parecia não respirar. Apenas estava lá, parado e com o olhar distante mirando o pai.

De repente, ele começou a falar.

– Você venceu eles, papai. Nós vencemos. Vamos ir para onde você prometeu. Vamos ficar bem.

Laura Medeiros começou a chorar.

– Leve o corpo logo daqui, Barildo – disse Tarso energicamente.

Clóvis começou a gritar, desesperado, quando o puxaram para longe do corpo. Ele se debatia, chorando e soluçando. Quase não se conseguia distinguir suas palavras. Tarso estava com lágrimas nos olhos, mas secou-as depressa. Dalva, Teresa, Bruna e Clara Porter não conseguiram demonstrar a mesma frieza, assim como muitas outras pessoas que estavam ali.

– Esse pai acabou com a vida do próprio filho – disse Clara Porter, sob o olhar atento de Barildo.

– A ambição nos deixa cegos, madame – respondeu o policial. Clara Porter sorriu para ele.

– Não se trata apenas de ambição. Homens e mulheres muitas vezes são ambiciosos, mas a ambição não leva à inconsequência. Pelo contrário, ela nos guia por um caminho de sucesso, de glórias, de realizações. A desgraça deste menino e da sua mãe não é fruto da ambição de um homem. É fruto da irracionalidade de um louco.

– Você está certa, detetive – disse Tarso.

– Ainda não tive a chance de dizer – Clara apertou a mão de Tarso. – Você fez um excelente trabalho, delegado. Desvendou as pistas e localizou o assassino sozinho.

– Tive a ajuda de meus amigos – ele bateu no ombro de Barildo – e das crianças. E, por que não, de Rudolph, também. Depois que ele partiu para a capital, acabou ajudando muito...

Barildo riu. Clara Porter pareceu desconcertada.

– Devo dizer que Rudolph não rendeu o que poderia por aqui... é, foi isso...

– Tenho certeza que ele se sairá muito melhor em seu próximo caso – disse o delegado, piscando para o filho.

– Vamos para casa, Vítor? – perguntou Dalva, carinhosamente.

Ponche olhou para Juca, que estava sendo cumprimentado pelo diretor da Escola Municipal, Froles, por sua secretária, Norma Bay e por Prudência.

– Podemos levar o Juca conosco, mamãe? Dalva ajoelhou-se e acariciou o rosto do filho.

– Lala quer cuidar dele – disse Dalva. – Está vendo o Sr. Froles? Ele veio falar comigo, disse que vai ajudar o Juca a frequentar a escola. Norma vai cuidar de tudo.

– O que Prudência está fazendo? – disse o menino, curioso ao ver a secretária de Tarso conversando com o menino.

– Está devolvendo algo que pertence a ele – disse Dalva. – A corrente.

– Juca nunca tirava aquela corrente – disse Boca.

– Ele vai ficar bem com Lala – disse Bruna. – É um menino forte.

– Gostaria que o pai dele estivesse vivo – disse Ponche.

Ponche lembrou-se de Oliver Bucckhall e da felicidade que ele expressou ao ouvir Juca o chamando de pai.

– Ponche, onde estão Marie e Rebeca? Não as estou vendo por aqui – perguntou Boca.

Ponche viu os pais de Marie próximos aos de Rebeca, conversando. Mas não havia sinal das meninas. No entanto, eles não pareciam preocupados.

– Seu Miguel, sabe da Marie? – perguntou Boca.

– Ela me ligou há pouco – disse ele. – Estás a saber do que ocorreste, e não deve se demorar. A amiga está com ela.

– Onde será que elas estão? – disse Ponche. – Por que diabos estão demorando tanto a chegar aqui? A cidade toda está aqui...

A pergunta de Ponche não demorou a ser respondida. Rebeca apareceu pouco depois, e correu até ele, abraçando-o. Mas não via sinal de Marie.

– Rebeca, onde... vocês estavam? – A menina estava quase o enforcando.

– Graças a Deus estão todos bem – disse ela.

– Onde estavam? Cadê Marie?

Marie surgiu logo atrás, mas não estava sozinha. Vinha caminhando devagar, acompanhando os passos lentos de um homem idoso, que estava sujo e machucado. E que tinha lágrimas espessas nos olhos.

Era Oliver Bucckhall. Ele se salvara da queda na ribanceira. Conseguira atirar-se para fora do carro antes do mesmo se espatifar nas rochas. Mas esteve fraco demais para subir ou para gritar por ajuda. Teve de aguardar sozinho na encosta até sentir-se forte para caminhar. Foi assim que encontrou Marie e Rebeca, que não perderam as esperanças e procuraram por ele.

Juca olhou para o pai, mal podendo acreditar. Ele estava vivo. Marie o trouxera com ele. A menina o havia salvado.

O menino correu para o pai e abraçou-o. Os dois choravam. Marie mal podia conter sua emoção. A menina abraçou os pais, depois também deu um longo abraço em Ponche e em Boca.

– Você conseguiu – disse Ponche.

– Nós conseguimos – retrucou a menina, feliz.

Oliver Bucckhall segurava Juca nos braços com uma força até há pouco tempo inimaginável para ele.

– Deus me deu o melhor dos presentes hoje, meu filho – disse ele. – Me devolveu minha vida e minha maior fortuna.

Juca sorriu.

– Os diamantes são seus de novo, papai – disse o menino.

– Quem falou em diamantes? – disse Oliver. – Essas pedras só geraram dor, tristeza e ódio. Minha maior riqueza sempre esteve ao meu alcance, em todos estes anos em que eu procurei desesperadamente por estas pedras. Mas eu não enxergava.

Oliver engasgou.

– Quando estava naquele carro, caindo para a morte, só me veio em mente uma pessoa... você, meu filho. Meu maior e verdadeiro tesouro.

Os dois se abraçaram, chorando. Juca esperara por isso durante muitos anos. Tinha verdadeiramente uma família. Um pai.

Marie se aproximou dele, os olhos vermelhos e marejados.

– Eu espero que você melhore seu humor, agora – disse ela. Juca acariciou-lhe o rosto.

– Você é a implicante mais maravilhosa que eu já conheci – disse Juca. – Muito obrigado por ter ajudado meu pai.

– Ele voltou pra você – disse Marie.

– *Você* o trouxe para mim.

Juca beijou Marie apaixonadamente, um beijo longo e demorado, embalado pelos vivas da multidão.

Os pais de Marie acompanharam aquela cena um pouco acanhados, embora felizes.

– O que teremos de fazer sobre esses dois agora, querido? – disse a mãe de Marie para o marido.

– Depois pensamos nisso, amore – respondeu Seu Miguel, rindo-se.

A praça em frente da BigBeng foi se esvaziando aos poucos, deixando no ar a lembrança dos tempos em que era o reduto mais visitado da cidade.

:: ::

Retomar uma vida normal não era fácil para alguns dos moradores da cidade de Jaraquá, outrora um pacato local para se viver. A rotina da cidade havia sido por demais alterada nas últimas semanas. Afinal de contas, se antes poucos sabiam que ela existia, agora ela era notícia de capa nos jornais do Estado e do resto do país, o que acabou sendo uma dádiva para algumas pessoas, principalmente os comerciantes e hoteleiros, embora os turistas, em sua maioria, fossem policiais e repórteres apenas de passagem.

Clara Porter deixou a cidade um dia depois da solução de seu caso, sob os olhares tristes de Barildo. Tarso levou-a pessoalmente à Presidente Prudente, onde havia um jatinho do pai à sua espera. Rudolph estava acomodado, esperando-a, e evitou o olhar do delegado. Tarso sequer percebeu a presença dele.

Teresa também abandonou Jaraquá no mesmo dia que Clara Porter, despedindo-se de Bruna e Boca, e dizendo esperar uma visita deles a São Paulo, já que ela não pretendia voltar. Queria despedir-se de Tarso também, mas não encontrou-o.

As notícias de Clóvis e de sua mãe chegaram alguns dias depois, sob muita expectativa de todos. Laura estava com a irmã em Curitiba, sob cuidados médicos e tratamento psicológico. Ainda falava pouco, mas as palavras já eram claras. Clóvis, por sua vez, estava numa instituição de recuperação, mas não apresentava melhora, ao contrário da mãe. Estava catatônico, e os únicos sinais de racionalidade que conseguia emitir eram lágrimas que surgiam algumas vezes em seus olhos.

Boca havia se recuperado bem da ferida no braço, e também estava muito mais animado do que costumava ser. Não se atrasava mais aos encontros com os amigos, e sua relação com a mãe estava cada vez melhor: os dois não se largavam mais quando estavam ambos em casa, o que deixava Bruna muito feliz. Rebeca convencera seus pais a lhe deixar realizar um antigo sonho: se tornar modelo. Ela ia fazer um curso na capital, onde ficaria hospedada na casa de parentes. Marie não tinha gostado muito da ideia de ficar longe da amiga, mas sabia que isso a deixava muito feliz. Marie e Juca viam-se quase todos os dias, e a menina não conseguia esconder de ninguém o quanto estava apaixonada pelo garoto. Juca desdobrava-se em ficar com Marie e ao lado do pai, que resolvera reabrir a BigBang, deixando Seu Miguel acumulando sua função de dono da padaria da cidade e administrador da loja. Ele queria começar as obras o mais cedo possível, já que estaria partindo para Londres dentro de poucos dias. Juca não falava sobre a partida do pai com ninguém, nem com Marie ou mesmo dona Lala.

Ponche estava feliz pelos amigos, mas ainda não conseguira voltar a sorrir. Pensava em Clóvis a maior parte do tempo. Sentia-se culpado pelo que aconteceu ao amigo, embora soubesse que era uma bobagem. Juca e os outros muitas vezes tentaram animá-lo, mas não tiveram sucesso. Ele esperava melhorar quando estivesse de volta às aulas, o que não demorou a acontecer.

A Escola Municipal reabriu alguns dias depois, sob a euforia dos empregados (principalmente de Norma Bay, nova coordenadora educacional) e do diretor, Froles. Ele fez um discurso comovente, em que mencionou Ruth, Distinto, Oliver Bucckhall e a família Medeiros, não entrando em maiores detalhes. Ponche ficou feliz pela descrição do diretor, e por um momento sentiu-se novamente bem, como se estivesse num dia normal de aula, como os de antigamente, em que Froles estava dando seus sermões rotineiros.

Florência ainda estava um pouco abalada pala morte da amiga, e não havia voltado a dar aulas. Por isso, Rita acumulou mais uma função, embora lecionasse apenas teoria nas aulas de música. A professora era muito bonita, mas sua voz não exatamente o que a função exigia.

A classe 701 parecia muito mais vazia do que o normal com a ausência de Clóvis. O menino sempre fora muito alegre, e divertia a todos com piadas e outras brincadeiras. No começo das aulas, Rita havia pedido a cada um dos alunos que redigissem uma mensagem de apoio em um pedaço de papel que seria entregue a Laura Medeiros. Ponche pensou muito no que iria escrever. Quando começou, Marie, Rebeca e Boca olhavam fixamente para ele.

"Para minha segunda mãe, por ter me dado os dois maiores presentes que poderia receber: minha vida e a do meu pai. Estarei sempre com a senhora no meu coração. Tenho certeza que tudo vai ficar bem, e a senhora vai voltar a sorrir".

Ponche entregou sua carta para Rita, junto de uma rosa. A professora olhou bondosamente para ele e colocou o presente junto às demais cartas que já estavam sobre sua mesa. Marie e Rebeca choravam ao olharem para o amigo, e ele falou baixinho com elas antes de se sentar.

– Eu estou bem, agora. De verdade.

Juca apareceu na Escola Municipal no final da manhã e ficou esperando pelos amigos no portão de saída. Estava com uma mochila nas costas, mas não sorria. Marie correu para abraçá-lo, e o menino continuou apresentando o mesmo semblante.

– Onde você esteve? Achamos que começaria as aulas hoje, o diretor nos falou de manhã – falou Ponche, tirando as palavras da boca de Marie.

Juca demorou a responder, mas ainda parecia triste.

– Na casa de dona Lala – disse ele. – Arrumando... algumas coisas.

– Vejo que trouxe seu material novo – Marie estava eufórica. – Seu bobo, nem me mostrou nada...

– Marie...

A menina abriu a mochila e algumas peças de roupas caíram no chão. Não havia livros, estojo ou cadernos. Apenas os poucos pertences de Juca.

– O que são estas coisas? – perguntou Marie. Juca abraçou a menina.

– Papai está voltando para Londres – disse ele. – Hoje à noite.

Marie não queria acreditar, mas sabia o que Juca estava fazendo ali. Sabia por que ele não havia vindo à aula pela manhã.

– Você estava se despedindo de dona Lala? – perguntou Marie.

Juca não respondeu. Baixou a cabeça, parecendo desolado. Marie colocou a mão no queixo do menino, levantando-lhe a cabeça.

– Você tem mesmo que ir – disse a menina, os olhos marejados, mas com uma expressão confiante. – Você vai aprender muitas coisas, conhecer muita gente... ver a sua família.

– É isso mesmo, Juca – disse Ponche. – Vai.

– A Inglaterra deve ser super legal – disse Boca, entusiasmado –, dizem que tem um monte de castelos por lá, que nem esses dos filmes!

– E você vai estar com seu pai – completou Rebeca.

Marie fez gestos afirmativos com a cabeça, enquanto os amigos falavam.

Juca se pronunciou pela primeira vez.

– Essa cidade não era uma casa pra mim tem algum tempo. Dizem que nossa casa é o lugar onde está nossa família – ele fez uma pausa. – Pois é, minha família está em Londres, como eu descobri. Graças a vocês.

Todos sorriram para o menino.

– Mas eu descobri mais uma coisa. Descobri que hoje, agora, esta cidade é uma casa pra mim. Porque é o lugar onde estão vocês. Onde estão os meus amigos.

Juca se aproximou de Marie.

– Onde você está – disse o menino. Marie tornou a abraçá-lo.

– Vou sentir sua falta – respondeu Marie.

– Eu vou voltar. Prometo.

Juca e Marie se beijaram, apaixonados. Rebeca e Boca observavam animados. Ponche sorriu pela primeira vez em muitos dias. Pouco depois, Juca foi até o amigo e apertou-lhe a mão.

– Valeu, meu amigo.

Ponche sentiu como se Clóvis estivesse ali na sua frente.

– Valeu!

Uma pequena multidão se reuniu na praça principal de Jaraquá para se despedir de Oliver e Juca. Lala não escondia sua tristeza, e abraçou Juca com força, sendo retribuída da mesma maneira. Oliver também agradecera pessoalmente à viúva, que durante tantos anos cuidou de Juca e lhe deu o carinho de uma avó. A despedida de Marie foi a mais demorada, e Oliver não escondeu o orgulho que sentia pelo carinho que as pessoas demonstraram ao seu filho.

Tarso acenou de longe para Oliver Bucckhall, que retribuiu o gesto. Ponche estava ao lado do pai. Já havia se despedido de Juca minutos antes.

– Eu tenho certeza de que você está feliz por seu amigo, meu filho – disse o delegado.

– Muito, papai – disse Ponche. – Vai ser uma experiência muito legal pra ele. E o Juca merece.

Tarso concordou com o filho e acenou para Juca, que estava entrando no carro com o pai. O veículo contornou a praça e seguiu em direção à estrada, desaparecendo na neblina.

Ponche virou-se para o pai, sorrindo.

– Já sei o que vou estudar na faculdade daqui a alguns anos, papai.

Tarso se empertigou, parecendo curioso.

– Sabe, meu filho? E o que vai ser?

– Direito. Um dia, quero ser um delegado como você.

Vermelho Marinho